U0081456

馬華文學批評大系：林建國

Malaysian Chinese Literary Criticism : Lim Kien Ket

林建國著

by Lim Kien Ket

元智大學中語系  二〇一九年二月

Department of Chinese Linguistics & Literature,
Yuan Ze University, Taiwan.

馬華文學批評大系：林建國

版權所有，翻印必究

主　　編：鍾怡雯、陳大為
本卷作者：林建國
編校小組：江劍聰、王碧華、莊國民、劉翌如、謝雯心
出版單位：元智大學中國語文學系
　　　　　桃園市中壢區遠東路 135 號
電　　話：03-4638800 轉 2706, 2707
網　　址：http://yzcl.tw
版　　次：2019 年 02 月初版
訂　　價：新台幣 380 元

Malaysian Chinese Literary Criticism : Lim Kien Ket
Editors : Choong Yee Voon & Chan Tah Wei
Author : Lim Kien Ket

©2019 Dept. of Chinese Linguistics & Literature, Yuan Ze University, Taiwan.
ALL RIGHTS RESERVED

國家圖書館出版品預行編目（CIP）資料

馬華文學批評大系：林建國 / 林建國著；
鍾怡雯, 陳大為主編. -- 初版. --
桃園市：元智大學中文系, 2019.02　　面；　公分

ISBN 978-986-6594-41-0(平裝)
1.海外華文文學 2.文學評論

850.92　　　　　　　　　　　108001108

總序：殿堂

　　翻開方修（1922-2010）在一九七二年出版的《新馬華文文學大系（1919-1942）‧理論批評》，當可讀到一個「混沌初開」、充滿活力和焦慮、社論味道十足的大評論時代。作為一個國家的馬來亞尚未誕生，在此居住的無國籍華人為了「建設南國的文藝」，為了「南國文藝底方向」，以及「南洋文藝特徵之商榷」，眾多身分不可考的文人在各大報章上抒發高見，雖然多半是「赤道上的吶喊」，但也顯示了「文藝批評在南洋社會的需求」。[1]

　　這些「文學社論」的作者很有意思，他們真的把寫作視為經國之大業、不朽之盛事，披荊斬棘，開天闢地，為南國文藝奮戰。撰

---

[1] 本段括弧內的文字，依序為孫藝文、陳則矯、悠悠、如焚、拓哥、（陳）錬青的評論文章篇名，發表於一九二五～三〇年間，皆收錄於方修《新馬華文文學大系（1919-1942）‧理論批評》一書。此書所錄最早的一篇有關文學的評論，刊於一九二二年，故其真實的時間跨度為二十一年。

寫文學社論似乎成了文人與文化人的天職。據此看來，在那個相對
單純的年代，文學閱讀和評論是崇高的，在有限的報章資訊流量中，
文學佔有美好的比例。

　　年屆五十的方修，按照他對新馬華文文學史的架構，編排了這
二十一年的新馬文學評論，總計 1,104 頁，以概念性的通論和議題討
論的文學社論為主，透過眾人之筆，清晰的呈現了文藝思潮之興替，
也保存了很多珍貴的文獻。方修花了極大的力氣來保存一個自己幾
乎徹底錯過的時代[2]，也因此建立了完全屬於他的馬華文學版圖。沒
有方修大系，馬華文學批評史恐怕得斷頭。

　　苗秀（1920-1980）編選的《新馬華文文學大系（1945-1965）‧理
論》比方修早一年登場，選文跳過因日軍佔領而空白的兩年（1943-
1944），從戰後開始編選，採單元化分輯。很巧合的，跟第一套大系
同樣二十一年，單卷，669 頁。兩者最大的差異有二：方修大系面對
草創期的新馬文壇氣候未成，幾無大家或大作可評，故多屬綜論與
高談；苗秀編大系時，中堅世代漸成氣候，亦有新人崛起，可評析
的文集較前期多了些。其次，撰寫評論的作家也增加了，雖說是土
法煉鐵，卻交出不少長篇幅的作家或作品專論。作家很快成為一九
五〇、六〇年代馬華文學評論的主力，文學社論也逐步轉型為較正
式的文學評論。

　　二〇〇四年，謝川成（1958-）主編的第三套大系《馬華文學大

---

[2] 方修生於廣東潮安縣，一九三八年南來巴生港工作。一九四一年，十九歲的
方修進報社擔任見習記者，那是他對文字工作的初體驗。

系・評論（1965-1996）》（單卷，491 頁）面世，實際收錄二十四年的評論[3]，見證了「作家評論」到「學者論文」的過渡。這段時間還算得上文學評論的高峰期，各世代作家都有撰寫評論的能力，在方法學上略有提升，也出現少數由學者撰寫的學術論文。作家評論跟學者論文彼消此長的趨勢，隱藏其中。此一趨勢反映在比謝氏大系同年登場（略早幾個月出版）的另一部評論選集《馬華文學讀本 II：赤道回聲》（單卷，677 頁），此書由陳大為（1969-）、鍾怡雯（1969-）、胡金倫（1971-）合編，時間跨度十四年（1990-2003），以學術論文為主[4]，正式宣告馬華文學進入學術論述的年代，同時也體現了國外學者的參與。赤道形聲迴盪之處，其實是一座初步成形的馬華文學評論殿堂。

　　一九九〇年代後期是個轉捩點，幾個從事現代文學研究的博士生陸續畢業，以新銳學者身分投入原本乏人問津的馬華文學研究，為初試啼音的幾場超大型馬華文學國際會議添加火力，也讓馬華文學評論得以擺脫大陸學界那種降低門檻的友情評論；其次，大馬本地中文系學生開始關注馬華文學評論，再加上撰寫畢業論文的參考需求，他們希望讀到更為嚴謹的學術論文。這本內容很硬的《赤道回聲》不到兩年便銷售一空。新銳學者和年輕學子這兩股新興力量的注入，對馬華文學研究的「殿堂化」產生推波助瀾的作用。

　　這四部內文合計 2,941 頁的選集，可視為二十世紀馬華文學評論

---

[3] 此書最早收入的一篇刊於一九七三年，完全沒有收入一九六〇年代的評論。
[4] 全書收錄三十六篇論文（其中七篇為國外學者所撰），三篇文學現象概述。

的成果大展，或者成長史。

　　殿堂化意味著評論界的質變，實乃兩刃之劍。

　　自二十一世紀以來，撰寫評論的馬華作家不斷減少，最後只剩張光達（1965-）一人獨撐，其實他的評論早已學術化，根本就是一位在野的學者，其論文理當歸屬於學術殿堂。馬華作家在文學評論上的退場，無形中削弱了馬華文壇的活力，那不是《蕉風》等一兩本文學雜誌社可以力挽狂瀾的。最近幾年的馬華文壇風平浪靜，國內外有關馬華文學的學術論文產值穩定攀升，馬華文學研究的小殿堂於焉成形，令人亦喜亦憂。

　　這套《馬華文學批評大系》是為了紀念馬華文學百年而編，最初完成的預選篇目是沿用《赤道回聲》的架構，分成四大冊。後來發現大部分的論文集中在少數學者身上，馬華文學評論已成為一張殿堂裡的圓桌，或許，「一人獨立成卷」的編選形式，更能突顯殿堂化的趨勢。其次，名之為「文學批評大系」，也在強調它在方法學、理論應用、批評視野上的進階，有別於前三套大系。

　　這套大系以長篇學術論文為主，短篇評論為輔，從陳鵬翔（1942-）在一九八九年發表的〈寫實兼寫意〉開始選起，迄今三十年。最終編成十一卷，內文總計 2,666 頁，跟前四部選集的總量相去不遠。這次收錄進來的長論主要出自個人論文集、學術期刊、國際會議，短評則選自文學雜誌、副刊、電子媒體。原則上，所有入選的論文皆保留原初刊載的格式，除非作者主動表示要修訂格式，或增訂內容。總計有三分之一的論文經過作者重新增訂，不管之前曾否結集。這套大系收錄之論文，乃最完善的版本。

　　以個人的論文單獨成卷，看起來像叢書，但叢書的內容由作者自定，此大系畢竟是一套實質上的選集，從選人到選文，都努力兼顧到其評論的文類[5]、議題、方向、層面，盡可能涵蓋所有重要的議題和作家，經由主編預選，再跟作者商議後，敲定篇目。從選稿到完成校對，歷時三個月。受限於經費，以及單人成冊的篇幅門檻，遺珠難免。最後，要特別感謝馬來西亞畫家莊嘉強，為這套書設計了十一個充滿大馬風情的封面。

鍾怡雯

2019.01.05

---

[5] 小說和新詩比較可以滿足預期的目標，散文的評論太少，有些出色的評論出自國外學者之手，收不進來，最終編選的結果差強人意。

編輯體例

[1] 時間跨度：從 1989.01.01 到 2018.12.31，共三十年。

[2] 選稿原則：每卷收錄長篇學術論文至少六篇，外加短篇評論（含篇幅較長的序文、導讀），總計不超過十二篇，頁數達預設出版標準。

[3] 作者身分：馬來西亞出生，現為大馬籍，或歸化其他國籍。

[4] 論文排序：長論在前，短評在後。再依發表年分，或作者的構想來編排。

[5] 論文格式：保留原發表格式，不加以統一。

[6] 論文出處：採用簡式年分和完整刊載資訊兩款，或依作者的需求另行處理。

[7] 文字校正：以台灣教育部頒發的正體字為準，但有極少數幾個字用俗體字。地方名稱的中譯，以作者的使用習慣為依據。

目　錄

為什麼馬華文學？

　　長久以來馬華文學研究，一直深受馬華文學本身的屬性和定義問題所困擾[1]。今天我們問道什麼是馬華文學？大概可聽到兩種回答。馬來西亞的華文作家會說：她是大馬地區的華文文學，應屬馬來西亞文學的一環[2]。以中國為本位的學者和作家則以為：馬華文學不過是中國文學的一支而已。他們的理由很簡單，似乎很有說服力：馬華作家使用中文寫作，切不斷和母國的文化關係。此一說法深深困擾馬華作家，使他們與中國文學（不論當代或古典）發生比較文學上「收受」和「影響」的關係時，急於與之劃清界線：政治上不接受中國為祖國，意識型態上不能同意馬華文學隸屬中國文學。「劃清界線」是出於自覺的政治表態，並沒有切斷對中華文化的認同，因

---

[1] 「馬華文學」從一般用法，指馬來西亞地區（包括一九六五年之前的新加坡）的華文文學（Wong，1986：110）。此概念亦適用於馬來文學與馬英文學。

[2] 例如最能代表馬華社會文化觀點的《國家文化備忘錄》便如此宣示（23）。

此也無力反駁上述以中國為本位之學者作家，從文化角度，認定馬華文學為中國文學「支流」的理由。

　　新加坡的崛起，以及新華作家鮮明的政治歸屬，在面對東南亞華文文學屬性和定義的爭論時，一定的程度上打壓了上述「支流」論調。至少在新加坡是如此，使國外的中國本位學者不得不調整態度。周策縱一九八八年在新加坡提出「多元文學中心」說，便很有代表性。他認為東南亞各國華文文學可以自成「中心」，「也許」再也不能是中國文學的「邊緣文學」，更不能是「支流文學」（360）。十幾年前認為馬華作者不可能在中國文化之外自創傳統的張錯（翱翔181），如今態度轉為謹慎，認為海外（特別是東南亞地區）華文文學的「性質和源流」與中國地區的（如台灣）不盡相同，並以為有進一步釐清「中華性」與「中國性」的必要（1991b，02/20：27），雖然他同時堅持各地區海外文學都是「中國文學」（1991a：28）。劉紹銘的態度最為保留：從認定馬華文學屬於中國文學開始（1981：4），而至將之視為「現代中國文學一個流派（不是支流）」（1986：891），其間用詞從「支流」到「流派」，似無不同，顯得姿態模糊。反而他在編選《世界中文小說選》，建立取捨單位地區的標準時，採取了「務實」的作法。他說：「第一個考慮是自立自足的環境。換句話說，入選地區得有讓作家發表的獨立條件」（1987：7），因此馬華小說入選，顯然著眼於外在環境的經驗實證因素。然而深層地看，劉紹銘的取捨標準並未推翻其「支流」觀；同樣的周策縱的「多元文學中心」看法，亦未否認那個背後支撐「支流」說的「事實」：馬華作家使用中文寫作，切不斷和母國文化關係的「事實」。只要這個「事實」存在，

「支流」觀便有立足之地，便能復辟，與「多元文學中心」說相齟
齬，使「多元」成為「萬流歸宗」不折不扣的表象。

這種屬性和定義、主流與支流的問題，「當然」是比較文學的課
題。然而就馬華文學的個別狀況而言，傳統比較文學方法似乎提不
出一個「通則」，來解決其屬性和定義的困擾。謹慎的學者如韋斯坦
因（Ulrich Weisstein），面對世界上各源流、各語系和各民族文學的屬
性、分類與定義時，也只能表示：「每一個問題都構成了一種特殊的
情況，要求謹慎地按照歷史環境〔historical circumstances〕和文學史
家通用的標準作出解答」（中 10；英 12-13）。說不定還不能作出解
答。這膠著局面，固然可見韋氏「實事求是」的學術倫理與堅持，但
同時也顯示了比較文學當初在歐洲建立以來，作為實事求是／經驗
實證學科的侷限。如此建立起來的學科，首先假定了研究者主體的
先驗本質，無力檢討（甚至從未想過檢討）研究者主體性由來與存
在的歷史條件，以及這主體面對其研究客體時所產生的移情作用。
擺在眼前的既然只是「事實」，比較文學學者的主體既然也是那麼透
明、「自然」、「客觀」和「邏輯」，學者在「實事求是」過程中產生的
疑惑和問題，以及為了因應這些疑惑和問題而發生的學科（比較文
學），當然一樣先驗地取得合法性。這情形下，比較文學看似一門文
學史學科，可以解決各源流文學的屬性和定義，實則已事先假定一
個封閉和統一的文學史觀：在歐洲為「歐洲心靈」，在其他以平行／
類同研究為主流的地區如美國，則為「共同詩學」。「歐洲心靈」也
好，「共同詩學」也好，前者只承認形上學意義的主體（心靈），後者
則沒有擺放主體的位置；兩者都把複雜的主體與歷史的問題排拒

在外。

　　因此在馬華文學研究上，比較文學有所不足，並不因為馬華文學有太過特殊的「歷史環境」，反而因為比較文學無法指出，我們——馬華文學研究者——的主體位置在當下的歷史情境中應該擺在哪裡？應該如何提問？如何拆解擺在眼前所有「事實」背後之意識型態？既然如此，比較文學也無力解決以中國為本位的學者作家，他們的偏見在哪裡。

　　打開盤根錯節的第一步，是必須認識馬華文學所謂的「屬性」和「定義」困擾，不是超然和自然的問題，反而有其歷史因由在。更具體地說，只有在某一歷史情境下，馬華作家才會問道：「什麼是馬華文學？」也只有在某一歷史情境下，以中國為本位的學者作家才選擇回答這個問題。因為兩造的歷史情境不同，相同的問題對雙方是不同的涵義，答案也就不一樣。對馬華作家，這個問題標示尋求和解釋自我歷史主體位置的開始，也等於解釋這主體當下的歷史情境。中國本位的學者則沒有這層包袱；反而這問題的存在，彷彿為他們預設，鞏固他們自戀情緒中大中國意識的循環論證。

　　我們可以舉個例子說明。在所有以中國為本位定義馬華文學的文獻中，陳義最完整的來自出身馬來西亞的溫瑞安。他短短兩千五百字的〈漫談馬華文學〉，宣示了馬華文學「自決」無望，理由迄今似乎還找不到有力的反駁。他說馬華文學「不能算是真正的馬來西亞文學」，它只是「中國文學的一個支流」而已，原因有三：第一，「沒有中國文學，便沒有馬華文學」；第二，馬華作家使用的仍是標準的中國文字；第三，馬華作品中的傳說和神話，乃至心理狀態，

仍是中國的。其中溫瑞安著筆最多的是第二項原因。他說「馬來西亞華文」的本質「仍是中文的本質，如果用它來表現馬來西亞民族思想、意識及精神，那顯然是不智而且事倍功半的事」。顯然中文如果要「表現馬來西亞民族精神和意識」，便得脫去「中文的本質」而「馬來西亞化」，把「本質異族化」。可是這有一個後果：「既喪失了原有的文化價值，又無法蘊含新的文化價值。」所以他的結論是：「華文難以表現別種國家的民族性，反之亦然。」

溫瑞安看來把中國本位的學者作家的立場表達得一清二楚，可是他們（包括溫瑞安）恐怕未察覺到這番話另一層陰暗面：它完美應合了馬來菁英分子五一三事件之後主導大馬政局下，所制定的「國家文化」政策和論調。馬華文學「不能」也「不該」屬於大馬「國家文學」，其中的官方理由溫瑞安已交代清楚了。更確切地說，溫瑞安彷彿採信了大馬的「官方說法」，將自己──佔大馬人口百分之四十五的非馬來人──的歷史主體放逐在大馬歷史之外。有關此課題，本文下半將有詳論，且按下不表。可就眼前所見仍嘆為觀止：何以中國本位學者作家，竟與大馬官方共享同樣一種意識型態和邏輯？

這到底是怎樣的邏輯？我們不妨從溫瑞安使用的隱喻「支流」開始拆解。馬華文學是中國文學的「支流」，根據溫瑞安並不是說：馬華文學可從中國文學分「支」出去自己「流」，而是說：中國文學是一條大河，馬華文學是流向這條大河的小溪，彼此共享一個命運。可是這不正確：我們看不出中國文學的命運是馬華文學的命運；中國文學如果現在破產、完蛋或結束，馬華文學仍然可以活下去，中國文學的死亡操縱不了它。我們更看不出馬華文學的命運是中國文

學的命運：別說馬華文學完蛋了中國文學不會怎樣，事實是中國文學對馬華文學一無所知仍可運作得很好。顯然「支流」這個隱喻不適用，除非它指分「支」出去自己「流」。自己「流」便有自己的命運，源頭切斷了還有天地帶來的造化，可以自滅，可以自生，與「主幹大河」無關了。如果有所謂「萬流歸宗」的說法也無所謂了，因為「宗」有如死人牌位的供奉，「萬流」早已各自向前奔流，各自照應自己的命運去了。

　　命運在這裡指存有開展的不可逆性，而存有開展的是存有的可能性；也唯有在存有開展其可能性時才能展現此不可逆性，展現命運，這過程便是歷史。任何終結譬如死亡，都是命運和歷史的終結；換言之，死人沒有命運可言，活著的事物方有命運[3]。然而在溫瑞安的陳述中，中國文學彷彿沒有命運。他不斷強調中文的純粹「本質」，不斷強調中文（除了展現「本質」之外）種種的不可能性。中文的「本質」在哪裡呢？絕對不是未來，而是過去，在種種過去的中國傳說、神話、寓言和傳奇中（溫瑞安 14）；在虛構之中，在「源頭」之中[4]。溫瑞安這篇文章題為〈漫談馬華文學〉，實則定義中國文學，

---

[3]　這裡的討論刻意避開將死亡視為「命運的實現」這定義，反而傾向「悖逆或終結命運」的定義，可和自殺互通。下同。

[4]　溫瑞安言行仿若唐吉訶德。傅柯：「他〔唐吉訶德〕自己像一個剛從書中脫逃的符號、又瘦又長的書寫體和字母。他整個人除了是早被人寫下的語言、文本、印刷書頁和故事之外，什麼都不是。他由交織的文字構成；他是書寫本身，漫遊於諸事物的相似性徵之中。」（Foucault 1966：46。筆者中譯）。循此邏輯，唐吉訶德堅信書中世界就是現實世界，並在沒有騎士的世界裡充當騎士。四百年後在東方，「唐・溫瑞安」以真人真事，在沒有武俠的世界裡（台北）搬演武俠，

把中國文學閉鎖在「源頭」，沒有可能性，不能開展，沒有命運，更無歷史。當馬華文學兀自活得好好的時候，溫瑞安——以及其他以中國為本位的學者作家——憑什麼要它分享他人的死亡？

我們如果要確定馬華文學與中國文學的關係，便不能假設中國文學已經「完成」和「結束」。如果我們仍然堅持支「流」這個隱喻，便不能忽視其間「流動」的意象：中國文學和馬華文學都各在「流動」，在開展可能性，在展現各自的命運和歷史。於是「主流」與「支流」或者「源」與「流」的使用，便大有商榷的必要。我們可以承認「沒有中國文學，便沒有馬華文學」（此說法尤其用在解釋馬華新文學的發生，詳本文下半），可是這因果解釋無法把握何以其後馬華文學有不同的經驗、滄桑和命運，於是「源」與「流」概念的使用也就到此為止。「主流」與「支流」的比喻則不正確（除非後者指分「支」出去自己「流」），因為中國文學與馬華文學的關係從此是詮釋學上的對話關係，是比較文學上影響／收受的關係，雖然這種關係對馬華文學而言一直是入超。

可是問題沒有結束。首先我們並未切入馬華文學的歷史情境，具體解釋何以馬華文學有自己的命運。第二，中國文學的影響不斷入超，有時儼然成為支配地位的論述，馬華文學和它的關係仍然可能是「對話」關係嗎？馬華文學仍然可能自成「主流」嗎？第三，假設中國文字的「本質」是「可能性」，能向前開展，有自己的命運，

也算塞萬提斯的先見之明了。只是溫瑞安的演出版本缺乏喜劇效果，迷信中華民國台灣官方的大中國意識之際，淪為其政治祭品。詳黃錦樹（1991）。

「馬」華文學的命運又怎麼與它相連？「中國」文字的命運怎麼可能是「馬」華文學的命運？

　　這幾個問題，將是底下我鋪陳論點的重要依據，並在嘗試回答這些問題之後，回到本文題目所提出的問題架構——為什麼馬華文學？——確立其妥當性。由於第一個問題最終極，牽涉大馬的歷史情境與其他語族文學，將留置到最後才討論。第二與第三問題似較優先和迫切，而且也必須穿越它們，才能抵達第一個問題所在的位置。因此，我的論述將從第二個問題討論兩位作者開始，以迂迴繞道（detour）的策略，透過他們的作品文本，走近我們急欲前往的歷史情境。

一、子凡與中國文學／中國文字的對話

　　一九七九年子凡（游川）出版了一本具有里程碑意義的詩集《迴音》。這本詩集重要，不僅因為它成功在當時馬華詩壇雕琢晦澀與刻板粗淺的修辭兩極之間，開發出簡潔精緻兼具的語言風格，也因為它成功透過四十八首詩作展現一個相當完整的歷史主體。詳細說明需要更長篇幅，這裡只討論子凡與中國文學／中國文字的對話關係。子凡熟悉台灣現代詩[5]，但是可能並不知曉詩人背後的意識型態。無論如何，子凡與台灣現代詩展開了非常有意思的對話，譬如他的〈看

---

[5]　除了接下要談的〈看史十六行〉，子凡的〈酬神戲〉是另一首仿效台灣詩人的作品（杜潘芳格的〈平安戲〉），雖然兩首詩語調不一樣。

史十六行〉是這樣開始的：「在心中澎湃沖擊的／莫非就是血管中沸騰的／長江黃河／這些日子／我總徘徊／在史書和文物之間」（1978c：83）。這個開頭出自洛夫的〈獨飲十五行〉：「令人醺醺然／莫非就是那／壺中一滴一滴的長江黃河／近些日子／我總是背對著鏡子／獨飲著／胸中的二三事件」（1971：79）。可是兩首詩的結論／結局／命運卻完全不一樣。洛夫詩末有後記言「此詩寫於我國〔中華民國〕退出聯合國次日」（80），顯然有深層的、政治性的哀悼意味。就詩論詩，這不必是語調悲沉的〈獨飲十五行〉唯一的詮釋，可是身為作者的洛夫有意將他的政治性哀悼，作其詩最重要一個詮釋根據。不論是否成功，作者的政治意向卻可斷定。

　　子凡的〈看史十六行〉調子同樣低沉，可是哀悼的卻是華裔公民在馬來西亞逐漸坍塌的政治地位：當「祖先的臉譜」「日漸被剝單薄」，「祖先的血汗」「日漸被吮吸乾」之後，「竟還有人瞎嚷／一再保證我們明日的輝煌」。子凡關心所在並非「中華民國」，亦非整個中華民族的前途，而是大馬華人的命運。於是他詩中的「長江黃河」便與洛夫有所不同的指涉。對於「中國」，子凡另一首〈我們〉則表示很清楚：「故國錦繡山河／只是幾掠浮光幾筆潑墨／所謂國恨家仇／真不知恨些什麼仇些什麼／我們所讀的是人家的神話傳奇／不是自己的歷史辛酸悲愴／至於鄉愁，我們土生土長／若有，也不過是一絲／傳統節日的神傷／在粽子裡。沒有詩人忠魂話淒涼／切開月餅。沒有殺韃子的悲壯／……」（1978d：89）。

　　如果我們不堅持上述洛夫／子凡組合中的影響／收受模式的閱讀，則子凡的〈當我死後〉（1978e）和余光中的〈當我死時〉（1966），

便能提供我們平行／類同的模式，透過兩個詩人同樣討論死後他們的軀體的處理方式（遺書？），讀出兩種完全相異的主體性呈現：一是因商品造成身分不明的反諷，一是時空錯置產生無法克服的鄉愁。兩人背後各有錯綜複雜的歷史因素與情境，對中華性／中國性的思考，於是便完全不同了：這思考在余光中詩裡是全部，在子凡詩中卻不存在。換言之，子凡與中國文學進行對話時，不是忽視所謂的中華性／中國性，就是反擊變造，貌合神離，似是而非。[6]

　　然而，不論我們如何解析子凡與中國詩人如何不同，這種「不同」仍然停留在詩句的「意義」層面，即一般所謂相對於「形式」的「內容」層次。雖然單憑「意義」的不同，已足夠確定馬華文學具有和中國文學不同的歷史情境（因為所有的「意義」正是被歷史情境所決定），可是問題並未解決。我們仍然具備強有力的理由認為子凡的作品屬於「中國文學」：不論子凡如何否認他對中國的認同，他操作的仍是中國文字。不論堅持的是什麼意見，他也只能在中國文字裡表態。我們能夠同意「中國」文字可以產生「非中國」的意識型態，可是先決條件是詩人必須先存在於中國文字之中，接受那個維繫中國社會之社會性的象徵體序（symbolic order）：中國文字，同時接受這個文字的表義邏輯（如語法，但不只語法）和表義結果（如意識型態，可有多種）。換言之，子凡的否定也等於肯定，他的否定（否定中國性）在中國文字裡具現，他的否定使中國文字在他筆下

---

[6] 子凡並非沒有討論「中華性」的詩，只是都是以馬華社會為文脈（context），有特殊的指涉。特別請留意〈盲腸〉和〈梅花〉二首。

開展，使中國性重新獲得肯定。

　　這個觀點，顯然將戰場轉向形式／語言的層面，並堅持符表（signifier）的「封閉性」（我的造詞）。所謂符表——中國文字的物質層面——的「封閉性」，指漢文字保存了中國文化／社會／歷史流變中的各種印記（漢民族的社會習俗如父權制度等各種意識型態）而「定型」之後，以圖騰、以遺蹟、以歷史運作的結果流傳下來的方式。符表的「封閉性」，使我們今天只能變動或調整與符表相連繫的符義（signified）或意義，以及這符義的語意厚度，而非符表本身[7]。

　　中國文字／符表的「封閉性」，真的就是符表中華性／中國性的保證嗎？我們能夠同意中國文字／符表是中國歷史的產物，可是憑這一點我們能說符表本身具備中華性／中國性嗎？如果答案是肯定的，顯然我們忘了中華性／中國性只是符義而已，並非符表的組成部分；沒有中華性／中國性，符表仍然可以是符表／才是符表。符表之為符表因為它有自身的運作邏輯（如與符義的關係是任意的arbitrary）；不論「中國歷史產物」是多具體的事實，這個事實無法干預和決定中國文字／符表本身的語言學／符號學邏輯。中華性的結束並非符表歷史性的結束；反而只有中華性的結束，才是符表歷史性的開始。中國文字儲蓄中國人意識型態的方式，是按照符表運作的邏輯進行，而非中華性／中國性的邏輯——如果後者有所謂邏輯的話。中國文字／符表是中國歷史的產物，可是一旦符表系統建立

---

[7] 這有反證。就二十世紀，且不說失敗的漢字拉丁化運動，便有簡體字和女書，都是意識型態促成的產物，可是都是不尋常的例子。

起來，中華性／中國性便須服從符表的邏輯，不能佔據符表（否則符表不能運作），反而由符表，在歷史的流變中，為中華性／中國性命名。

這個說法可能招致如是反駁：我已將索緒爾（Ferdinand de Saussure）的符號學概念過度引申與化約；索緒爾的意見並不盡符合中國文字的狀況。不錯，索緒爾的整套概念是建立在印歐語系的拼音語言上，也因此他將符表定義為聲音意象（sound-image），而非我申論中的書寫意象（graphic image）（Saussure 66）。然而我的目的並非要為中國象形文字建立一個符號學論述，能力上篇幅上也辦不到，只想透過索緒爾，說明中國文字一如任何文字，如果要作具有表達能力的符號時，所需存在一個邏輯上的先決條件。

我如此強調，目的在打擊中國文字「本質」論者。他們非常天真地以為，中國文字／符表與其指涉物（中國歷史情境）未曾切分；他們不曉得若不切分，表義活動將是不可能的事，中國文字被鎖在它生發的源頭，惟有停頓和死亡。也惟其表義活動的可能，中國文字／符表的命運，才是一條或多條不斷生產論述和意識型態之旅；中國文字的命運便在它之不斷遠離「源頭」，不斷指涉和進入與「源頭」不相同的歷史情境，陌生的歷史情境，甚至喪失中華性／中國性的歷史情境。

二、李永平與「南洋」的對話

我們現在面對一個弔詭：何謂中華性／中國性？每一代人，甚

至同一代不同地域、立場和背景的人，都有各自的定義，甚至相矛盾的定義。姑且假設每人定義並不矛盾，我們也無法想像，他們定義相加的總和是中華性／中國性的「全部」，最多只能說，他們共同具現了同一代人的詮釋學視野。詮釋學視野有強烈的時空暗示，暴露了解釋和定義中華性／中國性的主體之歷史位置[8]。「本質」論者，「真理」論者，其實都在闡述他們的歷史位置，展現他們作為歷史主體的命運。

我將從這裡返回有關中國文學／馬華文學關係的討論。我要舉例說明的人比子凡複雜和困難，但是也更有意思：這人是李永平。李永平出生馬來西亞砂勝越州的古晉，卻在《吉陵春秋》中創造了迷人曲折的中國原鄉世界，很獲批評家好評，咸認他成功以最本土的材料（「純粹」的中文）建構出最完整最真實的「中國小鎮的塑像」（詳余光中（1986）和龍應台（1986））。然而看法最為犀利獨到的卻是王德威。首先他認為「原鄉」主題只是政治文化上的神話（1988：2），而「李永平以海外華人身分選擇居住台灣，並且『無中生有』，於『紙上』創作出鄉土傳奇，當是對中國原鄉傳統最大的敬禮與嘲諷」（1988：3）。換言之，《吉陵》「是原鄉傳統流傳數十年後，一項最弔詭的『特技表演』……」（1988：21）。其實我們可以加上一句：這是李永平最誠實最有遠見的表演，徹底暴露他的歷史位置。

---

[8] 在文學研究方面，當代有關中華性／中國性的看法正在改變。最近山東教育出版社出版了山東社會科學院文學所所長郭延禮的《中國近代文學發展史》第一卷，論述涉及中國境內各民族文學，有意修正歷來以漢語民族為中心的中華性／中國性的定義（梁山 27）。

　　暴露了他的歷史位置？這是怎麼回事？李永平不是最否定任何與「歷史」扯上關係的概念嗎？他的《吉陵》世界難道不是在刻意模糊任何歷史背景的暗示嗎？誠如王德威在《吉陵》的書評裡指出：「李永平刻意抽除明顯時空背景……，造成〔全書〕細膩晦澀有餘，卻總似缺少福克納、馬奎斯般源於深厚歷史感的魅力」（1986：219）。李永平稍後以天主教教義問答方式寫下的反駁中，第一句話便是：「《吉陵春秋》是一個心靈世界」（1987：124），並對歷史感百般否定和譏諷（125）。這非常有趣，何以「歷史」或「歷史感」是那麼可怕的字眼？犀利如李永平者，顯然並非不知道「歷史感」的重量，並非對它毫無企圖，否則不會為《吉陵》冠上「春秋」的書名。可是何以他在面對《文訊》編者第一個觸及「歷史」和「歷史感」的問題時，避而不答，反而「轉進」教導讀者如何閱讀小說（1987：124-125），藉著具有「教學功能」的談話（教義回答？）規避歷史感？他面對歷史感有著強烈的抗拒機制，是他無力面對，還是說歷史感即是創痛？是尷尬？

　　當李永平不斷強調他創作上的「仰望對象」是中國「大觀園」時（1987：125），恐怕最令他尷尬的莫過於有人說《吉陵》具有南洋色彩；李永平最要否認的歷史感恐怕就是它。「南洋」是李永平出生、成長和長大後被他透過社會實踐（寫作《吉陵春秋》）所「遺棄」的世界，「南洋」對他的歷史意義再明顯不過。可惜一般批評家提及「南洋色彩」時都將他放過，因為大家對這名詞一籌莫展。對他們來說，「南洋」是個沒有內容的名詞，是個沒有歷史的地方，跟世界上其他地方一樣平板空洞。似乎只有大中國以外的作家或批評家才願意

面對歷史感的問題。馬奎斯《百年孤寂》狡黠的開場不過是晚近的
例子。跟李永平相反，馬奎斯懷著強烈的歷史觀照，讓邦迪亞上校
臨刑前在回憶中。不只回到童年的亞馬遜森林，也回到歷史開始的
那一刻，生動地再現語言進入這世界的姿態；其中的關鍵字眼是
「命名」：

> 這是個嶄新的新天地，許多東西都還沒有命名，想要述說還
> 得用手去指。（25）
>
> The world was so recent that many things lacked
> names, and in order to indicate them it was necessary
> to point.（11）

對「南洋」的認知一片空白使中國本土出生長大的批評家，無力參
透李永平在《吉陵春秋》中體現了這樣一個特殊的「命名」過程，深
深觸及有關歷史的根本問題。我們當然可以從文字遊戲開始，「傾聽」
其開隱密的話語，作一些並非沒有道理的「猜測」。譬如「吉陵」一
詞與李永平出生地古晉（Kuching）諧音，「吉」字不論方言古音，子
音都與「古」字同為舌根音，兩字同時還形貌相似；至於「陵」「晉」
則疊鼻韻。換言之，從「古晉」到「吉陵」，歷經了語音上的換喻移
位（metonymic slide），分享了夢運作的若干機制。我們如果將「夢」
的邏輯推遠一點，便來到桃花源。〈桃花源記〉是這樣開始的：「『晉』
太原中，武『陵』人，捕魚為業……。」古晉是李永平日夜懸念的桃
花源呢，還是吉陵是現實世界裡赤裸的夢魘？似真似幻，哪個是真？
哪個是幻？哪個已經遺失而哪個正被遺棄？古晉和吉陵之間所展現
的，正是「世界」與「命名」之間激烈的辯證。

　　當然我們可以輕易駁斥這段「文字遊戲」，說它毫無「事實根據」。如果需要「事實根據」，我們也有，雖然與前面的「文字遊戲」沒有直接關連。李永平之妻景小佩多年前隨他到她所陌生的「南洋」時寫道：

> 古晉那個鳥不拉屎的地方，叫我簡直駭然。永平一路走、一路指給我看他在「吉陵春秋」裡所提到的「萬福巷」、劉老實的「棺材店」……然後，回到那座蠻山，他告訴我：「我就是在這兒出生長大的！」（1989/08/02：27）

吉陵鎮的世界不也是很「駭然」嗎？景小佩特殊的敘述方式，加上轉折太快（引文中省略號是她自己的），產生了縮合（condensation）的效果，使人以為李永平就是在吉陵鎮長大的[9]。可是當李永平極力否定「歷史感」時，他當然不會如此承認，更不願承認他「騙」過了所有批評家的耳目，以一個非中國的世界捏造非常中國的世界。這也可以解釋何以吉陵以古晉為摹本的「事實」，只能存在於夫妻間的私生活論述中。私生活從來不屬於大寫的歷史（History），最多只在景小佩的故事（her story）裡顯現，於是古晉——李永平來自的世界——當然也不屬於歷史。一面倒地擁抱中華性／中國性之刻，他心中的歷史是在「大觀園」中，至少是「桃花源」裡。

　　然而李永平的實踐有濃烈的桃花源性格，並不僅僅因為桃花源

---

[9] 黃錦樹作了非常精彩的聯想：景小佩的「駭然」顯然出自她的 hairan（馬來文驚訝不解之意）（黃錦樹 1991）。她不安的情緒，在在顯示她觸及到了被李永平以《吉陵》粉飾掉的身世——他個人和《吉陵》兩者的歷史場景。然而這一切又是那麼「駭然」（hairan），使她只能以失言、筆誤的方式說出。

中存在著懸滯不前的歷史。歷來批評家多留意桃花源的烏托邦性質，停留在現實政治批判的層次；這樣的觀點低估了桃花源的分量。擺在李永平的古晉／吉陵轉換配對中，桃花源的分量立即揭顯：它和「大觀園」不同，是個「方外」或「域外」之地，是沒人走得到和可以想像的地方；更重要是，只有漁夫走得進去，之前沒有預警，之後不復得之，有如一場夢。漁夫離開桃花源後，有如夢者醒來，只能用話語敘述所見所聞，以話語建立敘述，替代不能分享兼不能重複經歷的經驗（「不足為外人道」應該這樣理解）；一如夢之不能重複，亦無第二者可分享，永遠隱私，永被強烈尋求共通性的「歷史」概念或論述排拒。從這角度，「方外」或「域外」深含比字面上更深沉的流放、流失和不可溝通的意味，話語和敘述成為集體歷史意識和私生活之間薄弱無力的聯繫。

但是，「桃花源」這概念一點也不「域外」；一如「大觀園」，「桃花源」處於中原文化的核心，因為〈桃花源記〉和《紅樓夢》穩坐中國文學「正統」的寶座。而「古晉」卻不是這麼回事。這南洋地名的中譯雖帶中國風味，但只能提供李永平作有關中國的聯想，進行語音上的換喻移位以觸發中原地名的隱喻代換，使中華性／中國性得以運作，一任這南洋地名的背後終究只是不可知。惟有李永平知道這些「不可知」的內容，因為他就是這些「不可知」；桃花源提供他方便，在他屈從於中原集體歷史意識之刻，可以合法地使他自己不遁形、不流放、不「域外」、不「不可知」（不似景小佩文可遭中原集體歷史意識以「傳記材料」之名擱置和放逐）。這不是「翻譯」的問題，因為「不可知」是不能翻譯的，只能僭用（appropriate）已知可

知的一切以存顯「不可知」。換言之「桃花源」成為通往古晉之路，但是聽說過桃花源、據桃花源為已有的人永遠找不到古晉。作為來自域外的人士，這是李永平的自我保護機制，否則他將消失；桃花源成為李永平與中原人士之間薄弱無力的聯繫。

　　這聯繫或「翻譯」之所以可能，因為桃花源和古晉都屬「域外」；更確切說，因為桃花源（不論它是如何虛構的概念）保存了拓樸斯（topos，從希臘文原意，「位處」之意），而桃花源與古晉正同屬一條拓樸斯的聯想代換軸（paradigmatic axis），也憑此軸我們可以更清楚解釋古晉／吉陵轉換配對的原理。但是對李永平，他最初的拓樸斯是古晉，這認識是貼近歷史，一反李永平否定歷史感的歷史概念。也憑這原初拓樸斯，我們找到李永平「中國論述」（《吉陵春秋》）成立的依據。如前所述，這原初拓樸斯以桃花源為薄弱無力的聯繫，被「翻譯」到已知和可知的世界；這「翻譯」和聯繫是「中國論述」的成因，論述中的「中國風」不過是這場遊戲的經濟結果——向已知和可知世界短暫妥協的結果。黃錦樹非常準確指出，《吉陵》與中國文學／中原文化（已知和可知世界）有深厚的淵源和互涉[10]，可惜未進一步回答是否被流放的「域外」真有如表面所見已經妥協，可完全為已知和可知的世界僭用？甚至或者，我們是否只有已知和

---

[10]　「……《吉陵》不止是砂勝越（古晉），不止是台灣（台北、高雄），而且還是中國。不是近現代的中國，是晚明、清初的中國。是三言、二拍和《金瓶梅》裡的世界。……這裡不是說李永平受了這幾部書多少影響（因為無從證明），但是當李永平強調《吉陵》是一個『心靈世界』時，這種比附便有了意義」（黃錦樹 1991）。

可知的世界？若是，被流放的不僅是「域外」，還有歷史，我們會錯信李永平有如溫瑞安，尋求自殺式的死亡，因為只有死亡才願意承諾和超越歷史的「永恆」結合，用死亡放逐歷史。在李永平而言，放逐歷史只是他和已知和可知世界的溝通語言；他來自域外，知道的遠比已知和可知的世界還多，使他無法像自閉的溫瑞安一般自殺，無法放逐歷史，雖然他又多麼希望能像溫瑞安一般死去。在放逐歷史與無法放逐歷史之間，李永平必須尋找短暫的妥協，這便是他的歷史位置。

　　李永平不是溫瑞安，因為他有來自「域外」──原初拓樸斯的召喚。一九八九年八月《海東青》在台灣發表，李永平母親在古晉下葬，他「哭醒昏醉好幾回」（小佩 1989/08/02：27）：我們似乎一直錯估了──因為《吉陵》的緣故──李永平與「域外」的聯繫，以及他投注「域外」的強烈情感，以為他清潔溜溜，切除了私生活，在中原集體意識裡純化。在這脈絡下，原初拓樸斯重要，倒不在其傳記材料和經驗實證的價值，而在於它是李永平私生活之源，同時以進行式而非傳記材料的過去式存顯。文學創作不正是私生活的諸種活動之一嗎？當李永平在他文學作品中保存了一個拓樸斯，我們再也很難相信「它是中原集體意識的公共空間」是唯一的解釋，甚至是最終極的解釋。這解釋通常基於這樣的堅持：語言，或邏各斯（logos），是公共空間的私有財產，不屬私生活。李永平寫作《吉陵》正是抱持這個信念，但除非他真能切除私生活，否則這信念永無法實現。於是實際操作時，李永平做的是相反的事，而且有其必然性──如果我們沒忘記文學創作來自私生活。從景小佩文中所述，我們可以

想像李永平寫作《吉陵》時，是如何不停召喚其原初拓樸斯；或者這原初拓樸斯不斷縈繞他腦際，不斷反過來召喚他。他們相互召喚和應答，原初拓樸斯賜他以記憶，以及他投注和儲存在那裡的情感（但不止這些），而李永平則回贈之以邏各斯。邏各斯有如桃花源，本身是拓樸斯而通往「域外」，或者，是個保存了流放和不可溝通的拓樸斯。換言之，一如桃花源，這邏各斯是存顯也是掩蔽，不再只是任何公共空間的私有財產，但保存卻也隱去前往不可知的隱私空間的通路。「吉陵」出自「古晉」的換喻和隱喻，所揭示的正是這層道理。然而，我們並不能因此而化約地說吉陵「指涉」古晉；「命名」是較好的字眼，因為深涵「贈予」之意，給了古晉隱蔽，也給了它存顯。在歷史的夾縫間，古晉在隱蔽和存顯之間穿透，成為迷離的拓樸斯；更確切說，古晉在穿越隱蔽和存顯之際，開展了歷史。藉著中國文字的「命名」，古晉（以及它所表徵的「南洋」）有了歷史，在我們面前打開一個嶄新的世界。但是因為「命名」意味著贈予，被送出去的是邏各斯，中國文字終於進入不可知的地域，同樣被流放，同樣在隱蔽和存顯之間穿透，同樣在開展它自己的歷史，不再為溫瑞安陪葬。

　　當中國「文字」居住在另一個世界裡，在那裡使歷史成為可能時，它再也不是「中國」文字；中國「文字」的命運，於是是「馬」華文學的命運。

　　然而並非所有馬華文學作品都能輕易讓我們作類似的理論爬梳。《吉陵》是個漂亮的例子，輕易洩漏隱蔽和存顯諸相，而其他馬華作品，由於需要更多相關歷史情境論述的配合，便沒那麼容易理

論化。但是透過《吉陵》建立的理論基礎，足夠讓我們知道，中原集體意識不能取代歷史，對其他馬華作品的理解，也就沒有化約了的框框可用。我們現在逼近了「不可知」的地域。

三、「馬華文學」怎麼來

馬來亞地區的中文白話文學於一九一九年十月首次出現（方修 1986：1）。以後十年間雖然描寫中國的作品很多，可是以馬來亞為背景的各文類作品已更迭出現（方修 1986：59）。換言之，初期馬華文學不只是中國本土新文學的延伸和海外分部，同時也是華人移民社會的文學——注意兩者並不一樣。「把南洋色彩放進文藝裡去」首度於一九二七年由〈荒島〉（《新國民日報》副刊）同仁提出，可是口號提出前，不少作家已實際如此操作（方修 1986：59）。馬華文學界當時的左傾意識，可能是「南洋色彩」口號風行的重要助力之一。當時馬來亞地區是典型的英國殖民地社會，可是根據黃森全的說法，二〇年代末期馬華文學界壓倒性的左風，並非由馬來亞的政治氣候直接觸發，而有其外來影響（Wong 1978：69-70）。當時蘇聯、美國和日本文壇左傾意識瀰漫（Wong 1978：73-79），可是這裡的「外來影響」卻指中國（Wong 1978：80, 95, 105）。左傾意識從中國的輸入具體而直接；不只中國左派作家圍剿魯迅時，馬華文學界也群起仿效（Wong 1978：91-94），而且有大批左傾作家，因國民黨清共的緣故，南逃到馬來亞（Wong 1978：133-135）。其中有人很快便進入狀況，參與了「南洋文壇」的「改造」。譬如一九二七與二八年間南來

的羅伊夫（Wong 1978：134），一九二九年五月發表了〈充實南洋文壇問題〉，便把「充實南洋文壇」與「改造社會」視為等同（方修 1986：79）。其後有關「南洋文藝」「創作方向」的討論，莫不以階級鬥爭為圭臬，滔滔是一位（方修 1978：81），江上風是另一位。後者一九三一年三月發表的〈南洋作家應以南洋為戰野〉便挪用了郭沫若普羅文藝的口號，要求作家放眼眼前的處境（Wong 1978：96）。顯然左傾意識是其中一個因素，使早期馬華作家（多半還是中國移民）將關懷視野放在馬來亞，而非僅僅中國，因為「南洋作家應以南洋為戰野」。左翼文藝評論同時要求作家有時代意識，使不少以中國為背景的左派作品紛紛出籠（Wong 1978：101-104），同時也有不少以馬來亞為背景的階級鬥爭文學和反殖文學出現，前者如寰遊的〈十字街頭〉（1930），後者如海底山的小說〈拉多公公〉（1930）（方修 1986：82, 78）。這兩例子俱非孤證，使人不得不將當時殖民地背景納入，視為直接觸發馬華左翼文學的一個理由。於是馬華文學的發生，不能只從中國新文學的影響的角度看待，也須從中國以外被殖民的第三世界角度審視。因此與其認為「南洋色彩」的提倡是中國作家反侵略情緒在南洋的移位（displacement），不如說是殖民勢力下可以理解的姿態。

　　所以等到丘士珍於一九三四年三月，第一次提出具有「馬來亞」地理概念的「馬來亞地方文藝」這名稱時（方修 1986：133-134），已是相當晚的事了。然而可能因時值殖民政府各種「文字案」之後──〈十字街頭〉是最有名的一宗（方修 1986：81-82）──「馬來亞文藝」這概念在各作者的使用中降低了左傾色彩，可是也正是這名詞，

在一九三六年一場意外的爭論而深入人心，確定下來（方修 1986：135）。這場有關「兩個口號」（「國防文學」與「民族革命戰爭的大眾文學」）的論爭，原由曾艾狄引起，他指責「馬來亞文藝界」動不動就由中國文藝界借來各種口號，無疑「搬屍」，完全是「移民觀念」作祟（王振科 42）。這場論爭後來雖然轉移到討論「兩個口號」的正確性去（方修 1986：135），可是馬華作者對中國文學的「影響焦慮」[11]已經很明顯，並且恐怕很有普遍性，否則便無法解釋郁達夫剛抵馬來亞未一個月，馬華文藝界請教他的「幾個問題」中，何以頭兩個與上述「影響焦慮」有關了[12]。

　　「馬華文藝獨特性」的爭論——它是不是「僑民文藝」？它和「中國文藝」的關係是什麼？——終於在戰後搬上檯面。這場論爭從一九四七年一月以一場座談開始，至一九四八年三月也以一場座談結束（方修 1987：29, 72），其間無數馬來亞作者參與討論，規模之大前所未有，以致論戰後期（一九四八年初），連遠在香港的郭沫

---

[11]　「影響焦慮」（the anxiety of influence）語出布魯姆（Harold Bloom）同名書，原指作家受前輩影響而造成的**創作**上的焦慮，本文用法稍有不同。

[12]　這兩個問題是「在南洋的文藝界，當提出問題時，大抵都是把〔中國〕國內的問題全盤搬過來的，這現象不知如何？」和「南洋文藝，應該是南洋文藝，不應該是上海或香港文藝。南洋這個地方的固有性，就是地方性，應該怎樣的使它發揚光大，在文藝作品中表現出來？」（郁達夫 64, 66）。留意這兩個問題（特別是第二問題）所要傳達給郁達夫的訊息：它們要告訴郁達夫說：「有些事情如南洋文藝有其地方性，它並非中國文藝，是你們這些中國作家所不知道的。」於是表面上是請益，事實上暗涵對「南洋文藝」解釋權的角力，郁達夫也即成為「南洋」作家進行對話的對象，而不僅僅是「啟蒙」的「導師」而已。

若和夏衍都發表了意見（方修 1987：69-72）。這場論爭雖發生在馬來
亞政局多變的時刻[13]，可是看不出有任何政治實體以外力方式介入，
反而論戰顯示中國文學帶來的「影響焦慮」已達到極端強烈的程度，
使得「馬華文藝獨特性」的問題必須解決[14]。

　　這場論戰另一條軸線是左傾意識，矛頭對準英國殖民地政府[15]。
也正是這條軸線，使馬華作者初步解決了中國文學帶來的「影響焦
慮」：因為堅信進行「文藝任務」不能脫離時空，他們將「馬來亞人
民」當作最優先「服務」的對象；既然「中國人民」與「馬來亞人
民」同樣是國際間等待「解放」的「民族單位」，則這兩個「民族」

---

[13] 一九四六年英人之「馬來亞聯邦」（Malayan Union）計劃遭受馬來社會強力
杯葛，其中一個理由是因為非馬來人取得公民權條件過於寬鬆。一九四八年二
月「馬來亞聯合邦」（Federation of Malaya）成立，這是折衷的新方案，雖然仍允
許非馬來人成為公民，但條件轉為嚴苛。這其間華人的態度有激烈的轉變，從
冷漠轉為徬徨，一九四七年《南僑日報》的民意測驗中，百分之九十五作答人
士願取雙重國籍可以為證，而馬華文學與僑民文學的論爭正是「身分認同」所
引發的徵候（陳劍虹 96-101）。有關此時政局進一步資料詳 Andaya et al（247-
258）。

[14] 因手頭缺乏原始資料，本文有關此論爭的討論，完全仰賴方修的轉述（1987：
27-78）。

[15] 馬華左翼文學當然可以和當時公開活動的馬來亞共產黨聯想，可是彼此關係
有待釐清。不過「馬華文藝獨特性」的論爭，因為觸及了困難的文學理論課題，
並迭有精采的對話，顯然不像口徑一致、又紅又專的共黨文宣攻勢和造勢，因
此若說馬共操縱了「馬華文藝獨特性」的論爭並不正確。然而會議上，楊松年
教授的看法較為保留，並指出此論爭與馬共關係比想像中密切。感謝楊教授的
提示。

相互扶持，兩地文藝工作者亦互為「戰友」。中國人與馬來亞華人之間的血緣關係乃降至最低，而「馬華文藝」的定義在意識型態上，也由政治取向取代了血緣觀念[16]。

　　論爭結束同年的六月，殖民地政府宣佈馬來亞進入緊急狀態，

---

[16]　在此只能簡單列舉幾個例子交代論戰過程。凌佐的〈馬華文藝的獨特性及其他〉（1947）很能代表論爭初期反對「僑民文藝」的看法：「……戰爭〔二次大戰〕帶給馬華社會新的認識，即本身的命運和馬來亞各民族人民的命運是利害一致的新的認識；同時，戰爭也確定了馬華文藝運動，應該和馬來亞民族解放運動結合在一起。馬華文藝的新的階段的開始，在性質上是否定了失去現實意義的『僑民文藝』，從抗日衛馬的壯烈流血鬥爭獲取了基點起程，而以實現馬來亞民主自由獨立的這一歷史任務的鬥爭，作為馬華文藝的新的實際的具體的內容的。」（方修轉載 1987：30）。有關「中國」在政治上的定位，凌佐說，既然「馬華文藝作者以馬來亞人民的立場為出發點，……對於中國的義務，雖然仍應負擔，卻不能不放在第二位」（方修轉述 1987：31）。稍後海朗更細緻闡述了馬華文藝與中國文藝的關係。他說，這次論爭應是「現實主義寫作態度與非現實主義寫作態度問題的論爭」，故將馬華文藝與僑民文藝對立起來並不正確；僑民文藝也可以非常寫實。於是「馬華文藝應該把中國文藝看成同志、戰友，或先生，但絕對不是附庸」，雖然「馬華文藝不能也不應該擺脫中國文藝的影響」（方修轉述 1987：47-48）。最後大家有關論爭的結論，大抵和海朗相去不遠，但是對「民族」和「中國的局勢」卻有更激進的定義。結論「把民族解釋做國際一般的特殊，即國際性民族性統一的一個單位」（方修轉述 1987：74），即相對於殖民階級的一個「單位」，於是，中國的改革運動既然屬於國際局勢的一環，則中國「民族」與馬來亞「民族」是相互支持的。因此馬華文藝工作者的任務，雖然是「努力去反映馬華的現實」，事實上並未與中國文藝分道（方修 1987：75）。這個結論顯然有妥協爭端兩造的意味，但是有關「馬華文藝」的定義，卻因此有了比戰前更豐富的指涉。

以整肅日益坐大的馬共。一九五七年馬來亞獨立，對共產黨的文批武鬥並未終止。此後馬華左翼文學雖時有起伏，但也從戰後初期的主導地位，漸次衰退，轉為收斂含蓄，迄今只剩對「現實主義」的堅持，已非原來面貌。其實馬華左翼文學早該結束其「歷史任務」：戰後以來這批作者在美學上的革命成果，與他們在政治上的革命願望並不成比例；馬雅考夫斯基（Vladimir Majakovskij）之類美學與政治理念同樣前衛的作家，對他們是不能想像的事。反而真正帶動詩語言改革的現代詩，卻從「反共堡壘」台灣輸入[17]；更反諷的是，馬華文壇上反對現代詩最力的，卻是曾經激進過的「寫實派」。他們已成為不折不扣的保守末流。

可是馬華左翼文學的貢獻卻無可替代：是他們使「馬華文學」這個名詞變得可能。「馬華文學」並非中國文學為其「海外支部」所取的名稱，也非英國殖民地政府封賜的爵位，更非星馬政府立國後的官方設計。「馬華文學」是馬來亞中文作者在解釋他們的歷史情境時所產生的概念；這概念甚至在這名詞產生前便有了（如二〇年代末期的「南洋色彩」），並在戰後有了周延完整的內容。換言之，「馬華文學」是早期馬華作者對他們歷史位置的解釋，因此是馬來亞部

---

[17] 馬華文學的現代主義不盡然來自台灣。早年《蕉風》作者如梅淑珍和陳瑞獻等，具備英文和／或法文原典閱讀能力，便開創了別具一格的中文文學風貌；溫任平雖屬他們一分子，但相形之下，承受了台灣較多的影響。可是此後馬華現代詩的進展，卻和來自台灣的輸入有很大的關係。感謝前《蕉風》編輯張錦忠的提示。

分人民記憶（popular memory）的具體呈現[18]。這樣理解加深了「馬華文學」這名稱的語意厚度，超出中國本位學者作家的「支流觀」偏狹的血緣視野所能掌握。於是馬華文學產生的過程，再現的是布萊希特《高加索灰闌記》對李行道元雜劇《灰闌記》結局的顛覆：血緣和屬性之間的虛構關係，可以在布萊希特那裡解決[19]。

四、馬華文學哪裡去

馬華文學所呈現的人民記憶與殖民地統治者的對抗，在馬來亞獨立之後，尤其是一九六九年種族大暴動（五一三事件）之後，變成是人民記憶與官方記憶的對抗[20]。首先在文化上，由新崛起的馬來菁英領導的政府，透過一九七一年召開的國家文化大會所得結論，「強調國家文化必須以本地區土著文化為基礎；其他文化只有在土著文化及回教的觀點下認為『適合』，才能納入國家文化範疇」（陳志明 1985：57-58）[21]，而「國家文化」中與文學相關的設計是「國

---

[18] 人民記憶是傅柯（1974）提出的概念。

[19] 感謝張漢良教授在他比較文學課上，對此二劇精采的解說，引發這裡援用的靈感。

[20] 有關大馬建國迄今的政經文教互動，詳張錦忠（1991）。

[21] 這個官方說法與同年提出的新經濟政策（Dasar Ekonomi Baru）齊頭並進。此經濟政策目的在藉社會重組，消除全馬人民（特別是馬來人）的貧困。實行結果頗受知識分子物議，陳志明的批評可為代表：「『新經濟政策』體現的是以種族觀點去對待社會經濟問題，它助長了沿著種族路線進行社會與經濟競爭的機會，並且強化了種族集團政治。毫無疑問，這些馬來菁英分子和少數富有權勢

家文學」。「國家文學」由國家文學獎（Anugerah Sastera Negara）這台意識型態國家機器維持運轉。此獎項每年表揚一位優秀馬來文資深作家，給予優渥的待遇和一切出版著作的方便。由於規定必須使用國語（官方語文），也即馬來西亞語文（馬來文）寫作才具備申請的資格，「國家文學獎」挾其優渥的經濟報酬（各族納稅人的錢），使官方介入並分裂了大馬人民的記憶。馬來文作家與馬華作家共享一個歷史情境，可是因為官方的操作，他們必須相齟齬。其實一九八三年大馬各華人民間社團共同呈交政府的《國家文化備忘錄》中，已指明「國家文學」這概念出了問題，只差沒點出它背後的官方意識型態：

> 對本地公民來說，「國家」指的就是「馬來西亞」，兩者是同一的概念。這是普通常識。但是按照某些人給大馬的「國家文學」下的定義，「國家」和「馬來西亞」卻劃不上等號，因為他們宣稱，凡是非以國語創作的作品，就不是國家的文學，而是馬來西亞文學，「國家」在這裡和「馬來西亞」變成了對立的概念。很顯然，這個定義在邏輯上是荒謬的………。（23）

結論是：「國家文學」當然不是馬來西亞文學；馬華文學作為大馬文學的一環，便註定被官方記憶排拒在外。

其實如果只從文學角度檢驗，便足夠證明「國家文學」是外行人的設計；如果「國家文學」指的是使用馬來文寫作的作品，則「國

的非馬來人（主要是華人），可以從政策中獲益，但其他大多數窮人依然窮困」（1985：57）。更全面的批判詳 Mehmet（1987）。某種程度上，所謂「國家文化」，也是為這樣的政經利益服務，再生產維護此政經利益所需要的意識型態。

家文學」也因此定義而自行瓦解。十九世紀末至二十世紀中葉，星馬峇峇華人受印尼土生華人的影響，使用峇峇馬來文大量翻譯了中國古典小說與民俗文學近八十種，約數百冊，兼有故事與詩歌的創作[22]，此一重要的文學現象，並未出現在「國家文學史」的論述中[23]。排除「翻譯不是文學」的偏見之外，可能因為峇峇馬來文並非「正統」馬來文。它挾雜不少閩南語字彙，文法上是馬來文與閩南方言語法的混合，然而要讀懂峇峇馬來文必須先懂馬來文，僅憑閩南語知識並不足夠。因此嚴格說來峇峇文是馬來方言，雖然人類學上，幾乎已消失的峇峇華人族群屬於華人（陳志明 1984：187-188）。然而馬華文學從不將峇峇文學視為它一部分，只因它並非使用中文寫作。於是峇峇文學在堅持正統馬來文的「國家文學」和堅持正統中國語文的馬華文學之間，成為不折不扣的他者（other）。峇峇文學的存在揭顯了背後支撐「國家文學」和馬華文學的「陰謀」：純正語文，純正血統，並假純正之名維繫與虛構種族主義的正當性。於是在馬來西亞，峇峇文學整個顛覆了文學上固有的中間／邊緣的分類，使得「國家文學」和馬華文學的定義劃分必須重新檢討。

　　有關馬華文學重新定義的問題，很早便有人提出[24]，而黃錦樹（1990）是陳義最完整的一位，本文前段論述是在他所建立的問題

---

[22] 詳陳志明（1984：182－184）、楊貴誼（1986）和梅井（1983）。

[23] 譬如手頭上兩分有關馬來西亞文學史（Muhammad Haji Salleh 1988b）和戰前馬來文學史（Safian Hussain et al. 1981）的論述，便未提及峇峇文學。

[24] 張錦忠：「筆者若干年前即曾〔在《蕉風月刊》上〕為文質疑馬華文學的定義，並建議用『華馬文學』作文華裔馬來西亞文學的簡稱」（1991：42）。

架構上開展。黃錦樹仰賴陳志明對大馬華人所作的人類學觀察，認為馬華文學應指大馬華人文學。這個新的定義，不僅涵蓋馬華「新」文學，也涵蓋一九一九年以前及以後的「舊」文學，並延伸到峇峇文學，華人寫作的馬來文文學和英文文學去，雖然以中文寫作的馬華文學作品，在量上仍是壓倒性的多數。這個作法，顯然不在尋求「馬華文學」定義的穩定性，反而將其定義與語意範圍轉為動態，時態上是未完成式，空間上則可與其他語系文學（如馬來文學）重疊，並能指涉不被任何一元論所接受的他者（如峇峇文學），使「馬華文學」成為異質性空間。黃錦樹的概念雖有人類學支撐，可是視野超乎陳志明的設計，使「馬華文學」成為更廣延、更具動力和顛覆力量的概念，使馬華文學既在馬來文學之內，又在其外，整個搖憾了「國家文學」的族群語言中心論。換言之，黃錦樹重新定義馬華文學的同時，也重新解釋了馬來文學，並將「國家文學」解構。

在大馬以馬來文創作的華人並不多，其中最受馬來文學界肯定的是詩人林天英（Lim Swee Tin，1952-）。然而林天英的詩風、取材和意識型態，撿的是當代馬來文學的現成。譬如在〈我們的長輩〉（"Orang-Orang Tua Kami"）一詩中，他對家族的記憶與一般馬來詩人所呈現的並無二致，顯然「華人」這標籤用在林天英身上只有人類學的意義。從他保留自己的中文名字，到他對馬來文學的全盤接受，顯示林天英既在邊緣又在中心的位置，彷彿黃錦樹定義下的馬華文學之隱喻。至大馬華人的英語文學，則呈現另一極端。陳文平女士（Woon-Ping Chin Holaday）比較了余長豐（Ee Tiang Hong）和穆罕默‧哈芝‧沙烈（Muhammad Haji Salleh）兩位學者詩人的英文

詩作，發現前者以強烈的英國詩風（特別是奧頓與拉金），表達他對大馬統治階層種族主義政策的不滿（Holaday 141），於是相同一片大馬山河，兩位詩人便有不同的再現，佔據了對立的政治立場。穆罕默詩中的祥和土地，是其馬來族群最初的來處與最後的歸屬（139），而余長豐詩中卻只有瘴癘之地，充滿政治壓迫與禁忌，他甚至悔怨其祖先之渡海南來（143-145）。顯然大馬多元文化和多種族的社會，同時令馬來詩人和華裔詩人產生強烈的錯置感（133, 146），使兩造對相同的土地／歷史有相反的詮釋。也正是這分錯置感，證實多元文化和種族的社會在大馬是無法否認的事實，並讓我們找到支撐「國家文學」的真正源頭。

　　經變動後的「馬華文學」定義，正是能採取這個宏觀角度（某種程度上亦是比較文學的角度），察覺到這分錯置感正是大馬一個歷史現實。我們容易體會余鼎宏的錯置，因為中文詩人有子凡呈現相近的主體性，雖然子凡比較含蓄內斂。至於穆罕默「版本」的錯置感，馬華華文文學有溫瑞安為現成的例子。穆罕默與溫瑞安遵循了相同的邏輯，雙雙承受不了錯置感帶來的痛楚，而回頭擁抱個己的文化「源頭」，各自以無比的勇氣構築「鄉愁」與烏托邦。鄉愁（nostalgia），或懷鄉病，源於十七世紀末臨床上的精神疾病，屬憂鬱症一種（Jackson 373）：相同的疾病，同樣導源於愛戀物（loved object）的失落，襲擊了不同語族的作家，使馬華文學與馬來文學的分野顯得無謂和累贅。疾病成了大馬境內比較文學研究的一個切入點。

　　如果穆罕默式的錯置感正是造成當今馬來知識分子高漲的民族主義情緒，那麼余長豐的錯置感則是此一民族主義的開花結果。基

本上這是陳文平的看法，可是這個因果解釋稍嫌簡單，不夠完整。馬來知識分子的錯置感與挫折感由來已久：幾個世紀以來，歐洲殖民勢力不斷進出馬來亞，欺詐、掠奪和剝削，而且從未問過他們，即從中國和印度引入大批奴工從事開發。英國人搜括走後，並未把這群十九世紀湧入的移民帶走，使家園不成家園，住滿了外邦人。於是馬來知識分子在自己的家園感覺像外邦人；而取得公民身分的移民後代，也在馬來菁英分子主導的政局下，同樣覺得自己是外邦人。換言之，穆罕默與余長豐感受了相同的外邦人情結和類近的被迫害妄想狂，相互折磨，有如鏡像關係，相互成為對方的雙生體（double）。因為對方的存在，他們不得不幻想自己為外邦人，共同生產能夠觸發自虐快感的錯置感，不是視血緣為最後的救贖，便是視血緣為唯一的原罪，誰也少不了誰。

　　陳文平能將穆罕默與余長豐作比較文學的觀察，是了不起的樣品選擇，可是她未能指出他們之間看似很大矛盾，其實共同呈現了這一代知識分子對大馬歷史的詮釋學視野。只是這是個有問題的視野：他們利用血緣來確認或否認他們和土地的關係，也用土地來肯定或否定自己的血緣。他們圍繞著血緣建立起一個套套邏輯，土地（他們生存的「世界」）只堪被此邏輯操縱和僭用。也似乎如此，才能撫平馬來知識分子被殖民的屈辱感；西方殖民主義在馬來西亞土地上留下的創痛，似乎終於可以回到血緣觀念去解決。「國家文學」正是循此邏輯建立起來；當土地失去歷史意義，只作血緣解釋時，「國家文學」當然也就是「馬來西亞文學」了。穆罕默晚近編纂的英文版《當代馬來西亞文學選集》（*An Anthology of Contemporary*

Malaysian Literature），便是這種邏輯的實踐，可以想像它只是一部馬
來文學選集而已。這個實踐結果立即暴露出血緣觀念對當下歷史情
境的無能——無力回答這些問題：馬來西亞土地上另一半人口（包
括原住民）去了哪裡？他們沒有語言文字，沒有文學？將他們的記
憶排拒出去，可以撫平殖民主義帶來的創傷？⋯⋯換言之，穆罕默
為首的馬來知識分子，以血緣建立起了他們對歷史的妄想症論述[25]。
其實從歷史到血緣的移位，已注定了這種認識論上的悲劇結局，一
方面固然證實了殖民主義是可怕的夢魘，但另一方面，誇大了這夢
魘，使馬來知識分子與土地永遠脫離。

穆罕默是雙語（馬來語與英語）詩人，並是密西根大學比較文
學博士，可是他對血緣的迷戀卻是非常駭人地「原始」。他在以外邦
人語言（英文）寫下的〈稻種〉（ "Seeds" ）中[26]，描述他家鄉水稻

[25] 並非所有馬來作家和知識分子都採取穆罕默的立場，這點請詳張發（1985：
33-36）。本文集中討論穆罕默，因為他最能代表大馬官方的意識型態。
[26] 全詩如下（引自 Holaday 138）：

These seeds in the hope-bowl of my palms
I wet with the new water of the new season
In my grip I feel their skins burst and slap my hands,
Their yellow shoots creeping into my bloodstream
Now as I let them drop singly into the warm earth,
They are already plants in me,
Growing and feeding on my blood and my sweat-salt.

And as I patiently wait for them to emerge
From the night of the earth-womb,

全憑他的血液生長，而水稻生長的過程也是水稻潛入他血液的過程。未被詩人寫出的字眼是「吃」。事實上「吃」才是關鍵：只有「吃」才能使詩人和水稻合成一體，共享相同的血液，完成認同。精神分析上，「吃」是認同的重要機制（如「併入體內」incorporation）。而「血液」一字貫穿了水稻整個成長過程，在詩中重複了四次；重複是為了重溫這字眼帶來的快感，回到原初，回到子宮裡去（所以土地不是 warm earth 便是 earth-womb）；重複成了詩人回縮的姿態。可是不斷重複也表示慾求的無限延宕，以重複產生的語言拜物癖的同時，用語言佔據慾求所指向的位置。事實上詩人所有「劇情」都由說話主體「我」發動，「我」操作的是語言，「我」用「我」的語言拜物癖完成「我」對血液的朝拜；血液既是「我」的，「我」乃借了一系列的拜物儀式（語言的演出）完成「我」的自戀表演。

穆罕默的演出，不止再次體現血緣主義者對土地的操縱和控制，並展示他們無法／不知如何在他們的血緣論述中理解土地。譬如詩中土地和勞動是分開的；它們也必須分開，土地才能納入血緣觀的形上思考中。這樣思考當然脫離了具有物質基礎和客觀規律（歷史）

I feel the youth of my blood return to my limbs

And I re-live this seasonal love affair.

The evenings and the mornings quench me,

And I grow with them,

Inevitably aging, bearing fruit

And jumping back into life,

To repeat the life-cycle of my blood.

的土地。於是，血緣觀固是歷史的產物，血緣觀同時也在封閉對歷史的理解——雖然血緣觀誤以為，操縱和僭用土地以完成其妄想症論述是它的歷史詮釋視野。

就普通經驗層次，穆罕末的蒙蔽容易理解。知識分子與土地之間本來便有距離，也許小的時候距離很近，但長大後這些只是回憶，他與土地只剩下想像關係[27]。不論他現在如何親炙土地，至少他不再仰賴土地生活；他現在的知識分子處境決定了他的意識，使他深信血緣（形而上）先於土地（形而下），對當下歷史情境甚至對歷史（如殖民主義）的解釋，都可尋求形而上的解決。一片未知領域持續遺棄在封閉的血緣論述之外。如果此時有了被知識分子所遺忘的人們，特別是那些仰賴土地和勞動生活的人，能將他們的記憶書寫，「未知」與「封閉」之間可不可能打開一扇門？至少彼此有通道，能讓土地和血緣對話？

丁雲的短篇小說〈圍鄉〉可能不是突出的例子，可是卻提供了一個知識分子所無法虛構的對話場景[28]。小說略顯陳舊的敘事策略，使人容易忽略丁雲的用心，忽略他何以用去那麼多筆墨，流水帳式記錄山林伐木工人的工作細節。這是一座沒有神性的山林；山中唯一觸目驚心的場景是幾個華裔和馬來裔工人，協助山族人（原住民）絞死中了陷阱的山豬，純粹是死亡的血淋淋景象，缺乏修辭（象徵

---

[27] Yahaya Ismail 早在七〇年代中期指出，當代重要的馬來文鄉土小說家和詩人已住都會，要描寫鄉土已覺生疏為難（323）。

[28] 丁雲只有很低的學歷，早年（如寫〈圍鄉〉時）是勞工，工作不固定。這「資歷」在馬華文學作者中甚特殊。

或隱喻）的厚度。在這個極其「簡單」可是很難形容的世界裡，連稍後以媒體傳入山區的五一三種族衝突消息，也只是稀薄的話語。可是各族工人還是分頭「避難」了；並非血緣讓他們產生要避難的念頭，而是死亡的恐懼，甚至只是非常低階的恐懼情緒，使他們逃離這世界。山區立即「陷入可怕的深寂裡」（16），似乎只有死亡和恐懼深具神性，但是死亡也如絞殺山豬的場景那般只令人覺得「噁心」（7），簡單，沒有厚度，缺乏形上意味。林拓一家三口終於決定「避難」去了。他們開著運載木桐用的大卡車，在山區裡盤旋尋找出路，可是最後天色暗下，決定折返家園。後來屋外馬來工友的呼叫令林拓一家大驚，可是馬上鬆下一口氣，這兩位工友因為戒嚴的緣故，糧食用完，怯生生前來商借林家種植的木薯豆類充饑。丁雲以生之喜劇避開了他小說可能的相殘結局；這當然是敘事上一個政治動作，隱藏幾許無奈。可是丁雲仍然成功寫出他小說中的「簡單」世界裡，只有粗暴的生死兩極；換個沒有形上意味的說法，只有「吃」（結局中借取土地上生長的糧食）和「血」（屠殺山豬）的對立。血，以及血緣，在這山中的土地上，只和死亡聯想。

　　這裡引述丁雲的小說，用意不僅僅在展示穆罕默對他居住的土地所不理解的一面；我的目的還在透過這兩位不同語族的作家，以彼此對土地的再現進行對話，尋找／確立書寫大馬文學史的適當位置。這位置正是馬華文學的去處。這新的位置，已非四十年前「馬華文藝獨特性」論爭所建立的位置，因為當時所欲和中國文學「劃清界線」的問題，今天已大致得到／可以解決。毋寧說，今天的問題架構，同樣在解釋當下歷史情境的堅持下，去思考當年論戰在學

理上無力圓滿處理的另一個問題：馬華文學與馬來文學，以及其他語族文學（包括原住民文學）的關係。我們知道，此非傳統比較文學上的「影響」、「收受」等概念足以涵蓋，更非進入國家機器（如「國家文學」）就可以解決。反而我們必須先行暴露國家機器的運作邏輯，才能走出第一步，找出適當位置建立全新的問題架構。

五、為什麼馬華文學

今天不論我們如何定義（納入既有知識論述中操作和既有詮釋視野中對話）馬華文學，任何一元論都沒有幫助。這裡我們找到馬華文學與中國文學的相對位置。中國文學若是一元論意義的傳統，則是死去的傳統，馬華文學大可輕易脫離，一如我反駁中國本位學者作家時所暗示；如果中國文學是未完成、進行中和保持開放的傳統（這是事實），則馬華文學當然「屬於」這傳統，但是同時也以自己的詮釋視野與傳統對話。我們看到這對話關係中的影響／收受過程，滿是傾軋糾葛，一如子凡和李永平所展示的動人場景，可惜的是，這些並不為中國本位學者作家所探知。他們以傳統代言人自居，卻掌握不到馬華文學運作的規律，是否意味馬華文學不僅不在他們的詮釋視野之內，甚至還在中國文學傳統之外，同時隸屬他們所不知道的「傳統」和「歷史」？如果答案是肯定的，那麼馬華文學與中國文學傳統的對話，便不再能夠與中國本土（大陸、台灣和香港）新／舊文學或當代／五四文學的對話視為同一回事。

這裡我們需要為文學的定義引進一個重要的歷史概念，此概念

正是所有中國本位學者所欠缺的：這歷史透過主體、符表和指涉（如土地）之間的運作展現，所留下的物質痕跡（traces）是文學（巴爾特 1977：191）。這些「痕跡」作為特定時空的**產物**（如馬華文學），以其前所未有，持續了存有論歷史的開放性和未完成姿態，但因為同時是**特定時空**（大馬歷史）的產物，馬華文學不屬於中國。我是這樣看待《吉陵春秋》的「命名」工程，將一塊「鳥不拉屎」的砂勝越土地引入歷史成為嶄新的世界。任何人大可將《吉陵》劃入中國文學，可是那體現的是中國文學研究詮釋視野的侷限，只能作失去歷史指標的論述，無力觸及李永平操作符表的歷史意義。這歷史意義必須在馬華文學史／書寫史中去理解。

　　於是馬華文學劃出了中國文學的一段邊界，這邊緣地帶正往幽暗不明的域外延伸，終至不可知的黑暗之處。中國文學詮釋視野在這黃昏地段活動，檢視馬華文學，甚至將它納入中國文學傳統去理解，但是同時也抵達了這視野的邊緣。掌握「南洋」的歷史，特別是大馬（華人）的歷史，是擴大原有視野的唯一辦法。也是在這新的詮釋視野之下，黃錦樹更動了馬華文學的定義。這動作有深層的政治意涵，宣示馬華文學從此成為中國文學詮釋視野不能捕抓的他者，宣示馬華文學源於大馬歷史，屬於大馬文學。這動作在大馬國內尤其重要，表面上它以血緣界定華人族群文學，實則藉這族群的多語與多元文學現象，突顯大馬人書寫活動的真實面貌。這是倫理和道德的問題，旨在打破官方的血緣中心歷史詮釋視野，免受意識型態國家機器收編、分裂和操縱，使最後受傷害的還是文學和人民記憶。血緣從來不是歷史的存在條件；血緣只是歷史的產物。如此暴露血

緣觀意識型態的邏輯是一石二鳥之計，劃出了馬華文學與中國文學的相對位置，也摧毀了大馬「國家文學」的依據。

在可預見的將來，血緣觀仍可能是中國本位論述與大馬「國家文學」論述的主流，而馬華文學在新的定義下處於穿透性的位置，便很具顛覆力量。維持其顛覆性成了馬華文學研究者的「作戰」任務，也出於必要，以免上述一元論述在學院內外都成為法西斯主義——誰能想像不崇拜純粹血緣的法西斯主義？此時如果只問「什麼是馬華文學？」是很無力的，容易被各種意識型態宰制；更徹底的問題恐怕是：為什麼馬華文學？這問題有多重意思：馬華文學為什麼存在？為什麼我們質詢／研究對象是馬華文學？為什麼我們要問「什麼是馬華文學」？甚至，為什麼更徹底的問題是「為什麼馬華文學」？那麼，又是誰在提問？他們為什麼提問？如果是我們提問，我們為什麼提問？我們又是誰？……這些問題處理下來，不只檢視了馬華文學研究者主體性的由來與歷史位置，同時也發現有關馬華文學的論述，實為各種意識型態交鋒的場域，馬華文學也找到了它的歷史位置。

本文並未回答上面這些問題，目的也不在尋找解答，而是建立這些問題的妥當性。於是論述過程中，檢視各種意識型態論述的邏輯成為本文內容。論述過程引述了一些大馬作者，關懷不只在「舉例說明」而已，因為「為什麼馬華文學？」同時也在問：他們為什麼書寫？書寫是準備被遺忘還是被操縱？將關懷放到作家身上，因為他們關懷、思考和實踐，就是馬華／大馬文學的命運；他們身為歷史主體的命運，決定了歷史有沒有向前開展的可能。被遺忘和被操

縱都是妥協，作為異質性空間的文學只有失去存在的條件。文學一旦失去對話和認識的價值，我們便永遠被放逐在歷史之外。

後記：本文原為一九九一年九月「東南亞華文文學國際學術研討會」上宣讀之論文。本文承蒙各位師友等惠借資料方得完成，特此致謝：呂興昌教授、陳鵬翔教授、林煥彰先生、黃錦樹、陳嫻如、祝家華、張淑芬與大馬旅台同學總會。

引文書目：

Andaya , Barbara Watson and Leonard Y.Andaya.1982. *A History of Malaysia.* London and Basingstoke : Macmillan.

Foucault, Michel. 1966. *The Order of Things: An Archaeology of the Human Sciences* .New York : Vintage, 1973.

Holaday, Woon-Ping Chin. 1985. "Hybrid Blooms: The Emergent Poetry in English of Malaysia and Singapore." *The Comparative Perspective on Literature: Approaches to Theory and Practice*. Eds. Clayton Koelb and Susan Noakes. Ithaca and London : Cornell UP, 1988. 130-46.

Jackson, Stanley W. 1986. "Nostalgia." *Melancholia and Depression: From Hippocratic Times to Modern Times.* New Haven and London : Yale UP. 373-380.

Lim, Swee Tin. 1985. "Orang-orang Tua Kami : Kenangan Kecil kepada Datuk Nenek dan Keluarga." *Akrab*. Kuala Lumpur: Dewan Bahasa dan

Pustaka. 53-54.

Marquez, Gabriel Garcia. 1967. *One Hundred Years of Solitude*. Trans. Gregory Rabassa. New York : Avon, 1971.

Mehmet, Ozay. *1987. Pagar Makan Padi : Amanah, Kemiskinan dan Kekayaan dalam Pembangunan Malaysia di bawah Dasar Ekonomi Baru*. Trans. Jomo, Mohamad Redha Ahmad and Shamsulbahariah Ku Ahmad. Kuala Lumpur : Insan.

Muhammad Haji Salleh, ed. 1988a. *An Anthology of Contemporary Malaysian Lterature*. Kuala Lumpur : Dewan Bahasa dan Pustaka.

－－. 1988b. Introduction. Muhammad Haji Salleh 1988a, xiii-xlv.

Safian Hussain, Mohd. Thani Ahmad and Johan Jaafar. 1981. *Sejarah Kesusasteraan Melayu Jilid 1*. Kuala Lumpur : Dewan Bahasa dan Pustaka.

Saussure, Ferdinand de. 1915. *Course in General Linguistics*. Eds. Charles Bally and Albert Sechehaye. Trans. Wade Baskin. London: Fontana / Collin, 1959.

Weisstein, Ulrich. 1973. *Comparative Literature and Literary Theory: Survey and Introduction*. Trans. William Riggan. Bloomington and London : Indiana UP.

Wong, Seng-tong. 1978. "The Impact of China's Literary Movement on Malaya's Vernacular Chinese Literature from 1919 to 1941." Diss.U of Wisconsin at Madison.

－－.1986. "The Identity of Malaysian-Chinese Writers." *Chinese Literature in Southeast Asia*. Eds. Wong Yoon Wah and Horst Pastoors. Singapore: Goethe-Institut Singapore and Singapore Association of Writers, 1989.

110-126.

Yahaya Ismail. 1976. "Return to the Village？Or ……" Trans. Muhammad Haji Salleh. Muhammad Haji Salleh 1988a, 320-324.

〔景〕小佩。1989。〈寫在「海東青」之前：給永平〉。《聯合報》。08/01：27；08/02：27。

丁　雲。1982。〈圍鄉〉。《黑河之水》。吉隆坡：長青書屋，1984。1-20。

子　凡。1975。〈酬神戲〉。子凡，1979：25。

子　凡。1975。《迴音》。吉隆坡：鼓手。

子　凡。1978a。〈盲腸〉。子凡，1979：71。

子　凡。1978b。〈梅花〉。子凡，1979：75。

子　凡。1978c。〈看史十六行〉。子凡，1979：83。

子　凡。1978d。〈我們〉。子凡，1979：89。

子　凡。1978e。〈當我死後〉。子凡，1979：93。

巴爾特（Roland Barthes）。1977。〈法蘭西學院文學符號學講座就職演講〉。李幼蒸譯。《寫作的零度：結構主義文學理論文選》。台北：時報，1991。185-206。

方　修。1986。《馬華新文學簡史》。吉隆坡：馬來西亞華校董總。

方　修。1987。《戰後馬華文學史初稿》。吉隆坡：馬來西亞華校董總。

王振科。1989。〈在歷史的回顧中反思：一九三六年「兩個口號」的論爭在新馬文壇的餘波〉。《亞洲文化》。13（1989）：42-46。

王德威。1986。〈小規模的奇蹟〉。《聯合文學》。2.10（Nov. 1986）：219-20。

王德威。1988。〈原鄉神話的追逐者：沈從文、宋澤萊、莫言、李永平〉。《中國現代文學新貌》。陳炳良編。台北：學生書局，1990。1-25。

余光中。1966。〈當我死時〉。《余光中詩選》。台北：洪範，1981。206-207。

余光中。1986。〈十二瓣的觀音蓮：我讀《吉陵春秋》〉。李永平，1986：1-9。

李永平。1986。《吉陵春秋》。台北：洪範。

李永平。1987。〈李永平答編者五問〉。《文訊》。29（Apr. 1987）：14-27。

杜潘芳格。1986。〈平安戲〉。《淮山完海》。台北：笠詩社。

周策縱。1988。〈總結辭〉。《東南亞華文文學》。王潤華與白豪士主編。新加
　　　坡：新加坡哥德學院與新加坡作家協會，1989。359-362。

林木海主編。1983。《國家文化備忘錄》。吉隆坡：全國十五個華團領導機構。

林水檺與駱靜山編。1984。《馬來西亞華人史》。吉隆坡：馬來西亞留台聯總。

洛　夫。1971。〈獨飲十五行〉。《因為風的緣故：洛夫詩選（1955-1987）》。
　　　台北：九歌，1988。78-79。

郁達夫。1939。〈幾個問題〉。《郁達夫南洋隨筆》。秦賢次編。台北：洪範，
　　　1978。64-69。

韋斯坦因（Ulrich Weisstein）。1973。《比較文學與文學理論》。劉象愚譯。瀋
　　　陽：遼寧人民，1987。

馬奎斯（Gabriel Garcia Marquez）。1967。《百年孤寂》。楊耐冬譯。台北：志
　　　文，1984。

張　發。1985。〈馬來西亞華人社會與馬華文學〉。《亞洲華文作家》。6（Sept.
　　　1985）：27-41。

張　錯。1991a。〈國破山河在：海外作家的本土性〉。《聯合文學》。7.3（Jan.
　　　1991）：24-28。

張　錯。1991b。〈詩的傳世〉。《中國時報》。02/15：3；02/17：3；02/19：
　　　11；02/20：27；02/21：27。

張錦忠。1991。〈馬華文學：離心與隱匿的書寫人〉。《中外文學》。19.20（May. 1991）：34-36。

梁　山。1991。〈中國第一部多民族近代文學史〉。《中國時報》。02/03：27。

梅　井。1983。〈峇峇翻譯文學與曾錦文〉。《亞洲文化》。2（1983）：3-14。

陳志明。1984。〈海峽殖民地的華人：峇峇華人的社會與文化〉。林水檺與駱靜山，167-200。

陳志明。1985。〈華人與馬來西亞民族的形成〉。葉鐘鈴、黃志鴻、陳聲華與陳田啟合譯。《亞洲文化》。9（1987）：54-68。

陳劍虹。1984。〈戰後大馬華人的政治發展〉。林水檺與駱靜山，91-137。

傅柯（Michel Foucault）。1974。〈電影與人民記憶：《電影筆記》訪傅柯〉。林寶元譯。《電影欣賞》。第四十四期。44（Mar. 1990）：8-17。

黃錦樹。1990。〈「馬華文學」全稱之商榷：初論馬來西亞的華文文學與華人文學〉。《新潮》（台大中文學會）。49（1990）：87-94。

黃錦樹。1991。〈神州：文化鄉愁與內在中國〉。淡江大學「東南亞華文文學國際學術研討會」宣讀論文。

楊貴誼。1986。〈華、馬譯介交流的演變〉。《亞洲文化》。9（1987）：167-176。

溫瑞安。1977。〈漫談馬華文學〉。《回首暮雲遠》。台北：四季。12-15。

劉紹銘與馬漢茂編。1987。《世界中文小說選》合上下二冊：台北：時報。

劉紹銘。1981。〈唐人街的小說世界〉。《唐人街的小說世界》。台北：時報。

劉紹銘。1986。〈靈根自植：寫在現代中國文學大會之前〉。劉紹銘與馬漢茂，下冊：891-894。

劉紹銘。1987。〈有容乃大：寫在《世界中文小說選》之前〉。劉紹銘與馬漢茂，上冊與下冊：（7）-（9）。

翱　翱（張錯）。1976。〈他們從來就未離開過〉。《從木柵到西雅圖》。台北：
　　　幼獅。

龍應台。1986。〈一個中國小鎮的塑像：評李永平《吉陵春秋》〉。《當代》。
　　　2（June. 1986）：166-172。

† 本文宣讀於「東南亞華文文學國際學術研討會」，淡江大學中文系主
辦，1991 年 9 月。正式發表於《中外文學》第 21 卷第 10 期（1993 年
3 月）：89-126 頁。

異　形

離家出走

　　水手長號（*The Nostromo*）太空商務運輸船[1]，在返航地球途中截收到不明星球上的訊號，導致電腦由於公司（Company）事前的設定，因此偏離了回家的航道。船員事前毫不知情，迫於公司合約的規定，只有接受安排，前往這座星球（後來的 LV426）探測[2]。水手

[1]　意大利文 nostromo 為水手長（boatswain）之意。而 boatswain 也是莎劇《暴風雨》（*The Tempest*）的第一句台詞。

[2]　LV426 是《異形 2》才出現的命名。本文所討論的「異形」系列電影為《異形 1》（*Alien*, 1979），《異形 2》（*Aliens*, 1986），《異形 3》（*Alien 3*, 1992）。這三部基本上是不同的電影（不同導演在不同時代背景的操作）；主要角色有所延續是後文參照前文的結果。導演簡介，以及「異形」系列和好萊塢的關係，詳《影響》雜誌第 10 期的「異形」專號。至於「異形」系列的批評論述繁多，不及備載。必須指出的是《異形 1》在影史上的地位，它復興了八〇年代以降科幻電影的

長號本只從事單純的商業運輸業務（礦砂提煉和運輸），在通暢無組的星際交通（communication）和交易（trade）的網絡中運作，確保資本主義體系的貫徹，並且兼有處理新知識的任務。知識是這龐大商業網絡（一如構造龐大怪異的太空船）的業務之一：從屬關係，目的在支配、操控、佔有、開發和複製那未知的知識。但如果這新知識拒絕解讀，中斷溝通（交通和（被）交易）的價值，公司將陷入苦戰，商務船也就回不了家。為了收編這新的未知知識，公司寧可讓商務船冒一次風險，就算有人員傷亡也在所不惜。收編是危險的工作。處理不好將引發災難，謹提防新的未知知識的到來。

　　於是未知知識把人類再次帶離家，如此離家出走，遠甚於單純的商務出差。這些遠遠超出船員們的理解。他們是尋常百姓，沒氣質地抽菸用餐，說話缺乏詞彙，衣著邋遢，是我們熟知（!）類似《星際迷航記》（Star Trek）科幻片的嘲諷。水手長號上居住的是一群聽憑公司老闆吩咐的技術工人[3]，絲毫不察覺他們生活在錯位之家：在模擬地球家居狀況的艙內活動，把自己的家搬到他者之家，如此延續生存，遠離死亡。艙外近在咫尺的死亡之地被推移延宕到遙遠的邊界，而把遙遠邊界的家居狀況（地球）帶到了身邊。原來穿越時空旅行，在他者的中心旅行，如此不真實。直到未知知識的到來，

風潮，帶動了批評家對科幻電影的注視（Kuhn 11）。

[3]　於是 Judith Newton 對水手長號船名有了不同的解讀：「《異形 1》太空船名 Nostromo，乃 nostro homo，我們的人，當然引喻了康拉德〔名叫 Nostromo〕的工人階級主人翁。他是一個公司人（Company man），死時才了解是『物質利益』背叛了他」（82）。

死亡才被帶到眼前；直到異形將他們吞噬，船員才被迫思考死亡，發現自己已經離家出走。

可是公司所關懷的，並非這種有關離家、死亡和思考的知識。公司，匿名的帝國，一個擁有技術、醫療、交通、武力和資金的龐大機器，具有命名天體、設定星籍和解釋天象的權力和知識，可以下達指令，可以隔離（《異形 3》的怒星 161 勞改營）。公司所關心的是那種可以觀察（窺視），可以分類（物種的辨認）和可以切割（支配）的知識，是生物學、科學的知識。《異形 1》裡船員肯恩的臉被異形緊緊盤吸，他人又一籌莫展之際，便是擺在醫療間接受觀察。那正是公司所要的被觀察的知識。然而異形却在我們的觀看中消失。透過我們的視網膜，進入我們體內，藏匿在不知名之處。直到異形從肯恩胸口穿出，從體內回復來，我們才知道異形的蹤跡。這知道並不從觀看得到；我們雖然透過觀看知道異形寄生和透過人體的恐怖景象，但這知道不屬於觀看，至少不停留在觀看的層次，不是觀看本身所能完成。由於這個知道使我們駭然，彷彿要從體內嘔吐出什麼，這知道只能用可以被穿腸破肚的人體去領受。不僅如此：我們還得陪牠一段，與異形周旋，抗拒牠、恐懼牠，使我們與牠親密在一起，最後或被吃掉或被寄生，逼迫我們思考死亡的問題。

Alien：外來者，化外之民，來到我們家裡的陌生客；操不同口音、不同語言的外邦人；甚至不是人，甚至沒有語言如卡力班，或等而下之，不能言語。我們在他者之地旅行，便如此稱呼那裡的居住者；在他者之家以 Alien 命名他者，而不是我們自己。「異形」是傳神的翻譯（譯者待考）：異者，非我族類，口音、形貌、行徑怪異，

處處令我駭然。甚至不能確定那是不是生物，恐怕只是某種能變異的形體，能進入人體寄生，以寄主形態破體而出（蔡康永 135）。《異形 1》結束的異形有雙腿和尾巴，使我們看見另一個自己，我們的（變）異形（體）。

　　然而異形難道不是動物嗎？至少異形的「造型」沒有掩飾牠和已知物種的淵源[4]。至少可以百分之百確認的「物種」是越共[5]，因為異形擄人殺人技術高超，可以適應各種生存型態，是智慧超乎人類的低等生物。牠們把商務船艙變成越戰前線，把回家變得不可能。《異形 2》還變本加厲：異形們無懼於人類的致命武器，死到臨頭仍勇往直前。人類面對他者之家的居住者終得一死。如果有幸不死如女主角蕾莉（Ellen Ripley），便得在宇宙中流離，以空間和時間的推移增長對異形的另一種知識。蕾莉拒絕研究異形（科學上的異形知識），因為她拒絕無謂的冒險和死亡；反而他重新出發尋找異形（《異形 2》），目的在將死亡還給異形，以交換異形給她有關死亡（但不止死亡）的知識。交換何以進行？異形不懼死亡向她走去，任她和夥伴們以重型砲火賜死。然而又是什麼使異形違反生物法則向她走去，安然接受死亡？是什麼使異形不是將人大口吞噬，就是擄走「儲存」，

---

[4]　容我引一段科學家的話備案：「我無法告訴你，其他世界的生物將會有什麼形狀；我的眼界深深的被現限定在一種生命——地球上的生命內。有些科幻小說家和藝術家，曾經考慮過其他世界生物的模樣問題。對我而言，他們似乎深受已知生物的限制……」（卡爾・沙根 58）。

[5]　有關「異形」系列和其他越戰傷痕電影、美國帝國主義等之關係，詳《影響》第 30 期的專號。

把牠們心愛的小孩置入人體寄生，使人類成為牠們一員？（《異形 3》蕾莉「懷孕」後對異形媽媽說：「別害怕，我是家族一員。」[6]）是什麼使人類成為異形的愛戀物，接受異形珍貴的禮物，並以懷孕這種如此絕對的方式和異形親密生活，成為異形的母親？是什麼使異形的依附如此粗暴又溫柔，如此交揉曖昧（ambivalent）？[7]答案是愛；是愛與死構成異形給蕾莉的知識。只是這知識承受得如此駭然、強烈和絕對，一點轉圜餘地也沒有。

　　蕾莉遂在拒絕異形和撲殺異形的流離過程中，體會到了只有和異形親密生活才能獲取知識。那不再是可以被審視出來的科學知識。如今公司要將蕾莉當作審視／窺視對象（《異形 3》）；作為一個異形女人，蕾莉拒絕了。拒絕的理由複雜，雖然可以暫從兩性和權力的角度解釋。率領公司救援隊伍趕抵怒星 161 的合成生化人（synthetic humanoid）畢索二世（Bishop II）勸服蕾莉說：異形是了不起的物種，不該將之毀掉；妳只消我們動手術將之取出，仍然可以生兒育女。一個男性（不能懷孕）的機器人（不能生殖），竟然告訴女人有關生育的知識，這是科學的悲哀，蕾莉當然不為所動。顯然「異形」系列並非譴責科學枉顧人命的道德電影；thematically 並未如此簡單。不是反科學，而是要告知，我們面對異形時，需要的不是科學的（窺視的、體制的）知識；或者異形能給我們的，不是科學（生物學）的知識，而是有關存在的知識，譬如愛和死，懷孕與流離。甚至是有

---

[6]　"Don't be afraid. I'm part of the family."

[7]　Ambivalence 指「對單個對象物〔如愛戀物〕相矛盾的性向、態度或感受的同時存在——特別指愛與恨的並存」（Laplanche and Pontalis 26）。

關認識的知識：蕾莉懷著的（也一直抵死抗拒的）是知識之源，開啟了她對愛和死的認識。可是機器人——包括以為我們的在世肉身僅能提供科學知識的我們——無法理解。

　　蕾莉所謂的母職（motherhood）同時在她離家出走途中重新定義。從《異形 1》到《異形 3》，小異形破人體而出這母題的流變，逐漸向母職靠攏，對焦越來越明確。《異形 1》裡這個母題並未成熟，異形從肯恩胸口穿出，不過宣示另一種知識的到來，以猥褻的手勢（小異形挺拔如勃起的陽具[8]），侮辱科學的窺視，以暴露（而且特寫鏡頭）的暴力本質嘲弄藏匿窺視中的暴力。然而這另一種知識僅停留在開啟，因為肯恩不是女人，被異形寄生之後根本不知道這知識的到來。只有女人知道：《異形 2》蕾莉與夥伴回到 LV426，發現水手長號另一位被擄走的女性船員竟然活著，只是未及搭救，即遭小異形破體致死，之前她央求救援隊友不要殺她，顯然已知被異形寄生。《異形 3》蕾莉發現自己被異形寄生，發現的緩慢過程成了情節推移的主力之一；而這異形寄生的樣態顯然是懷孕，使蕾莉知道異形媽媽把她當作家族一員（異形媽媽拒絕殺害蕾莉，似乎不願傷害未足月的小異形）。然而蕾莉的「母職」，早在《異形 2》即開始了。從開場夢中的假懷孕，到她成為小女孩紐特（Newt）的代母（surrogate mother）等等皆是。特別是蕾莉直搗異形媽媽孵卵的巢穴，搭救遭俘的紐特，更把這母職發揮到極致。然而異形媽媽將紐特擄走，也是

---

[8] 異形的陽物造型已多有學者指出（如 Newton 85；Creed 139-40），雖然彼等詮釋途徑不一，意見相當混亂。

母職的發揮，純為物種的延續和改良。當人類和異形兩個物種的延續必須以對方的滅絕為條件，族裔中心論便成為無可避免的信仰，並有母職強化其正當性。但是蕾莉並未懷孕，她之兼負母職，是公司意識型態的操作，使公司能透過母職，對外發揮聖戰般的攻擊力量。蕾莉搶救紐特搗毀異形巢穴，腦袋裡被灌入的指令不是：因為我是女人；而是：宇宙間怎能住滿卡力班？[9]

換言之，不論蕾莉代母之職做得如何漂亮，她之作為母親的身體仍然不在場。推移到《異形3》母親的身體終於登場，然而蕾莉並不察覺，因為不知道自己已經「懷孕」。於是蕾莉「母職」的發揮、「懷孕」到母親身體的在場，呈逆向進程的出現：她是在「懷孕」後（並且不知情）才和男人（照應她的醫師）發生性愛關係。那是她主動要求，理由是「離開地球太久了」——離家太久了（留意這句話的厚度）。於是她不是從「懷孕」而是從絕爽死（jouissance）那裡發現自己的身體，甚至是從她對絕爽死的渴求。如今透過男人，她擁有「進入體內」：她擁有「擁有」——這「擁有」包括擁有對身體在場的認識。認識到身體在場的那一刻，她絕爽死。可是她早已「懷孕」，這種認識遂是一種「後遺（移）」（après-coup）的認識；並認識了在公司的體制裡，沒有絕爽死的可能：在那裡她只擁有「母職」，並沒有「認識」和「在場」的可能。

可是認識到自己身體的在場，比任何事都難承受。首先蕾莉和

---

[9] 卡力班對普洛斯帕羅說：「是你阻止我〔玷污米蘭達〕了，否則我早把這島殖滿了無數的卡力班」（《暴風雨》第一幕第二景；梁實秋譯文）。

異形之間，與她和公司的關係，有著相同程度的緊張。如果說在公司體制裡，蕾莉因母親身體的不在場，使她完成了「代母」之職，難道蕾莉就不是異形的「代母」，在她有了身體的在場之後？關係緊張，因為小異形是「進入體內」、是「擁有」、是「禮物」、是「知識」、是對體制的科學的公司之嘲諷，而從中蕾莉的母親身體消耗殆盡。在認識到身體的在場之後，蕾莉的身體便承受另一種佔用，另一種被匿名的過程。（我是代母，我是不可能的母親，可是──也因為──我有一個母親的身體，小異形的確透過我──而且即將穿透過我──成形，所以我是代母，也是親娘；我以成為親娘的方式成為代母）。原來在這裡──母親的身體上──公司與異形近身肉搏，愛恨交揉地相殘，各以蕾莉發動犀利的代理人戰爭。戰事之所起，在於人類（Man）和異形知道，雙方都賴蕾莉進行物種的繁衍：她必須繁衍、成全；她的延續就是人類和異形的延續，雖然她會從中消失，雖然她比誰都知道延續是什麼[10]。於是再也沒有其他辦法可以發現自己身體的在場，除非她同時知道，女人是不可能的女人，母親是不可能的母親。

　　蕾莉終於越過他者之地裡，人類（而且是女人）到過最遙遠的邊界。她不可能回來，因為她無家可歸。死亡不是她的終結，漂流才是，而且沒有終結。

---

[10] 「只有她〔女人〕了解諸如身體、性和繁衍的物質條件是什麼，而且是這些條件使得〔人類〕社群可以持存……」（Kristeva 140；筆者譯文）。

我要回家

　　無止境漂流的迤迆人靳五，中秋節深夜回／到了鯤島台灣。往後向哪裡漂流不能決定，因為他是「悄悄跑回來」（《海東青》515），「回國半年無聲無臭」（518），可能「又悶聲不響消失掉了」（527）的那種人。一如《海東青》的寫作計畫，是漫無目標的迤迆[11]，再來一遍多半面目全非；唯一不變的是迤迆。為什麼迤迆？難道台北鯤京不是他鍾愛的土地？李永平：「民國五十六年，我來到台北，下飛機那一刻，我差點要跪下來親吻這塊土地」（邱妙津 66）[12]。因為愛「這塊土地」所以迤迆？因為愛是迤迆？還是因為，愛在迤迆？所以靳五不能愛，最深刻的時候僅僅是和亞星之間閃爍的戀情？[13]除了愛那遠在南洋的母親（所以他說他要回家）？但那是更深沉的迤迆，是家／國之間的斷裂，是臍帶和認同的矛盾，使他在鍾愛的土地上，在中國的中心（李永平：「台北就像中國的縮影，……全中

---

[11]　《海東青》的封底介紹說本書「各章自成一格，而又環環相扣」，只是幽附迷說（euphemism）。

[12]　這裡刻意混淆了靳五和李永平兩個人物。他們的身世學歷雷同也許純屬巧合，不過《海東青》封底李永平的照片，却制約了我們對以下這段話的想像：「靳老師……長得那麼大個頭又不刮鬍子，一八〇公分有吧？」（49），使照片成為小說的一部分。

[13]　尤詳《海東青》第十三章〈山中一夕雨〉。景小佩：「多少，我可以揣出靳五，一個異鄉華人沉在心底的孤寂與落寞，濃烈地愛擠湧在距離外，找不到落實的根點」（8月1日：27）。

國的南腔北調都**匯集**在這個地方」（邱妙津 66）），裂成兩半。

於是強烈的政治認同（李永平：「〔我〕申請很多年中華民國籍，直到七十六年領到身分證的隔天，我馬上到〔大馬駐台〕辦事處去宣誓放棄馬來西亞國籍」（邱妙津 66）），並不能解決人要不要漂流的問題；向一個超驗大系統靠攏（李永平：「〔我小時〕對中國就有一份強烈的憧憬，愛啊，我太愛中國文字了。在《海東青》裡就是把中國文字的美恢復起來⋯⋯」（邱妙津 66））也不能，而且往往是漂流的另一個開始。誰叫他有一個南洋？[14] 其實他在南洋時期對中國「強烈的憧憬」，預示了他日後自南洋流離的宿命，在中國的中心，在《海東青》裡。

於是我們再也不能不談論漂流的「起點」南洋。可是南洋在哪裡？很不幸，這個曖昧名詞的意義必須以「中國」為參照[15]，只合在「中華大系統」裡定義，無法向外指涉特定的歷史時空。所以當李昂在馬來西亞說：「我對馬來西亞一直都有好感⋯⋯。我一直都覺得很好奇，那是一個怎麼樣的土地，竟能培養出兩個這麼好的作家（李永平和商晚筠），所以我很想親自來看看⋯⋯」（瓊瑪 3），她的意思是要自己定義南洋；中華大系統不能支援，她必須自己出來看看。把她的意思翻譯成問句就是：南洋在哪裡？

李昂的問題終於由鍾玲來答覆。一九九二年杪鍾玲來到馬來西亞，念茲在茲的不是當地的人與事，而是書本上的吉陵。一路相詢，

---

[14]　〈拉子婦〉：「誰叫她是一個拉子呢？」（14-15）。

[15]　許雲樵：「南洋者，中國南方之海洋也，在地理學上，本為一曖昧名詞，範圍無嚴格之規定，現以華僑集中之東南亞各地為南洋」（1961：3）。

忘路之遠近，她終於走到一座看不見的城市——古晉（Kuching），供她印證書上的事物，果然沒有半點虛假。〈我去過李永平的吉陵〉彷彿後設小說的設計，敘述裡穿插遊客鍾玲和導遊何月雲的戲劇性對白，夾有引文註疏，構成繁複細密的教義問答（catechism），避免書上意義的流失。但是這還不夠，她們必須擁有紀念性的事物如**建築物**（不是**居住**）¹⁶，像文字一般堅實，忠貞不渝，乃陸續在古晉找到了萬福巷（Lorong Ban Hock）、巷裡的棺材店和漆上「慈航普渡」大字的觀音堂¹⁷。然而「是磚瓦持久呢？還是文學持久呢？」鍾玲問道。當然是文學和文字，因為「古城的風味要到李永平的小說中才能夠嚐得到，才保存下來」：因為古城為李永平的文字而設，為書本遺留在那座看不見的城市。說出來也許沒人相信，鍾玲乃拎起她的相機，留住書上的默示。她拍照並且不斷地拍照，似乎相信，是磚瓦比文字牢靠。彷彿留住死亡的容顏¹⁸，她把浮動的文字翻譯成靜止不動的建築物，讓它們一起死去。沒有所謂持續，沒有未來，**現在**是不可能的計畫。不是嗎？鍾玲很肯定說：「這裡〔古晉 Kling 街上的古城〕就是**古舊**的中國。」離開台灣，吉陵是她到過最遙遠

---

¹⁶ 海德格：「我們並不因為蓋了建築物才居住；我們蓋建築物，並且蓋了建築物，因為我們居住，也就是說，因為我們是居住者」（Heidegger 148；筆者譯文）。

¹⁷ 鍾玲文章之《聯合報》版，同時刊有三張照片：中巫文之萬福巷路牌、觀音堂和萬福巷內富豪古厝前之作者照。

¹⁸ 根據羅蘭巴特，「攝影者想從此物體〔被拍攝的對象〕裡抽塑出一個場景，讓此對象以亡靈的影像居住在內。拍攝的過程就像一個預設的死亡過程……」（陳傳興 182）。

的地方，一個遊客，她的書中之書，和她的導遊。

　　為什麼不是去「印證」李永平更早一點的《拉子婦》？也許因為鍾玲只去過李永平的吉陵，沒到過李永平的古晉。因為她無法解決她和相機間困難的關係，她粗糙的操作嗜好，使它只能機械地感光。因為⋯⋯。或許我們需要「文學」一點的理由：因為《拉子歸》寫得太「白」了，太容易了，沒有「印證」的必要和價值。因為《拉子歸》的中文不及《吉陵》「粹煉」，攙有雜質，不夠「中國」。⋯⋯因為「印證」的結論必須是「這裡就是古舊的中國」；因為所謂「印證」就是在看不見的城市裡觀看。但是《拉子歸》不是一個城市，而是一座森林[19]，「印證」會失去神力，觀看會失去作用。雖然森林裡沒有地標和紀念性建築，只要遊客願意，仍然可以寫一篇〈婆羅洲熱帶雨林探險記〉來收編整座森林。可是《拉子歸》的森林太險惡了，觀光客務須止步：那裡有砂共游擊隊出沒，剿共政府軍伺候[20]，外加族裔間的流血相殘。進得來不見得就出得去。

　　那是有人居住的森林，有著複雜的殖民和移民的累積。脆弱的生態體系一旦洞穿，各種族裔和身分的住民便在這座森林裡瘋狂地遭遇。〈支那人——圍城的母親〉：「拉子們〔原住民〕的稻子都已經

---

[19] 〈拉子婦〉：「**進了山，才能見到真正的砂撈越**，婆羅洲原始森林的一部分」（10）。

[20] 〈黑鴉與太陽〉：「縣政府四圍架起了鐵絲網，兩輛坦克擺在大門前，一個兵坐在坦克頂上吸煙。城心廣場邊沿一排電線桿上，又吊著幾個給斃了的游擊隊⋯⋯」（80）。有關六〇年代中期砂共在古晉地區的動亂，詳田農（48-53）。氏之砂共研究很可能是〈黑鴉與太陽〉的「導讀」。

死了。饑荒跟著便來到。起初，拉子們都到中國人的店鋪去賒糧食，但以後店家因為短了本錢，都不肯再賒。十幾天前的半夜裡，餓得發瘋的拉子竄進河上游的一個小市鎮，將一條街上的十多間店鋪放一把火燒了，所有可吃的東西都搶去。……英國人的洋槍早就擺好等著拉子們，他們僱用的馬來警察，也抖擻著精神，在鎮裡鎮外戒備著。整夜裡都聽見槍聲」（23）[21]。然而這段文字讀來還是太鄉野傳奇了，反而是李永平對森林與河的描寫，對寶哥母子棄守家園躲避拉子，從河上出走復又折返家園的描寫[22]，使這種收編的讀法變得不可能。是森林與河推移著全篇的敘事，其氣味、聲音、色調、韻律和質感，是一座逼迫我們放棄想像、只能親近熟知的森林與河，不屬於遊客，只能居住，或者流離。

李永平，婆羅洲之子[23]，如此在台北寫下他的後殖民記憶。痕跡最明顯的是《拉子婦》中最晚完成的〈田露露〉（1974/04）。小說

---

[21] 李永平不在寫出各族裔命運和處境的不同，而是類似，相互纏繞。同篇快結束前，李永平寫道：「人老的時候，便都是這個樣子，分不出來拉子還是支那」（43）。按「拉子」為華人對砂撈越原住民的蔑稱（〈拉子婦〉：「在砂撈越，我們都喚土人『拉子』。一直到懂事，我才體會到這兩個字所帶著的一種輕蔑的意味」（2）），而「支那」又是其他族裔（如馬來話口語裡）對華人的蔑稱。

[22] 〈圍城的母親〉可以和丁雲的〈圍鄉〉（1982）參照閱讀。同樣處理因種族動亂而棄守／折返家園的主題，後者更突顯其間的政治警覺，結局也處理得更為拘謹和妥協（林建國，1991：112-13）。

[23] 中篇小說《婆羅洲之子》應是李永平第一本書，一九六八年由婆羅洲文化局出版。氏之文學活動並非始自台北，早年在砂撈越發表過一些詩和短篇小說，目前有待收集。詳馬崙（1984：398）。感謝李氏本人對上述資訊之提供與證實。

以「大明帝國的艦隊」下西洋開頭（95），寫英女王誕辰這天傍晚（101），殖民地警司鄧遜邀約華裔女子田家瑛（田露露）晚餐的故事。時間座落在比小說書寫時間早約十一二年，砂撈越脫離英國殖民統治前夕，其間交糅了華人祖孫的文化懷鄉、男女愛恨、異族情仇和政治恩怨。多元題材、多種族、多場景、多語言，〈田露露〉儼然一部長篇小說的開場，沒有完善處理的可能，又充滿各種發展的可能[24]，使《拉子婦》呈現了它的難度。

　　然而《拉子婦》的難度，更在它和中文的緊張關係。李永平以台北中心的中文（台北華語作家慣見的字彙、修辭和行文風格）寫作[25]，把《拉子婦》的世界「翻譯」出來。就語言層次，這是同一種語言內的「翻譯」。這點需要稍作解釋。砂撈越中國方言社群複雜，主要為福建兩廣，李永平即出身客家社群[26]，但社群間最重要的溝通語言是華語，如今並逐漸取代方言，成為大馬華人的母語。只是這華語早經各種方言「制約」，從發音、用語到句構，莫不深有方言的遺跡；實際運用時，發音含糊、腔調「怪異」、字彙貧乏，有如瑞

---

[24] 李永平（1993）：「事實上，當初寫〈田露露〉，是把它當成一部長篇小說的前奏或「試筆」（那時我才二十幾歲），打算隔個三、五年正式動筆，寫六○年代英屬北婆羅洲的政治轉型期，重點在砂共（砂撈越共產黨）的「叛亂」（田露露後來變成共產黨，進入森林打游擊）。可是，這個題材太敏感了……。」

[25] 參看前「北加里曼丹人民游擊隊」隊員范國強和黃賽鶯對森林「同志」的招安廣播，則是北京中心的中文。「中心」的選擇就是政治立場的選擇。

[26] 景小佩：「他一口標準國語，從來記不住客家話。但一遇到爸媽兄弟，就想起客家話的運用……」（8月2日：27）。

士德語[27]，更是卡夫卡的布拉格德語：「凋零的語彙」加上「錯誤的句法」，構成了其「語言的貧脊」（Deleuze and Guattari 22-23）。然而大馬華語人口閱讀和書寫的却是「標準華文」，寫作時「台北中心」起來可以亂真[28]。所謂的「標準華文」遂為書面語言（paper language），為「去畛域化」（deterritorialization） 的運作（Deleuze and Guattari 16-17），任何一位出身大馬的華文書寫人包括李永平，都必須面對去畛域化的過程。因此，與其說《拉子婦》讀來非常異國情調，不如說《拉子婦》的中文本身變得異國情調。致力於再現纏附他身上的後殖民記憶，李永平發動了對標準中文的去畛域化，以致於我們在《拉子婦》裡，一方面讀不到人物的口音、嗓子、呼吸和語調節奏，失却擬態（mimetic）的向度，另一方面却使《拉子婦》素淨的標準中文，在平靜的敘事中灌上高壓電，詩一般幽暗深邃如〈圍城的母親〉裡的森林與河[29]。

---

[27] 龍應台：「瑞士德語是一種『深喉嚨』的方言，說所謂標準德語的德國人聽不懂瑞士方言⋯⋯。來到瑞士的德國人在背後說：這種方言能叫德語嗎？難聽死了，簡直是種喉嚨的病！」（27）

[28] 這點也和瑞士德語的情況類似。龍應台：「講『媽媽的話』〔瑞士德語〕的瑞士人，眼睛讀的、手寫的，却是那傲慢的、令人討厭的、強勢中原文化的語言：標準德語」（27）。

[29] 「對面岸上，密密的叢林向東向西向北伸展開去，誰也不知道盡頭在什麼地方；這邊岸上，密密的叢林也向東向西向南伸展開去，也不知道盡頭在什麼地方。只有這條黃色的大河，在無邊無際的叢林中間劃下一道水路。我站在船後，凝視著水面。在黑夜裡，也可以看見河水渾黃的顏色，它顯得異常濃濁，船在水上行走。就彷彿在泥坑裡行走一般」（33-34）。在小說的敘述文脈裡，這段文

　　於是李永平從《拉子婦》進入《吉陵春秋》其間過程的機轉，得有更困難的解釋。首先去畛域化是一個不安的過程，揭示了語言的嚴重錯位，使書寫行為本身成了一個問題（是誰的語言在誰的空間？），也是政治問題（該認同怎樣的集體性（collectivity）在哪一個「中心」？）。《拉子婦》撼人之處即在這裡：書寫人的歷史性（historicality）和標準中文的緊張關係，使語言的去畛域化成為必須，使歷史性本身成為發言（enunciation）。《吉陵》更進一步，把這種緊張關係推到極致，以致徹底撕裂。表面上看李永平的歷史性不復得見，實則如此撕裂更把他書寫的歷史位置突顯出來（林建國，1991：98-103）；表面上看《吉陵》的中文已「再畛域化」（reterritorialization），實則有《拉子婦》的去畛域化鋪路[30]。李永平去畛域化的不安與痛苦，有其歷史原由，如今不復得見，並不表示已經消失，而是在他中文的再畛域化中深化，隱身起來。

　　結果《吉陵春秋》成為李永平作品中最「容易」和「透明」的一

字讀來清醒、冰冷、線條準確；淘乾、貧脊、不安。Deleuze and Guattari：「語言既然貧脊，就讓它以新的強度（intensity）顫動」，一如貝克特（Samuel Beckett），「以枯淡和清醒節制──刻意的貧脊──行進，將去畛域化推到極致，以致除了諸多強度之外，什麼都不留存」（19）（筆者譯文）。

[30]　「其中一種〔去畛域化的〕途徑是矯飾地豐富這德文，透過所有象徵（symbolism）的、夢（oneirism）的、異國情調意味（esoteric sense）的和隱匿符表（hidden signifier）的資源來膨脹拉拔這德文。……然而這一努力又意味了忘情地／絕望地尋求象徵性再畛域化的努力……」（Deleuze and Guattari 19；筆者譯文）。換言之，矯飾地以象徵等等別具目的論意味的策略去豐富語言，成了再畛域化的操作。

部。這可能是深諳台北文化圈權力運作邏輯的李永平，刻意的設計和嘲弄，也可能是不得已的迎合與必要，或者以上皆是，以一部不折不扣的虛構（fiction），暴露權力暴風圈內的愚昧與瘋狂[31]。如果從《拉子婦》讀過來，《吉陵》顯然是李永平寫作的「黑暗」期：早年的不安和痛苦不見了，他是不是知道它們已成為他者，而不是不存在？

於是難道《吉陵》就不是迤邐：語言的迤邐（再畛域化），書寫的迤邐（錯位之後書寫不在之地），台北文化圈內的畸形浪遊？於是在台北，你只有一個辦法閱讀這座城市：迤邐。這便是《海東青》的由來，《海東青》的敘事路線圖。婆羅洲之子靳五或李永平，對中國或中國文字有「強烈的憧憬」，「精神上他是此島外省人的第一代」（黃錦樹 82），和外省子弟一樣「沒墳可上」（《海東青》825-26），和一群無家可歸的人同行，只有以《海東青》無從計畫的書寫計劃面對台北[32]。如此一來，李永平給了台北非成為遊蕩場所不可的理由，充斥著靳五和安樂新這類邊緣人。台北鯤京作為一個熟悉的中心，逐漸因邊緣人的穿梭而怪異。除夕夜迤邐中，安樂新對靳五說：「今晚走的路都好像沒走過」（549），顯然他們把台北走成了陌地。

多語言和多口音（海西腔，海東腔），更使台北鯤京的語言跟著穿梭的邊緣人荒腔走板，沒有中心可言。如今我們又怎能按「國語」

---

[31] 只有王德威獨排眾議，認為《吉陵》只是「小規模的奇蹟」（1986：219-20），看穿其間原鄉主題的虛構與複製（1988：3）。

[32] 《海東青》不是「大河史詩小說」（王德威，1992：10），於是有不得不然的因素。

字典的指示勘查鯤京的地形？抱著字典讀小說的劉紹銘，好不容易
查出「迤迆」的意思指「近也……，狡猾也」（43），不知道自己已經
迷路，上路去迤迆。老道的《海東青》作者，如此誘拐了用字典收編
他的人。招勢之凌厲，在他繁複令人不知所措的文字。這樣想或有
助我們重新思考王德威這段話：「李永平經營文字如此用功，往往產
生過猶不及的現象。許多古靈精怪的字眼初睹新意十足，數章之後，
竟自成為一種新窠臼」（1992：15）。這段話用心良苦，或許可以這樣
解釋：五光十色的修辭文采旨在誘拐，上路後就在原地迤迆，輾轉
反覆。難道我們還有其他浪遊的方式？

　　浪遊的宿命，其實出在李永平辛苦以深詞僻字、拖沓語句打造
出來的文字，他向摩西的神說話所用的聖語[33]。所謂抱著字典——
字典比《聖經》還權威——讀小說，把小說扶正到字典的地位，揭
示的正是《海東青》修辭的聖語姿態[34]。然而李永平不是客家人嗎？
那麼客家話甚至星馬華語的殘跡在那裡？雖然靳五的「口音好像是
客家人」（《海東青》8），而且「口音不太像本地人」（41），但這斷斷
不會發生在李永平「聖語」的口音裡。果然是「客家人愛漂流！」
（13，29）——是客家人李永平的語言經驗在漂流；漂流的結果使他
深切體會中文（中語）內的差異性，就算有「聖語」在場（成為全書

[33] 「白話口語是在**這裡**；工具語言是在**處處**；指涉語言是在**那裡**；神話語言是
在**之外**」（Deleuze and Guattari 23）。
[34] 參看李永平《吉陵》的〈二版自序〉：「作者一片衷心，為的還是中國文字的
純潔與尊嚴。……這一來，作者對中國語文的高潔傳統，就有了一個交待……」
（i-ii）。

敘述用語），也仍舊使他不安。當傑夫諾曼對女助教柯玉關「滿口洋京腔」地說：「您能賞個臉兒，關，讓我今兒個單獨請您看個電影兒嗎？」靳五在旁的反應是「打起冷疙瘩哈哈大笑」（268）？顯然一個外邦人（外國人、外族人），不知有意是無意肉麻當有趣，叫腔調失了準兒，一任京腔變外語，專屬外邦人，流落到台灣，使教外文為生的靳五反應五味雜陳，異常複雜（「冷」加「疙瘩」加「哈哈大笑」）。如此反應真正意思是什麼，大概靳五自己也抓不準。他是真的嘲弄洋京腔呢？還是落難台灣的京腔？反正標準中語的源頭（所謂的「北京話」）已經錯位，「源頭」走失了，「標準」只有託孤給按想像的「聖語」訂製的書面語言[35]。這顯示《海東青》的文字操作比《吉陵》走得更遠，更能體會源頭的不在，更像迆迤。

　　於是隨著「聖語」的在場，方言受盡了奚落，雖然「聖語」在迆迤中，又被方言處處洞穿。《海東青》裡多的是「蒼涼海西腔」（只是存目，並未演出），但是廣東話、廣東腔或廣東國語不算在內，全裸演出之餘，無處不遭戲謔[36]。戲謔之間倒引來了笑聲：靳五看電視，聽到不倫不類節目中不倫不類的（廣東）國語，反應是「哈哈大笑」（525-526）。引爆發笑的固然是不倫不類本身，一如靳五後來觀賞準牛肉秀時，神來之筆的「哈哈大笑」（614-15）。但隨著廣東國語的在場，我們不禁要問：那笑聲是靳五不安的嘲笑？還是隨著「聖

---

[35]　《海東青》的「京味兒」少之又少，不比《吉陵》，甚至《拉子婦》。

[36]　類似丑角的人物如黃城和何嘉魚教授，講的都是廣東國語，或發音有閃失。參較容嫂子對連續劇的批評：「可戲裡楊令公自己那口廣東官話，還帶南洋馬來腔！」（522）

語」壓抑機制的暫時解放，讓他一頭栽進絕爽死？[37]所以聖語變得好笑，一如聖語中的廣東話很好笑？而面對海東方言（台語）時，「局勢」更是明朗：第十章〈春到人間〉「講一半國語一半本地話〔台語〕，相雜來講，比較親切也比較有幽默」（631），顯然借了王禎和式的笑謔，解放全書「聖語」沉重拖沓的步調，帶來了更大的笑聲和絕爽死。

　　但是所謂被方言洞穿，有更激進的意義，力道來自「聖語」本身的運作。首先我們知道，前述第十章的敘述用語還不是台語（至少不夠道地），一如似乎聽不太懂海東話的靳五處境；雖然這種不太懂，有意在海西中文的敘述中，以知情人（informant）的功能，告知非海東人（更多的讀者如劉紹銘）海東方言的意思：以海西中文支配海東方言。其間支配牽涉到詮釋的問題，以類似教義問答的方式進行。這裡有一個重要的例子：

　　　靳五躥下了鞦韆板來〔問朱鴒〕：

　　　「丫頭！上哪？」

　　　「我們去迌迌。」

　　　「剃頭？」

　　　「嗯！海東話流浪的意思。」

　　　亞星一粲：

　　　「逍遙遊。」

----

[37] 「……笑話呈示我們這樣的案例：壓抑的過程和能量的拘守（binding）兩者的瓦解 undoing，而且是刻意的瓦解」（Wollheim 105）。

　　　「我們逛街去！」（286）

留意其間的詮釋進程：迌迌→剃頭→流浪→逍遙遊→逛街。翻成後設語言就是：方言→誤讀[38]→中語→古經典→當下台北的指涉。原來用台語方言指涉台北，必須繞那麼大的圈圈。從迌迌到逛街，語意一點一點流失，一點一點厚重：厚重的是語言本身的流浪本質，是語言在迌迌。教義問答的教學姿態，本在避免「真理」的遺落，可是當教義問答變得需要，無所不在[39]，便純粹加深流浪本質的無所不在。當「聖語」企圖收編帶著呼吸的方言，「聖語」只有跟著呼吸和迌迌。

　　熱愛中國文字的李永平，從他愛（以及打造書面文字）的那一刻開始，已經開始承受──其實是接續早年的──痛苦與不安，發現他在台北其實無家可歸。他吞噬，他寄生，他肥壯，他讓中國文字破洞；他用愛把她淘光吸乾，粗暴無比又極端溫柔，藏匿她懷裡像溫馴的胎兒，和她一起親密流浪。是他的愛跟著迌迌；因為只有愛，才有迌迌的可能。李異形離家出走，其中孤絕與孤獨，却被大中華系統公司（重大業務包括印發「國語」字典，建立閱讀法統）相中，頑強地進行惡意的收編。只有中國文字稍稍被帶開，收下了有關愛與死的知識，在被掠奪與被吞噬的過程中繼續流浪。

---

[38] 這誤讀深層的機制且存而不論。王德威倒提供了他的解釋：「然則迌迌也充滿了殺機。迌迌，剃『頭』也」（1992：15）。之前，王點出了李在書中所「發揮」的莎樂美「剃」施洗者約翰之「頭」的聖經典故。

[39] 對於小說各處有關鯤京路名典故之問答與答問，黃錦樹說「在這樣的對談裡，作者試著為他的符碼進行示範性的解碼……」（84）。

　　原來家一直都在：家就是那個他來自的地方，彷彿不能磨滅的印記一般，是他痛苦與不安的原由。誰叫他有一個南洋？所以中秋夜，靳五浪遊台北鯤京到天明之後會說：「我會回南洋的。……看我媽呀。」（43）不安和痛苦，李永平用母親也用南洋，為《海東青》「留下一個切口」[40]。原來流離的宿命來自家。而似乎只有女人知道，和他一起到南洋去體驗居住的女人。她沒有觀看，她只是體會（「那晚，莽林中下了雨，我睡在條條木板上，聽屋外蟲『吼』聲，及滴淋在臉上，從原葉上滑落簷縫屋內的雨水，又想笑、又想哭」（景小佩，8月2日：27））。而那是愛與流離的啟始之地，不知該如何面對（「古晉那個鳥不拉屎的地方，教我簡直駭然。……」（景小佩，8月2日：27））。原來回家就是重新體驗駭然，並從這裡開始另一種非關遊客的旅程；點點點的省略號，從這裡開啟了無窮無盡的下文……

引用書目：

Alien Zone: Cultural Theory and Contemporary Science Fiction Cinema. Ed. Annette
　　　　Kuhn. London and New York: Verso, 1990.

Alien 3. Dir. David Fincher. Story by Vincent Ward. Screenplay by David Giler,
　　　　Walter Hill and Larry Ferguson. With Sigourney Weaver and Charles S.

---

[40] 黃錦樹：「……本著對母親的敬意，他不惜在小說中留下一個切口，一個位置，以安頓他的母親」（94）。

Dutton. Twentieth Century-Fox, 1992.

Alien. Dir. Ridley Scott. Story by Dan O'Bannon and Ronald Shusett. Screenplay by Dan O'Bannon. With Tom Skerritt and Sigourney Weaver. Twentieth Century-Fox, 1979.

Aliens. Dir. James Cameron. Story by James Cameron, David Giler and Walter Hill. Screenplay by James Cameron. With Sigourney Weaver and Michael Biehn. Twentieth Century-Fox, 1986.

Creed, Barbara. "*Alien* and the Monstrous-Feminine." *Alien Zone.* 128-41.

Deleuze, Gilles, and Felix Guattari. "What Is a Minor Literature?" *Kafka: Toward a Minor Literature.* Trans. Dana Polan. Minneapolis and Oxford: U of Minnesota P, 1986.

Heidegger, Martin. "Building Dwelling Thinking." *Poetry, Language, Thought.* Trans. Albert Hofstadter. New York: Harper, 1971. 145-61.

Kristeva, Julia. "About Chinese Women." Trans. Sean Hand. *The Kristeva Reader.* Ed. Toril Moi. Oxford: Basil Blackwell, 1986. 138-59.

Kuhn, Annette. Introduction. *Alien Zone.* 1-12.

Laplanche, Jean, and J.-B. Pontalis. *The Language of Psycho-analysis.* Trans. Donald Nicholson-Smith. New York and London: Norton, 1973.

Newton, Judith. "Feminism and Anxiety in *Alien.*" *Alien Zone.* 82-87.

Shakespeare, William. *The Tempest.* Ed. Frank Kermode. 6th ed. London and New York: Methuen, 1958; rpt. 1987.

Wollheim, Richard. *Freud.* London: Fontana, 1973; rpt. 1987.

[邱妙津]。一九九二。〈李永平：我得把自己五花大綁之後才來寫政治〉。《新

新聞週刊》。226（4 月 12 日）：66。

[景]小佩。一九八九。〈寫在「海東青」之前：給永平〉。《聯合報》。8 月 1
日：27；8 月 2 日：27。

〈《異形》Alien3[專題企劃]〉。《影響》。30（July 1992）：70-115。

丁　雲。1982。〈圍鄉〉。《黑河之水》。吉隆坡：長青書屋，1984。1-20。

王德威。1986。〈小規模的奇蹟〉。《聯合文學》。2.10（Nov. 1986）：219-20。

王德威。1988。〈原鄉神話的追逐者：沈從文、宋澤萊、莫言、李永平〉。《中
國現代文學新貌》。陳炳良編。台北：學生，1990。1-25。

王德威。1992。〈莎樂美迢迢：評李永平的《海東青》（上卷）〉。《中時晚報》。
3 月 22 日：10 & 15。

卡爾‧沙根（Carl Sagan）。1989。《宇宙的奧秘》（Cosmos）。蘇義穠譯。台
北：桂冠。

田　農。1990。《森林裡的鬥爭：砂撈越共產組織研究》。香港：東西文化事
業。美里：《詩華日報》承印。

李永平。1968。〈拉子婦〉。《拉子婦》。1-17。

李永平。1970。〈支那人—圍城的母親〉。《拉子婦》。19-47。

李永平。1973。〈黑鴉與太陽〉。《拉子婦》。69-93。

李永平。1974。〈田露露〉。《拉子婦》。95-119。

李永平。1976。《拉子婦》。台北：華新。

李永平。1986a。《吉陵春秋》。台北：洪範。

李永平。1986b。〈二版自序〉。《吉陵春秋》。i-ii。

李永平。1992。《海東青：台北的一則寓言》。台北：聯合文學。

李永平。1993。致黃錦樹私函。5 月 6 日。

林建國。1991。〈為什麼馬華文學？〉。《中外文學》。21.10（Mac. 1993）：89-126。

范國強和黃賽鶯。1973。〈范國強黃賽鶯電台廣播呼吁〉。田農 104-8。

馬　崙。1984。《新馬華文學作家群像》。新加坡：風雲。

莎士比亞。1611。《暴風雨》。梁實秋譯。台北：遠東，1982。

許雲樵。1961。《南洋史（上卷）》。星加坡：星洲世界書局。

陳傳興。1992。〈明室鏡語：由羅蘭巴特（Roland Barthes）的《明室》談攝影美學的幾個問題〉。《憂鬱文件》。台北：雄獅。163-90。

黃錦樹。1993。〈在遺忘的國度：讀李永平《海東青》（上卷）〉。《台灣文學觀察雜誌》。7（June 1993）：80-98。

劉紹銘。1992。〈抱著字典讀小說〉。《聯合報》。3 月 20 日：43。

蔡康永。1992。〈不須看盡魚龍戲：從《異形》到《異形第三集》〉。《影響》。31（Aug. 1992）:134-36。

龍應台。1993。〈媽媽說的話〉。《中國時報》。3 月 2 日：27。

鍾　玲。1993。〈我去過李永平的吉陵〉。《聯合報》。1 月 17 日：24。《星洲日報》（吉隆坡）。2 月 2 日：星雲版。

瓊　瑪。1987。〈李昂、陳艾妮座談會紀要〉。《蕉風月刊》（吉隆坡）。402（Apr. 1987）：2-10。

† 本文宣讀於「第十七屆全國比較文學會議」，國立高雄師範大學主辦，1993 年 5 月。正式發表於《中外文學》第 22 卷第 3 期（1993 年 8 月）：73-91 頁。

現代主義者黃錦樹

　　多年來對黃錦樹美學實踐的思考，匯集成這本論文集，名為《馬華文學和中國性》，說明了書中的「個人」思辨，有鮮明的歷史座標和集體意識，兩相交集之處又在他小說裡辛苦經營的中國文字，讓中文（「中國」和「文字」）成為一椿既個人又集體的事件。多年來閱讀黃錦樹的文字，我反而發現自己對中文沒有甚麼「大愛」，可能一直覺得文字就像人，在這殘酷的世界裡顛沛流離總有自己的辦法。遭逢多事之秋的二十世紀，中文頑強的生命力令人訝異也等待理解，可是我們耳聞的卻多是對現代中文貧困和低能的慨嘆，隱匿其間又常是遺老遺少們對五四的阻抗。黃錦樹和他們分屬敵對的陣營；他念茲在茲的美學現代主義，雖然帶來他對「華文」和「中文」的切分，並沒有妨礙他為海外「失語」的「華文」不得不然的歷史處境作辯護。可是對古老「中文」的「大愛」，又使他的態度轉為曖昧。當他在〈詞的流亡〉裡說：「當中國從古舊的『天朝』被迫邁入近代，

子民和語言文字也都經歷了靈魂的失落」，我們得到的印象是：為了拯救靈魂，任何放任的文字態度只會讓我們更形「失語」。「華文」和「中文」之間的拉鋸，反而由此解釋了黃錦樹美學現代主義的由來。

我不能確定這樣的現代主義信念有多大的續航能力，因為基本上那是黃錦樹所私淑的李永平的寫作路線，屬於台灣外文系多年來的主流「意識形態」，移植自文化研究犯境前的大美帝國。李永平把中文書寫當作護教行為，無意中掀開西方現代主義的古典主義底牌，並遵循這條路線，透過他的美學操作向台灣政體下的「國學」回歸。充滿政治警覺的黃錦樹自然看出其中荒謬，從他對台灣中文系前清餘緒的撻伐，到神州詩社學理上的清算，都展現他過人的器識，在最動人的時刻，我們看見他在小說裡把玩中文系的魚骸，或在朱天心老去的大觀園裡四處翻掘[1]。然而面對李永平刻意用人工「純化」中文的「文字修行」，黃錦樹的筆鋒卻顯得相當滯礙，不僅看不到太尖銳的批判，反而看見前述李永平的「底牌」在和他的美學底線交疊。於是面對王安憶強烈的中原意識，認為北方農民的土語才是「真正」的中國話，南方和海外的漢語作者已經「失語」，黃錦樹只能勉強以李永平極其技術化的「華文」現象因應，並未企圖和王安憶不太公平的「中文」假設對質。一如黃錦樹自己知道的，王安憶的看

---

[1] 黃錦樹，〈魚骸〉，收《烏暗暝》（台北：九歌，1997），頁 251-78；〈從大觀園到咖啡館：閱讀／書寫朱天心〉，「第二屆台灣經驗研討會」宣讀論文，國立中正大學，1993/11/05-06。

法忽略了歷史、地域和方言系統等大環境上的差異；只片面從小說用語入手，她當然有兩岸文字分別是口語化、技術化之議。若作無限引申，則她只能有當代中國人都已經「失語」的結論，尤其當知識界──包括她自己的議論文字，所操作的都是這種「失語」的技術化語言。如果大家說話也是這種語言，我們看不出為何它就不能出現在小說裡，而為何「技術化」本身就必須是「失語」？

於是所謂「華文」現象的問題，端看我們要把它視為危機還是轉機。王安憶似乎只有喟嘆；黃錦樹的看法比較進取，認為技術化是不得已的，是使危機變轉機的唯一途徑，基本上仍肯定那是危機。我的看法是：這樣的危機假設本身其實還隱藏著危機。這樣說無意忽略黃錦樹的「危機」意識還有其他用途，特別是用來克服小說實踐上一些很實際的寫作問題，而這類困難又往往不足為外人道。雖然如此，黃錦樹立論引來的危機仍然可以確立，因為把「失語」的「華文」和「失傳」的「中文」作美學上的對立，倒是相當程度上反映了西方現代主義某些「立教」精神，特別是英美新批評的廟堂主義，諸如經典、學院、文化烏托邦。相同的現代主義邏輯早促使博物館和美術館在西方大量地設立，形成的體制又和藝術品的立價、藝術賣場的糾集緊密關連，並賴一個資本高度密集的經濟體制來運作。結果為了貫徹一個文化烏托邦，現代主義反諷地發現原來資本主義才是答案。

當然我們無意否定資本本身的種種好處，甚至資本主義的好處，問題出在資本主義是以「好處」分配極度不平均為前提。在最壞的例子裡，我們看到美國本土的資本主義如何貫徹階級森嚴的遊戲禁

令，暗中運用高明的法律技術進行系統性的種族歧視和教育等資源的壟斷。資本家治國也等於白種高級流氓治國。其他施行議會體制的西方國家雖然尚未如此失控，可是也不出資本家治國的邏輯。在一些後殖民國家，階級利益就算不和主政的軍事、種族、地域、或宗教等集團的利益等同，也必定彼此勾結，並受各種官方的意識型態機器層層保護[2]。其中西方的美學現代主義最受歡迎，因為它擁護國家本身所需要，以及通常只有國家才能協助實現的體制（經典、學院、「國家文學」、甚至文化烏托邦），並進一步劃出階級的藩籬。這樣被移植過來的現代主義通常不挑戰國家這個體制，當然更不挑戰資本家治國的政治現實。

　　這裡片面地揭露西方美學現代主義的「陰暗面」，旨在拉出一個觀照距離，點出美學本身既載舟又覆舟的弔詭。當然只有掌握了現代主義的歷史條件，我們才能反過來公平地解釋何以現代主義美學還是可以辯護。作為當今西方文學的主流，現代主義以其格外敏銳的美學觀照，寫出人或因貧窮、戰爭、政治禁忌、讓人變白癡的商品文化，面對人性斷絕的現實世界時所承受著種種逼人的生存狀態。孤獨、隔離、窒息與恐懼龐大而具體，唯一牢靠的只剩下愛情，成為人活下去的理由，可是這往往只給愛情帶來更大的災難。自認「幸福」的人是群麻木不仁的人，只有他們才宣佈資本主義是歷史的終

---

[2] 當然各後殖民國家的狀況很複雜，都自成個案。馬來西亞的例子可詳 Jomo Kwame Sundaram, "The Ascendance of the Statist Capitalists," *A Question of Class: Capital, the State, and Uneven Development in Malaya.* （Singapore : Oxford UP, 1986）243-82.

結——而的確他們已被資本主義「終結」，成為歷史森冷無情的示眾材料和看客。如果可以借用魯迅鐵屋的譬喻，則現代主義便是洋鐵屋裡深長的嘶喊，緊扣西方世界的政治脈動，有其明確的倫理面向。至於美學上各種「陌生化」的語言設計（若有的話，特別是詩），是為了避免窒息，是存活的因應辦法。這些美學效應是結果、不是目的，相關的設計是行動、不是形式。可是當文化烏托邦被誤會是現世種種不堪事物的解決方案，或者把美學認作是宗教性的救贖，現代主義很快就被國家體制和資本主義收編。納粹便是西方最壞的例子。

這裡有關現代主義極其簡陋的老生常談，在中文世界裡除了極少數的作家學者，似乎還沒有人有真正的掌握。這層隔閡有其文化上和地緣政治上的理由，可是也和缺乏相應的理論工具有關，特別是對西方資本主義生產模式第一線上的人類學觀察。結果我們基本上只有兩種化約的理解：我們不是把現代主義視為純然前衛的美學流派，就是把它看成是頹廢文學。兩種意見其實互通有無，都不出「美學流派」之議；如此瑣碎掉西方現代主義開展出來的視野，本身就是問題。顯然我們低估了西方當代文化場景的複雜程度，再藉我們莫名其妙的優越感來罵西方作家頹廢。這種思想上的低開發狀態，只說明我們面對西方還不夠「失語」，對自己文化遺產的過度偏執，終於反映在我們美學思辨上的無能。

如果這些層層誤會（包括對這些誤會毫不知情），都來自文化和歷史隔閡造成我們對西方的投射，則恐怕我們也可以同樣解釋何以五四以來的新文學都奉西方十九世紀的布爾喬亞寫實主義為圭臬。

當王德威在八〇年代很低調地指出魯迅的寫作年代和喬哀思、卡夫卡同期[3]，他所關懷的並非表面上美學風格的落差，而是該落差所表徵我們今天在認識上一個結構性的不足：走不出寫實主義的牢籠[4]。把這命題翻譯過來便是我們對現代主義的無知。這當然不意味我們需要和西方亦步亦趨，可是對西方現代主義的誤解卻帶來很大的負面效應，讓我們錯失思考的支點，好好去爬梳西方文學作品裡政治、美學、戰爭和商品等等彼此錯綜複雜的關係。既然走不出寫實主義的思考框框，我們便無法解釋，而且恐怕很訝異，何以二十世紀的西方文學並沒有寫實主義的位置。御用文藝沙皇日丹諾夫一九三四年詔令的「社會主義寫實主義」以及「革命的浪漫主義」[5]，並沒有

---

[3] 「從比較文學的角度來看，魯迅與多數五四以後的作家所致力的『現代小』，模式上不脫廣義的十九世紀歐洲寫實風貌，但卻遲來了半個世紀以上。比起魯迅同期作家如喬伊思（Joyce）或卡夫卡（Kafka），我們在閱讀〈狂人日記〉甚或膾炙人口的〈阿Q正傳〉之餘，能不油然而興相形見絀之感？也正因如此，魯迅作品所象徵的『現代感』惟有放在民初的歷史文化變遷裡，才得彰顯其意義。」（王德威，《從劉鶚到王禎和：中國現代寫實小說散論》，台北：時報文化，1986年。頁108。）

[4] 王德威：「……至少在一九五〇年以前，中國現代小說實際只延續了西方十九世紀寫實的傳統，而且集中以托爾斯泰之輩為代表的一部分。這一傳統具有強烈的德批判色彩，講求『為人生而藝術』，顯而易見的與我們傳統『文以載道』的古訓不謀而合。……五四以來的作家提倡寫實主義往往以關懷全面人生、客觀批評是尚，但事實上就當時的文學批評及作品而言，所謂的『寫實』，其選擇性和排他性是極其明顯的。」（同前書，頁20。）

[5] 日丹諾夫（A. Zhdanov），〈在第一次全蘇聯作家代表大會上的演詞〉，葆荃譯，香港《八方》文藝叢刊，3（1980）：290-96。 轉載自日丹諾夫，《論文學、藝術

真正存在過，它們只是斯大林草菅文人的鐮刀斧頭，我們恐怕也和中文世界裡其他左派精英一樣被矇騙了半個世紀，並且有樣學樣，拿「寫實主義」當棍棒亂揮。這些作為我們自己要負些責任，何況用理論「指導」寫作本來便違反創作的常理。盧卡契當年即倡導十九世紀的寫實主義來暗中抵制日丹諾夫[6]，然而因為同時有「指導」創作，又讓同屬馬克思主義陣營的布萊希特產生很大的壓力。兩人於是展開有名的論戰[7]，今天對我們較有啟示的是布氏在論戰中對寫實主義的評價。他欽佩前一世紀寫實主義大師的成就，可是為了處理眼前的政治問題，他發現寫實主義的技術實在太過簡陋，只有現代主義式的美學實驗才能提供他足夠的遊走空間，發展他的史詩劇場，一方面用來抵抗納粹，一方面喚起人民響應共產主義革命。當然和這裡一脈相承的是現代主義的先鋒（avant-garde）傳統，特別是十月革命成功之後風起雲湧的蘇聯文學和電影，以發動藝術形式上激進的實驗來呼應革命的理念。不幸這些努力，都相繼遭受斯大林官僚共產主義的扼殺[8]。

與哲學諸問題》（上海：時代書報，1949 年）。

[6] Andreas Huyssen, "Mapping the Postmodern," *After the Great Divide: Modernism, Mass Culture, Postmodernism.* （Bloomington and Indianapolis: Indiana UP, 1986） 197.

[7] 相關論戰原典詳香港《八方》文藝叢刊的「現實主義和現代主義問題的專輯」，3（1980）: 208-64。其中布萊希特的回應文字迻譯自 Aesthetics and Politics, ed. *Fredric Jameson.* （London and New York: Verso, 1977）。

[8] Karl Eimermacher, "Literary Policy in the USSR," *Marxism, Communism and Western Society: A Comparative Encyclopedia*, ed. C. D. Kering, vol. 5（New York : Herder, 1973） 249-62.

　　二次大戰前在馬克思主義陣營裡這番有關現代主義的辯論，無論意見如何紛歧，都指向美學實踐和政治現實之間相互糾纏的事實。納粹的法西斯美學固然是馬克思主義敵對陣營裡的反面例子，可是印證的也是同樣的事實，進一步說明現實世界裡的政治纏鬥已變得極為凶險，不再是技術落後的寫實主義所能應付和理解。如果比較一下愛森斯坦歌頌布爾雪維克革命的半紀實電影《十月》（1928），和蓮妮·李芬史塔視覺效果登峰造極的納粹宣傳片《意志的勝利》（1935）和《奧林匹亞》（1938），我們可能會訝異地發現，這些敵對電影的前衛美學操作竟然可以那麼類近，如此劃一的「時代精神」，自然也不在寫實主義所能掌握的認知範圍之內。整個美學場景變得如此複雜，當然也和野心家如希特勒獨到的陰謀盤算有關。首先他借力使力，讓李芬史塔結合「力與美」的電影美學，在恐怖主義前來苟合之前，先行塑造納粹所需要的意識形態，奠定第三帝國國族主義暴力美學的依據。這步棋出自希特勒對電影藝術內行的判斷，使他大膽越過藝術想像力低下的納粹宣傳部，將這樁重要的政治工程「外包」給才氣過人的李芬史塔，再由納粹黨機器暗中斥資和護盤[9]。然後我們看著歐洲整整一代人被電影中所謳歌的雅利安文化烏托邦踐踏和蹂躪。今天我們才知道，原來希特勒的美學實踐就是他所發動的侵略

---

[9]　David Welch, *Propaganda and the German Nazi Cinema, 1933-1945* （Oxford：Clarendon 1983）112-21.亦詳本人發表於《淡江評論》的論文，Kien Ket Lim, "Leni Riefenstahl, Aestheticization, and Nazism：A Reappraisal." *Tamkang Review* 29.4（Summer 1999）：115-38.

戰爭，殺人放火便是他拍攝他「電影」時的場景調度[10]。本雅明三
〇年代就下過警告，納粹這種把政治美學化的結果只能以侵略戰爭
來解決：一個甚麼都破壞、就是不破壞資本主義體制的龐大動員[11]。
當這滅絕性的「美學」正式降臨，納粹瓦斯房和焚化爐即四處灑落
人性的破片，發瘋的詩人事後才一片一片撿起——如保羅・策蘭
（Paul Celan），猶太大屠殺生還者，終其一生只寫支離破碎、隨便把
人割傷的詩句，用美學回應著美學帶來的末世。如果美學應該唾棄，
那是因為如阿多諾所說，納粹集中營（Auschwitz）發生之後，連寫
詩都是野蠻的[12]。然而策蘭的詩又讓他發現，集中營生還者除了瘋
狂的嘶喊，再也沒有其他存活的方式[13]。不能體會這一點，我們就
不會同時理解馬克斯主義者、法蘭克福學派奠基人阿多諾，何以在
思考後集中營的瘋狂世界時，極力為現代主義者辯護：貝克特、卡
夫卡、普魯斯特[14]。

　　當我們在東方還在汲汲營營於歐洲一百年前的寫實主義，某個
程度上只表示整個世紀我們都在昏睡，天真地把百年來的中外侵略

[10]　Philippe Lacoue-Labarthe, *Heidegger, Art and Politics: The Fiction of the Political,*
trans. Chris Turner. （Oxford : Basil Blackwell, 1990）：62-65.
[11]　Walter Benjamin, "The Work of Art in the Age of Mechanical Reproduction,"
Illuminations, ed. Hannah Arendt, trans. Harry Zohn（New York : Schocken, 1969） 241.
[12]　Theodor W. Adorno, "Cultural Criticism and Society"（1955）, *Prisms* （London :
Neville Spearman 1967）：34.
[13]　Theodor W. Adorno, *Negative Dialectics,* trans. E. B. Ashton（New York : Seabury,
1973）：362。感謝 Kalliopi Nikolopoulou 撰寫中的博士論文的提示。
[14]　同前書。

戰爭想成只是民族主義之間的齟齬。維持這樣的思考邏輯當然有利統治：不論是杭亭頓的「文明衝突」論，有意無意粉飾了美國對外侵略的資本主義「國策」[15]，還是中國人民政府對內的寫實主義文藝政策，都一樣屬於相同的愚民陽謀。和納粹德國一樣（只是程度不同），人民政府對內的文藝高壓路線，並不妨礙它對台灣人民玩昂貴、充滿煙硝的民族主義「美學實驗」，動用國家恐怖主義來證明人民政府的「現代性」。人民共和國的後殖民被迫害妄想狂在抓狂（amok），這是整個事件最具「現代感」、與西方最為糾葛的地方，完全不是拘謹、不知深層的精神結構為何物的「寫實主義」典範所能掌握。這樣的典範既然可以防止老百姓懂得太多，說不定還可以叫他們一起抓狂，免掉再帶他們到天安門用坦克碾軋的工夫，當然是很好的「文藝國策」。事情可以更複雜，因為面對西藏和香港，共和國的民族主義又有更複雜的玩法。不幸的是，今天還沒有幾個喝新中國奶水長大的知識份子看清楚自己民族主義裡的曖昧[16]，以及曖昧之中的美學趣味，包括帝國的光輝、古老的典籍、文化烏有之邦，於是他們也就不會阻止自己的政權對這些趣味來一番貫徹，包括戰爭。想當然耳，一場抗日戰爭打下來，我們今天只增加了對民

---

[15] Samuel P. Huntington, *The Clash of Civilizations and the Remaking of World Order*（New York: Simon and Schuster, 1996）。杭亭頓多年來一直是美國軍事國策的御用學者，他這裡大談「文明衝突」，仍然是為大美帝國全球軍事政經上的霸權獻計。杭亭頓，《文明衝突與世界秩序的重建》，黃裕美譯，台北：聯經，1997。

[16] 詳周蕾簡潔而有力的批判： Rey Chow, "Can One Say No to China?" *New Literary History*, 28.1（1997）：147-51.

族主義奴性的詠唱，對戰爭的本質仍然一無所知。當文學家反抗軍沙特在納粹的戰俘營裡寫一點也不虛無的《存在與虛無》，我們在大後方只勉強靠薄薄一本馮至的《十四行集》作哲學上的回應。缺乏後續的反省和批判，中國民族主義者在思想上只剩下破產的美學意趣，對內叫海峽兩岸的老百姓去送死，對外則兌換成杭亭頓這種跨國資本主義的海外資產。這也是為甚麼那些欲復日本帝國主義之辟的台灣「本土派」國族主義不可辯護[17]，儘管有待定義的台灣歷史主體是多重要的計劃。

　　從中黃錦樹殺出一條血路，無意中證明「寫實主義」、「現代主義」都不是甚麼「美學」問題──或者，美學是一個比美學還複雜的問題。這不意味所謂的美感經驗不存在，而是它們本身根本就是等待解析的政治文本。換個說法，堅持某個「主義」的美學守則就是堅持某種世界觀；在「寫實主義」的例子，就是堅持停頓在十九世紀。謝晉以各種「典型人物」推移歷史劇情的《鴉片戰爭》（1997）便是眼前的例子，雖然掌握了沉穩的電影語言，寫實主義形式上的侷限，仍使這部二十世紀末葉的作品對鴉片戰爭的認識，只勉強推進到五四。顯然真正有價值的寫實主義論見並不出現這裡。相形之下，盧卡契思考的深度便極為罕見，多少又建基於他對現代主義作品和理論充份的閱讀[18]，他要回應的同樣是現代主義諸子思考著的

---

[17] 詳陳光興，〈帝國之眼：「次」帝國與國族──國家的文化想像〉，《台灣社會研究季刊》，第十七期（1994年7月）：149-222。

[18] 如盧卡契，〈現代主義的意識型態〉，李焯桃譯，《八方》文藝叢刊（香港），3（1980）：234-54。譯自英譯本 *The Meaning of Contemporary Realism* （London:

二十世紀，和後者只有論證結果上的差異，並沒有過程的不同。他
如此著眼於歷史大環境的思考，倒是澄清了現代主義甚麼可以辯護，
甚麼不能。在這支美學信念開始老舊和疲憊的今天，正是盧氏以降
的馬克思主義可以為它作歷史大環境上的診斷。重心既然放在二十
世紀，對當代西方（尤其是前蘇聯）的馬克思主義文學批評家而言，
真正引起他們注意、討論和激辯的作家，不再是奉為寫實主義圭臬
的巴爾扎克和托爾斯泰，而是卡夫卡[19]。盧卡契對卡氏複雜的心情
更不在話下。我們必須理解現代主義成為馬克思主義思考重心的緣
由，才能回過來釐清盧氏本人對現代主義一些未見公平的論斷，並
在馬克思主義裡尋求平反。

　　把這邏輯推前一步，我們將發現如前面所說的，二十世紀的西
方文學並沒有寫實主義的位置。意思不是寫實主義作品不再出現，
而是如果它們不能把現代主義納入辯證思考，便只有和二十世紀脫
節，不會在當下的歷史情境中找到自己的位置。換言之，正因為我
們對歷史大環境的留意，才能在這樣的辯證理解中領悟，事實上是
現代主義在緊貼著二十世紀的歷史現實。這番論證並未把寫實主義
遺棄，而是揚升／擱置／保存，也就是辯證法中的揚棄（Aufhebung）。
反過來說，如果二十世紀西方文學真的有寫實主義的位置，那麼一
定是在這樣的辯證位置裡。

Merlin, 1979）．

[19] Kenneth Hughes, *Introduction, Franz Kafka: An Anthology of Marxist Criticism*, eds.
and trans. Kenneth Hughes（Hanover and London: UP of New England 1981）：xiii.

　　在中文世界裡這種辯證思考的闕如，讓我們每個人都在不同程度上付出一些代價。這篇序文必須寫得如此嘮叨又詞不達意是其一；馬華文學界常年以來「現代」「寫實」之間或明或暗的齟齬是其二。黃錦樹艱辛地在他的美學實踐裡走出他的辯證法則，反而迭遭誤會，是馬華文學界自己在付出沒必要的代價。面對如此大環境上結構性的閉塞，他躁鬱確實有他的理由。這本書的寫作便這樣發生，儘管有大量美學上的抒論，但是涉及了對「中國性」的批判，所處理的已是個馬華文學閉塞環境下的政治議題。這番寫作策略，和黃錦樹多年來遍涉人類學、社會學、史料整理以及文學史寫作的論述努力一脈相承，至少他對馬華文學研究的討論並沒有陷在所謂「中國性」的格局。

　　當然他最終要解決的是前面提過的馬華文學大環境的閉塞，首要關懷很自然就是學院資源的搶奪和周濟，進而是馬華文學各種軟硬體制的建立。就在這裡，黃錦樹和他所認同的美學體制之間的關係似乎開始顯得矛盾重重：一方面他理解在冷戰時期被台灣接收的西方現代主義大有問題，另一方面又找不到足夠的理由可以讓他放棄其間的廟堂主義。這種多少被馬華文學後殖民情境所操控的美學困境，被黃錦樹以「中文」和「華文」的切分再現，並又超出這樣切分所能解釋的範疇。如果前文說過這切分隱藏著危機，那是因為我們可能會誤會只有這切分才是問題，或者我們面對著的只是這麼單純的美學問題。換個說法，黃錦樹急欲解決的問題和這番修辭上的區別並沒有太大關係，因為就算他為這個修辭難局找到合理的處置（解決或不解決），也仍是美學形式上的辦法，揮之不去的仍是一個

以為可以把美學當做美學問題來處置的假象。其結果是低估了美學的困難，甚至錯過重要的問題癥結。向西方現代主義的歷史內涵來一番正本清源，現在似乎成為一條非走不可的批判途徑。

我想黃錦樹完全理解這些思辨所牽涉的困難，以及面對它們時所承受的孤獨。種種困難都和當下的歷史情境有關；和美學遭遇，就是和政治遭遇。整個後殖民效應在大馬造成的美學困境如許黑暗而龐大，有時彷彿是卡夫卡式的人間隔絕。於是我們這群在馬華文學裡書寫和思考的人們，似乎也面對一座走不進去的城堡、一場令人惶惑不安又不見休止的審判。在黃錦樹寫過最好的小說和批評文字裡，這片黑暗隨處可見，是在黑暗之中唯一可以看清楚的事件。這時他應該懼怕，向迫害他也讓他殘喘的美學體制輸誠，一座又一座城堡地尋找他心目中的體制，還是變得更為狂野和虛無，作一些駭然的事情，如瘋狂的嘶喊、只要還帶一點感覺便是頑強的反抗？其間的差別，大概就是李永平《海東青》和蔡明亮《愛情萬歲》的差別[20]：兩部現代主義作品都指涉了他們自己身為大馬僑生在台北迫迌的經驗，不同之處在於李永平並不具備蔡明亮洞悉資本主義生產模式的能力，於是也就不能（恐怕也不屑於）理解，為何他的「中國性」美學意趣在蔡明亮那裡並不可能，而且實際上是已經破產。黃錦樹在他的論述脈絡裡遭遇的是種種後殖民效應，打開的思考契機

---

[20] 李永平，《海東青：台北的一則寓言》（台北：聯合文學，1992）。蔡明亮，《愛情萬歲》（台北：中央電影公司，1994）。有關後者的評論，詳《愛情萬歲：蔡明亮的電影》（台北：萬象，1994）。

正好可以用來解析這種國族主義美學體制（如「中國性」，甚至「馬來性」）和資本主義體系的藤蔓關係。我想這正是本書最重要的啟示。其實反映在黃錦樹的小說實踐上，我們早已感覺到相同的敏銳和視野；在無意「指導」創作的前提下，我倒很希望他能更為狂野，並在狂野之中體會虛無的道德力量，來和他所傾心的美學本體對質。在這個殘酷的世界，任何形式的「大愛」早已變得不容易，也許已經被消磨殆盡，我們除了對文字殘忍，讓它和我們一起顛沛流離，大概就沒有其他甚麼倫理選擇，可以讓我們思考一些和幸福有關的事情。也許狂野和虛無才是文字的歸屬，在最是為體制所隔絕的地方。

　　黃錦樹或許不知道，他已經是這樣的現代主義者，知道得太多，已經不能回頭。他也恐怕不知道，知道得太多勢將引來可怕的災難，一如希臘悲劇裡的伊迪帕斯，如今成為啟蒙以後「現代性」的代言人[21]：在災難來臨之前，在幸福來臨之前，他勇往直前，一定要把事情看個清楚。就算他後來把眼珠子挖出來，盲目的仍然是那群訕笑他的人們；在殘酷地把他隔絕之後，他們反而一輩子生活在他的陰影裡。

† 本文原為黃錦樹《馬華文學與中國性》（台北市：元尊文化，1998 年）之序文。後來以〈現代主義與現實主義──黃錦樹對馬華文學的介入〉為題，發表於《南洋商報・南洋文藝》，1998 年 3 月 18, 20 日。

---

[21] Henri Lefebvre, "Oedipus," *Introduction to Modernity*, trans. John Moore（London and New York：Verso, 1995），49-55.

有關婆羅洲森林的兩種說法

Ein Gespenst geht um in Borneo --des Gespenst des Kommunismus.

　　台灣人徐仁修一九八五年冬天飛到終年是夏的沙巴州亞庇，前來接機的是個叫林瀚的華人；其人亦正亦邪、恩怨分明，廝混在黑白兩道之間，一出場便讓徐仁修題為《赤道無風》的北婆羅洲「蠻荒探險文學」[1]有意料不到的轉折。林瀚的職業是替華人撿骨造風水，外兼其他奇怪的副業，接了徐仁修飛機隔天，便為道上一件擺不平的事件，在海邊跟幾個白粉仔打架。徐仁修開車載他突圍，再經一番波折之後寫道：

　　　　經過這一場追逐後，林瀚對我也不再保留那麼多了，我才知

---

[1] 徐仁修《赤道無風》（台北：大樹文化，1993），是他六部一起出齊的「蠻荒探險文學系列」中之第五部，文類定義上是一本「自然讀物」（見書首〈出版序〉，無頁碼）。系列中其他幾本分別是《月落蠻荒》（尼加拉瓜）、《季風穿林》（菲律賓）、《英雄埋名》（西爪哇）、《罌粟邊城》（金三角）、《山河好大》（中國大陸）。

　　道這傢伙是出生在砂拉越的客家人，年輕時當過混混，後來
　　在一九六〇年代砂拉越欲擺脫大馬而獨立時，加入了游擊
　　隊，在叢林裡與長屋諸族來往親密，後來在一場圍攻中突圍
　　後，潛逃到沙巴，改名換姓，混跡江湖。（徐仁修：15）[2]

林瀚的身世雖和森林有關，卻不是徐仁修此行到東馬「探險」的目的。他的目標簡單得多：一是去看紅毛猩猩，二是探訪原住民的長屋。這樣的「探險」理由繼承了一兩百年來白人在非洲的殖民餘緒，不是為了搜刮便是為著獵奇。徐仁修一身白人老爺的獵人裝扮[3]，外揹幾部獵奇用的照相機[4]，並未對林瀚這種「文明」人產生很大的興趣。「文明」在徐仁修書中是個負面字眼，讓他一路上慨嘆長屋的居民沒有把「原始」的文化習俗好好留住，看來看去似乎只剩熱帶雨林的自然生態體系最讓他舒服，可以在婆羅洲大作他白人老爺的非洲夢：野性、蠻荒、探險，就算看不到「原始」的獵頭族，也還有「原始」的紅毛猩猩來應景。這時林瀚突從歷史的森林裡跳出來，似有意煞風景地暗示森林裡還有另一種不明的生態，留下了白骨之類的「文明」遺物。之前機場碰面時林瀚便對徐仁修透露了玄機：「你就是變成骨頭了，我也認得出，別忘了我是幹甚麼行業的！」他的話頭彷彿是：到婆羅洲來玩嗎？我帶你到熱帶雨林裡去撿我死

---

[2]　本文所涉悉出《赤道無風》第 11-15 頁，除非引用的是其他地方，將不再註明頁碼。

[3]　詳《赤道無風》封面作者的畫像（徐偉繪圖）。

[4]　書中攝影作品屬於風景明信片的層級，沒有甚麼感情上的深度。除了作為徐仁修書中文字的輔助說明，別無其他用途。

難同志的骨頭。我，林瀚，徘徊於陰陽兩世之間，不論從事哪種行業，革命、逃命還是算命，都和厲鬼廝纏，不是流血和受傷，就是挖掘和埋葬。

　　一如所有的歷史真相，林瀚的出現像來去無蹤的游擊隊，如今儘管脫了隊去撿死人的骨頭糊口，在今天的歷史後見之明裡現身他同樣神不知鬼不覺。既然僥倖生存，這一番改名換姓也意味歷史真相有自我埋葬的成分，不可能全屍出土。任何違逆國法的亡命之徒都得如此戒慎，不論當初革命的理由多麼轟轟烈烈，執意打倒大英殖民帝國再行推翻資產階級專政，如果抓到，早年一律要吊死在李永平小說裡的電線桿上，除了烏鴉在附近徘徊，便不會有人前來收屍（〈黑鴉與太陽〉80）[5]。如今林瀚從李永平的小說裡脫逃，成了歷史幽靈之後，從事的是另一種游擊隊的工作，同樣要掌握地形、觀察星辰、配合風水、占凶卜吉[6]，否則一不留神，下場恐怕也會像當年革命一樣死無葬身之地，再次打成孤魂野鬼。如果陽間已經如此凶險，手上握住槍桿還不能保證幸福到來，他們就不能假設陰間的道路會更好走。這時如果沒有親人出來燒些紙錢，幫忙買通冥府裡的權貴和流寇，革命志士們就不再有翻身的希望。在資本主義取得空前偉大勝利的今天，他們在陰間上刀山下油鍋，只有具備陰陽眼的林瀚之輩才知道其中的慘烈狀況。面對著黑壓壓的一群死靈魂，就算不被厲鬼欺身，單單是埋葬他們，也夠讓自己活像歷史的幽靈，

---

[5]　小說寫的是一群中國移（遺）民夾在官兵和砂共游擊隊之間求生存的故事。
[6]　按「卜吉」指喪葬。

空洞而虛無。

　　一如所有的歷史真相，林瀚身世的真偽沒有人可以斷定。台灣人徐仁修的歷史鑑定能力半通不通，外加可能的自我檢查，只把六〇年代冷戰時期砂拉越共產組織（砂共）發動的游擊熱戰，視為單純是反抗馬來西亞計畫的獨立戰爭。[7]至少這是林瀚對徐仁修的說詞，可見連無所不談的林瀚也保留了關鍵的政治禁忌不談。於是就

---

[7] 一九六三年九月十六日，沙巴（北婆羅洲）、砂拉越和新加坡三個英國殖民地，正式加入獨立剛滿六年的馬來亞所提議的馬來西亞聯合邦，隔海的印尼隨即發動「粉碎」大馬計畫的軍事對抗行動，歷時兩年，詳 Andaya et al.（274）。當時印尼由蘇卡諾的親共政權統治，一九六三年初多次聯同存在多年的砂共，在砂拉越境內向大英帝國發動游擊戰，反對大馬計畫，同時尋求砂拉越的自治，詳田農（27-28）。亦詳徐仁修所記錄下的砂拉越華人對這段史實相當我族中心的「人民記憶」（149）。按華人是砂拉越最大的族群，各砂共組織也以華人為主力，其中並包括小資產階級，這樣的鬥爭有多少華人民族主義的成分亦待考，田農說沒得到其他族群支持的確是砂共失敗的原因之一（78-84）。不過砂共組織一直要到一九六三年才以武力鬥爭為重心（12,17）倒是有外在的因素（印尼），其武鬥勢力一度扶搖直上，可是兩個主要事件使砂共武裝勢力大衰：一九六五年九月的印尼政變造成蘇卡諾政權的倒台，從此馬印兩國聯手剿共（74）；另外是砂共走議會鬥爭路線的外圍組織砂拉越人民聯合黨（人聯黨），因為各種因素產生質變，於一九七〇年大選組成州聯合政府執政後開始反共，使砂共迅速瓦解（43-47）。目前有關砂共起伏多變的細部歷史仍然不清不楚，可能和它還是政治禁忌有關。田農的敘述固然功德無量，可是屬於新聞寫作的範疇，原刊香港的《東西方》月刊，和學術上的政治史、思想史的史學寫作還有一段距離，更遑論口述歷史完整的採集。至於砂拉越人聯黨較完整的研究才剛在一九九六年出版，原為紐西蘭威靈頓市維多利亞大學的博士論文，詳 Chin Ung-ho《砂拉越的華人政治》（*Chinese Politics in Sarawak*）。

算徐仁修的話可以採信，我們還是無從確定林瀚對自己的身世有沒
有虛飾的成分。似乎林瀚有意撒謊的假設比較有趣，表示他把自己
的政治觀投射到那一片他可能沒到過的婆羅洲森林，寧可在裡面激
烈地死去，也不要現在像中了降頭，幽靈般地在屍骨堆裡挖掘和埋
葬。深藏在林瀚可能的謊言裡是股絕望的政治慾望，覺得生不如死，
現在不如過去，撿死人骨頭不如活著如幽靈。這股慾望正抵禦著另
一個可能的謊言、更大的謊言，即砂共只是一群流寇，他們並不存
在。這樣的謊言缺乏解釋效力，洩露了說謊的慾望，只讓說謊變得
更不可能。當然如果說謊的慾望揮之不去，也就等於歷史的真相不
會全屍出土。如果慾望是活人說謊的理由和秘密，大概只剩下亡靈
才不會說謊；當我們在陽間大力掃蕩兼整頓這些歷史幽靈，只說明
我們說謊的慾望何其強烈，又何其恐懼，擔心那些遊蕩的孤魂野鬼
會甚麼時候上身，糾纏不去。

　　於是在有產階級布爾喬亞民主專政堅信已經把人民從厲鬼手中
解放的今天，資本主義的計畫頃刻之間陷入了狂歡的末世學。一九
九二年法蘭西・福山（Francis Fukuyama）宣佈資本主義是「歷史的
終結」，靈感所本便是基督教的末世論（Derrida 60）。[8] 令福山等人如

---

[8] 這部《馬克思的幽靈》（*Specters of Marx*）原是德希達（Jacques Derrida）於一
九九三年四月受邀到加州大學河邊分校的演講，主要在回應兩個問題：「馬克思
主義往何處去？」以及「馬克思主義是否正在死亡？」（下文凡是引用到本書之
處，將只標寫頁碼，如頁 60 將在正文裡寫成 D60，不再另行加註。）他和福山
的學術對決，包括對福山在《歷史的終結》（*The End of History and the Last Man*）
裡誤讀黑格爾《精神現象學》細膩的批判，是德希達對新保守主義者哲學假設

此大喜若狂的事件，當然是包括蘇聯在內東歐共產極權國家的倒台，結果共產主義統治的終結，在他們眼中陰差陽錯地成為歷史的終結。背後藏著的假設是資本主義不屬於歷史的一部分，作為歷史的目的資本主義處於歷史之外；歷史本身有時而盡，而資本主義可以長生不老。當然福山更離譜的假設是把資本主義社會視為基督教的天國，共產集團倒台，等於可以向子民宣佈：「天國近了，你們應當悔改……」當神的意旨承行於地，萬喜年並連本帶利地兌現，人人似乎都得切腹自殺以謝資本家，活活地把歷史給終結。這種非關神學的詭詞辯語純是福山的神棍修為，有意過度地解釋神學來偽造他天國的產權，用以週轉他末世福音的資本。這種躁狂的佈道行徑有其陰鬱的一面，彷彿在躁鬱症的兩極病癥之間激烈擺盪[9]。譬如，當他必須以異乎尋常的統一口徑，輸送「馬克思主義已死和必死」的教條，等於表示躁狂的背後是憂心忡忡，就算強詞奪理，也要為資本主義的霸權強力護盤（D52, 56）。福山這種教條作法的結果，便是把歷史性（historicity）從資本主義的思考中剔除（D69），一如他以為民主政治的理型（ideal）已實現一樣，可以置歷史性於不顧（D63-64）。福山的極右霸權論述和共產主義死硬派的思考邏輯並無兩樣，同樣在尋求激進的手段把歷史終結。如果共產主義（不僅是社會主義）完全實現的結果是一場災難，那麼我們就有理由相信資本主義的徹

的解構和清算，超出本文所能再現的格局。

[9] 德希達書中徵引的是佛洛依德（Sigmund Freud）一九一七年的重要論文〈哀悼與憂鬱症〉（"Mourning and Melancholia"）。（下文所引佛氏論文的版本，悉出此部英譯「標準本」，簡稱 *Standard Edition*。）

底貫徹也是一場浩劫，因為發揮作用的是要把歷史給終結的末世學。於是德希達在《馬克思的幽靈》一書裡痛批福山之餘，便堅持真正有關幸福的承諾必須是非末世學的那種（D75）。沒有了末世學，資本主義便不能推翻、沒必要推翻、不具備被「推翻」的條件，而對資本主義的歷史本質和效應有準確掌握的馬克思主義，便不需要放棄、也不能放棄，從而把資本主義鎖定在它自己的歷史脈絡裡。這樣的立場非關任何形式的左右派「折衷」或「制衡」，而是為歷史性的思考找出一條生路，斷斷任何可能的末世學，包括歷史終結的謬論。

　　這條思考出路說起來簡單，也有堅強的理論為後盾，可是卻面對資本主義霸權論述處處的阻撓和檢查。西方主流傳媒當年大力吹捧福山的末世論，所遵循便是這種霸權論述背後的帝國主義邏輯（D53）。我們知道，相同的傳媒在更早的時候擁護過西方發動的波斯灣戰爭；那場戰事只是一宗買賣，是西方槍砲外交的延伸，目的在維護歐美國家一兩百年來的傳統經濟利益，和所謂的國際正義無關。西方傳媒擔負了統戰宣傳部的工作，把任何可能矮化這場戰爭的說詞（例如經濟利益的維護）排除或粉飾。集中精力鬥臭在資本家頭上動土的伊拉克當然可以激勵三軍士氣，把來自不同階級的軍人統一，在表面上人人平等的愛國主義之下，讓他們為歐美資本家賣命或送命。可以想見，馬克思定義下的「階級」概念是西方傳媒禁忌的字眼，可是階級問題（特別在美國）畢竟太明顯了，主流傳媒對「階級」一詞的用法乃有細膩的控制，設法防止把馬克思從後

門引進來。[10]於是儘管西方傳媒和主流論述都和福山一樣，大力宣佈馬克思主義已死、共產主義已死，它們仍然止不住害怕這些在他們眼中已經失敗和破產的政治主張，擔心這些已經埋葬和腐爛的屍骨會隨時復活，像幽靈一般歸來，徘徊不去。於是德希達會說整個資本主義計畫躁鬱的背後，是一場趕鬼的法事，反諷地應驗了馬克思和恩格思《共產黨宣言》的開場名言：共產主義的幽靈蠱惑著歐洲，所有舊歐洲的勢力都組成聖戰聯盟，合力趕鬼[11]。今天整個資

---

[10]　這種控制，有如傅柯（Michel Foucault）在他的《性史導論》（*The History of Sexuality*）中所抨擊的西方資產階級社會對「性」這個概念的控制。他說從十九世紀開始，性並沒有正面地受到打壓，人們反而受鼓勵大談性話題，其中的陰謀是他們只許從一兩個有限的特定角度（如「衛生」、「健康教育」等）整齊劃一地談，結果是談了等於沒談，因為談來談去其實是握有權力的知識霸權在幫大家談，談的過程就是這個霸權在控制每一個人的過程，談了比不談還糟糕（69）。基本上這次所謂自由民主國家控制所有禁忌話題的方式，包括「階級」的概念在內。例子俯拾即是，例如一九九四年《紐約時報》上一篇提為〈輸家階級的隱現〉（"The Rise of the Losing Class"）的專論，便開宗明義說馬克思的（被剝削的）工人階級概念已不適用，因為這個階級現在得包括常春藤名校畢業的企管碩士，他們同樣覺得工作不保，人心惶惶，和美國其他更低階層從業人士的感覺沒有兩樣（Uchitelle 1）。有趣的是（或者一點也不有趣），這種觀察印證的恰恰是被剝削階級的存在，以及馬克思所發現的少數有產者（握有生產工具的人，包括資本）和多數無產者之間的矛盾，卻被該文作者用來模糊掉這種矛盾，從嚴解釋說傳統的階級敵人已經不存在。

[11]　這句開場名言是：「一個幽靈，共產主義的幽靈，在歐洲徘徊〔Ein Gespenst geht um in Europa--das Gespenst des Kommunismus〕。舊歐洲的一切勢力，……都為驅除這個幽靈而結成了神聖同盟」（D99）。這段中譯詳 1848 年馬克思和恩格思的〈共產黨宣言〉（250）（感謝黃錦樹提供）。這也是本文題記的出處，其中

本主義的計畫仍然是這樣一個降神會（D99-100），解釋了資本主義變得霸權和極權的由來（D105）。

面對著這種對死靈魂的恐懼，資本主義的末世論開始在狂歡和抑鬱之間失調，並發展出一長串錯亂的論證來面對共產主義。這個論證是這樣進行的：

1. 共產主義已死，我們大家可以不再害怕；
2. 共產主義已經變成鬼，我們不必害怕；
3. 再說鬼並不存在，我們沒有害怕的道理；
4. 對於這個不存在的鬼，我們跟它唯一的關係是害怕或者不害怕；
5. 因為我們仍然害怕，仍然在肯定這個關係，所以鬼非存在不可。

結論是鬼存在，鬼也不存在；翻譯過來，意思也就是共產主義死了，所以我們不恐懼，於是我們也很恐懼。福山用來開降神會的末世學，面對這般局面似乎不太有辦法，所以變得極為宗教性的躁狂。當整個資本主義體制變成一個人人都得參加的降神會，表示處處有鬼，人人皆可是鬼，不用點非常手段，便不能掃蕩牛鬼蛇神，徹底伏魔。可是就算這種資本主義的極權統治行得通，鬼在本質上是死不了的（D99）；當資本主義把共產主義打成鬼魅，只是叫它冤魂不散，四處遊蕩。這種鬼魅的本質已經超出海德格存在論（ontology）[12]所能

德文「歐洲」（Europa）一詞被換成了「婆羅洲」（Borneo）。

[12] Ontology 常譯成「本體論」，海德格回到它的希臘字源，把它拆開成 onto（存在）和 logos（學說），稱之為「關於存在的學說」，中譯為「存在論」，海德格整

掌握的範疇，因為如德希達所言，幽靈（das Gespenst；the spectre）並非此在（Dasein）（D100），亦非存在者（das Seiende；the being），我們不能從幽靈那裡捕捉存在（Sein；Being）。德希達於是特為幽靈的「存在」杜撰一個新的範疇，叫「魂在論」（hauntology）[13]，因為幽靈的本質是蠱惑、糾纏、徘徊不去（hanter；to haunt）。如果資本主義真如傳聞中是置共產主義於死地的魔鬼終結者，那麼也就促成了共產主義的魂在論。反諷的是，福山之流的資本主義論述並沒有掌握到這種魂在論的本質，神經兮兮之餘，乃受《共產黨宣言》開場白先見之明的嘲弄。也就是說，資本主義的邏輯，包括其論述邏輯上的漏洞，早就寫在各種馬克思主義的文獻裡。

　　我們在此無法贅述馬克思主義對資本主義生產邏輯的洞見，篇幅上和能力上也不能處理一個多世紀以來，環繞著馬克思主義而寫的各種臧否文字。眼前比較有意義的是循著德希達勾勒出來的魂在論理路，指出馬克思主義如何與資本主義論述一樣也淪為末世學，分享同一個結構性的盲點。我們大體上知道共產革命的目的是建立共產主義社會，卻恐怕不曉得這也是激進的計畫要把商品消滅，成就另一宗趕鬼的法事。這點要從馬克思在《資本論》裡對商品的「使用價值」和「交換價值」的分野說起。德希達首先覺得，這個分野並

部《存在與時間》便在探討這個問題，詳王慶節和陳嘉映〈附錄一：關於本書一些重要譯名的討論〉（579）。有關以下將提到的「此在」、「存在者」、與「存在」的定義亦詳同篇。

[13] 留意法文 l'ontologie 和 l'hantologie 的發音幾乎一樣，故有「存在論」與「魂在論」（筆者杜撰）之譯。

不如馬克思本人所想的簡單，其中並有鬧鬼的成分。譬如一張桌子所謂的「使用價值」，其實不斷被桌子本身的商品性格（交換價值）蠱惑（D151），使得這張桌子的第一個「使用價值」竟然是它的「交換價值」（D161）。用形上學的話說，使用價值出自這張桌子的物自身（das Ding an sich，常譯成「自在之物」），桌子本身並處於其現象中的現象性（the phenomenality）（D149）。也即是說，對馬克思「使用價值」並沒有任何神秘的成分（D149）；然而如果真的如此，德希達說市場和交換價值的存在便被遺忘（D150）。當然馬克思是知道商品一點也不簡單，有自身的魔力，例如當一張桌子成為商品，它就是一個感官性的超感官性的物（ein sinnlich übersinnliches Ding；a sensuous supersensible thing）（D150）。《資本論》的中譯是：「一個可感覺又超感覺的物」（第一卷，87），嚴格說翻譯上有誤差。這句話真正的意思是這張成為商品的桌子只是個「超感官性的物」（這點中譯沒交代清楚），儘管這「超感官性」可以被感官感覺。商品既然只存在於「超感官性」的範疇，那麼根據德希達，商品便得如鬼魅一般存在或「魂在」。既然此「物」處在這個範疇，我們若把「物」在德國唯心哲學中的語意重量考慮在內，那麼「商品便是不具備現象面的『物』」（D150）[14]，或者「商品將如鬼魅般蠱惑物自身，商品的幽靈並在使用價值裡運作」（D151）。如果使用價值可以成立，等於商品的交換價值先於使用價值而存在，將之「污染」，參與了「使用價值」這個概念的建立（D160-161）。德希達這番解構努力使他發現，

---

[14] 文中德希達的引文皆是筆者的中譯。

使用價值不能只侷限在存在論的層面來理解，這等於說只有存在論並不足夠。既然蠱惑先於存在，我們一些基本的存在論概念如存在與時間，都必須從魂在論開始思考（D161）。

　　當馬克思的理論是建立在一個對交換價值和商品性質的批判上，著力於驅除商品的魔力，那麼德希達便認為馬克思

> 有意把他的批判或對幽靈擬像（spectral simulacrum）的驅邪〔工作〕建立在一套存在論上。這是一套——批判性的，可也是前於解構性的——有關在場（presence）的存在論，並把在場〔本身〕視為實際現實和客觀性。這套批判性的存在論旨在展開各種可能性，如驅散魅影、〔……〕將魅影作為主體的表象意識而驅除，並把這個表象（representation）帶回到勞動、生產和交換的世界裡、化約到它自己的條件上。（D170）

對馬克思來說，作法就是改變資產階級的經濟生產模式，因為這模式不生產別的，只生產商品。馬克思在《資本論》裡即寫道：

> 一旦我們逃到其他的生產方式中去，商品世界的全部神秘性，在商品生產的基礎上籠罩著勞動產品的一切魔法妖術，就立刻消失。（第一卷，93）[15]

換言之，馬克思要用他的存在論來對抗商品的超感官性、商品的魂在論（D161），並期待妖術、鬼怪和商品市場會同時消失（D164）。馬克思的驅邪術乃構成共產主義「解放末世學」（D90）的內容，並

---

[15] 詳德希達對這段話的評述（D164）。

等待一個沒有「魔法妖術」的美麗新世界降臨，也惟其如此才能阻止人對人的剝削，去除幸福的障礙。

今天我們至少有兩個不無關連的歷史後見之明。一是哈伯瑪斯（Jürgen Habermas）論馬克思主義時所提出的疑問：「難道我們真的就不可能出現一個幸福沒有發生、願望沒有實現的解放？一如壓迫就算沒有被揚棄（Aufhebung），一個相對而言高水準的生活還是可能的一樣？」留意哈伯瑪斯謹慎的措詞，他並沒有說高水準的生活就和幸福等同，也沒有說壓迫沒有去除，幸福還是可能。他甚至為他的問題加上一個但書，說它不是一個完全沒有陷阱的問題，可是提出來也並非毫無意義（57）[16]。哈伯瑪斯不斷使用雙重否定的修辭（「難道不可能出現一個……沒有……？」），表示他極其小心，警覺到這問題為自己設下的陷阱，也就避開了福山式的躁狂和抑鬱，對馬克思主義的終極關懷始有較為公平的評價。另一個歷史後見之明遠較負面，出自德希達。他說馬克思以降的歐洲政治史是共產主義和資本主義兩個驅邪陣營慘無人道的戰爭，前者大力驅除商品的蠱惑妖力，後者在今天的後冷戰時期仍在趕鬼，欲驅共產主義的邪，以致雙方都變得極權，不時以各種恐怖手段相互恐嚇（D105）。我們實際上並未脫離這麼一個荒謬的歷史情境，還在存在論和魂在論之間糾纏。

在今天歷史的後見之明裡，我們已不輕易提起哈伯瑪斯所談到的幸福，至少不相信共產主義的解放可以承諾幸福，然而也沒有相

---

[16] 引文為筆者中譯。

信福山式的驅邪法事就是幸福。如果共產主義不可能存在，德希達說那是因為它是個幽靈，只有魂在論的本質（D175）。如此當我們重新看待馬克思的理論遺產（一個不放棄實現「幸福」的政治理論），只能有別於馬克思而採魂在論的角度，而非（福山或馬克思的）末世學，來面對冥界裡的具體存在，因為正是在那裡留給我們一些前人思考幸福的蛛絲馬跡。這個工作還沒有結束，相關思考的成敗正繫於我們和冥界的關係、我們召魂和通靈的能力。

　　於是幾乎毫無例外，馬華文學幾篇重要的追憶和思考境內共產主義武裝革命的小說，都和死亡有關，都圍繞在幽靈、遺骸和喪葬各個母題上[17]。如果有適切的「通靈」能力，我們從這些小說中「召」到的「魂」將大大超出我們的預期，直切政治和文學最根本的關係，甚至重新釐定這個關係。幾位小說作者中，梁放的風格和寫實主義最為接近，寫實主義通常最著力的人際關係到了梁放手裡，突然被令人畏懼的國法制裁，變成了人鬼關係，使得梁放所著力的歷史場景，暗暗藏著希臘悲劇的力道，又帶著幾分現代主義式的孤絕。或許從這裡我們可以有不同的角度，一談馬華小說裡現代主義另一種沒人提過的起源，如何從寫實主義過渡，以及如何必須如此過渡。然而本文的關懷不在詮釋寫實主義和現代主義在美學風格上的落

---

[17] 除了前面提過的李永平《拉子婦》中的各篇小說，尤其是〈黑鴉與太陽〉（註5），還有黃錦樹兩部小說集《夢與豬與黎明》（台北：九歌，1994）和《烏暗暝》（台北：九歌，1997）裡各篇，其中收於後者的〈魚骸〉的野心最為龐大、意象最為繁複、經營也最為成功，只能另文詳論。張貴興的《群象》則是有關砂共題材的第一部長篇小說。

差，而在處理一個更重要的問題，即解釋政治的在場如何促成美學的誕生。回到古希臘，首先可讓我們面對「政治」（politics）一詞的希臘文字源（「城邦」，polis），向古希臘追溯我們今天所有對政治的理解；對於古希臘的先哲，政治也可以是悲劇的起源，並在悲劇裡（美學裡）逼迫我們重新思考我們和政治的所有關係。

就閱讀所及，梁放兩篇分別寫於一九八六年和八七年的「湮沒」系列〈鋅片屋頂上的月光〉和〈一屏錦重重的牽牛花〉[18]，是他「回憶」砂共往事最重要的小說。兩個姐妹篇前後呼應，題目同樣隱藏著殺機。「月光」指小學老師們被代表國法的軍人處決的晚上，軟禁在校園裡的敘述者（還是一名小學生），被機槍驚醒後所看到的窗外「瘡膿般的月色」（77）。至於另一篇的「牽牛花」則長在圍困著徐家的圍籬上，徐家當年暗中支援和掩護游擊隊（84），軍方乃在徐家四周圍上長著刺鐵筋的圍籬將他們隔絕，只留下一個出口，現在還沒拆除，反而長滿了牽牛花（88-89）。不論是月光還是牽牛花，都是活人的記憶，他們活在嚴厲的國法這頭，對這些記憶仍然沒有可以釋懷的解釋。當親人已被黑白分明的國法迅速的裁決和處決，活人仍在疑惑，仍嘗試理解真正的公理和正義的問題是不是應該就這麼了結。顯然在他們心中，國法的決斷再有說服力，也還不能取代人情的事理。與其說梁放要質疑國法的「恩威」，不如說國法被他看出還不是道德的最高綱領，而是另有一套公義法則處於國法之上。人和

---

[18] 兩篇小說同收於梁放《瑪拉阿姐》。下文所引頁數悉出此書，不再另行註明。筆者在此感謝黃錦樹讓本人留意到梁放，並提供梁放的小說。

國法的關係到了梁放手裡，也就不能不變成一個緊張的道德關係。

於是當活人在問著一連串的為甚麼，他們也在問被處決了的親人，當初為甚麼竟和國法起衝突，而且似乎好人都必須在這樣的衝突中死去。〈牽牛花〉一篇的主角徐伯母，便是這樣追懷她參加游擊隊而被格殺的兒子徐子捷：

> 子捷與她之間，培育了他們生活中最基本的信念，那就是對醜惡的唾棄，對美好的要求。這麼些年來，徐伯母還是一直堅守不渝（80）。

她於是無法對鍾可為的際遇感到釋懷。鍾可為是子捷從前在森林裡的醫師「同志」，為人精明幹練，如今存活之後改了姓名叫伍盛（88），剛剛當選議員（103）。小說這樣寫：

> 徐伯母與伍盛，在同一個時代裡，他們曾攜手鬥爭過。今天，政勢是怎麼一回事了？由以往的激進到溫和，再由溫和到向另一面伸展，徐伯母自覺自己離得大夥兒越來越遠了（103）

徐伯母可能覺得這個批判過於嚴厲，徐伯母稍後自我安慰說：「鬥志，伍盛還是一樣有的，只是已改變了方向而已（103）」。可是批判已經造成，對伍盛的批判也隱然是對國法的批判，因為國法容不下子捷，卻容得下伍盛。小說稍早時寫出了伍盛的死硬派性格，在村裡搞讀書小組時，極力反對組員「搞男女關係，忘了使命，忘了任務，忘了理想」，並一口否定別人愛看的書籍，說它們是灰色的（90-91）。伍盛這種鷹派形象，和同屬游擊隊的徐子捷恰好是強烈的對照，使小說裡親情與愛情的母題只能圍繞著後者發展（例如頁99-100徐子捷觸雷炸傷之後，從森林裡偷偷回來探望襁褓中的女兒曉雲。）如

果在這情形下國法只容得下伍盛，對徐子捷做了不能再嚴厲的裁決，那麼國法所裁決的便還包括親情和愛情。我們現在的問題是：這種和國法的衝突是不是有它的必然性？若是，這必然性又告訴了我們有關國法的甚麼？我們必須理解，正是因為國法的行為邏輯有其可辯護之處（詳後），才使這些疑惑成為困難的問題。〈月光〉一篇敘述者「我」不斷追問他善良的小學老師劉桂葉何以必須死去，正是同樣困難的問題。

可能避免踩到政治地雷，梁放的小說並未正面處理砂共的意識型態；既然連「政府」、「砂共」的稱謂都沒使用，小說也就不志在交代砂拉越共產武裝革命的歷史原由。這樣的情形下，人民記憶[19]本身即成為問題，並以闕如的方式成為問題，使我們懷疑在場的到底是歷史現實，還是我們熟知的官方說法。更複雜的是，小說裡置身其中的「人民」個個都有意壓抑自己的記憶，例如梁放〈月光〉一篇裡的各個人物就說了不只一次沒有人要提起這些往事（79），就算要說也「不知從何說起」（80）。他們甚至很世故地對小說敘述者說：「人都死了，還提她做甚麼？」（79）。但是小說家梁放還是提起了他的記憶，刻意繞過不談砂共革命的理由，反而意外地讓他切入哈伯瑪斯的後見之明，正面地質問幸福是甚麼。他要「提起往事」，真正的理由似乎也就在這裡。一旦牽涉幸福，任何提出來的問題都變得殘酷，不輕易放過出現在歷史場景裡的任何一方，包括砂共在內。

---

[19] 「人民記憶」的概念出自傅柯，基本上和官方說法相對。詳傅柯〈電影與人民記憶：《電影筆記》訪傅柯〉，林寶元譯，載《電影欣賞》，第 44 期（1990/03），頁 8-17。

如果梁放對砂共的革命也有他嚴厲的質疑，那是因為他背負了哈伯瑪斯的懷疑，而非天真地倒向福山以為幸福已經到來。梁放彷彿也深深瞭解，當資產階級國法完全挫敗了砂共以武裝革命追求幸福的努力，這套國法不論願不願意，便在倫理上要承擔砂共這個對幸福的承諾。我們今天回頭只在梁放的小說裡看到國法的嚴厲，幸福與否的問題還沒有解決。當然在歷史的後見之明裡我們也可以想像，當年如果砂共革命成功，我們面對的只怕是更為嚴重的災難，理由是這場革命──一如任何共產主義的末世學──承擔了太多幸福的承諾。這種政治上的後見之明，使我們對幸福有更審慎的理解，卻不動搖我們對幸福的信念；梁放的小說繞過砂共的政治意識型態不談，反而有他獨到的政治理由。

〈月光〉一篇正有意讓我們看清楚過度嚴厲的國法發揮效應之後，我們到底還剩下甚麼。一場大浩劫讓曾經走進森林去的人重新評價當年「鬥爭」的目的，讓他們思考當年是否遺漏了甚麼最重要的考量，梁放並從這裡作了他含蓄而細膩的批判。整篇小說是一個尋找墓地的故事：小說敘述者「我」（振達）回到鄉下的小學母校教書，遇到轉行成為商人的秦老師，向他追問劉（桂葉）老師當年被政府軍格殺的真正原因，並有意尋找她的墓地。因為是嚴重的政治事件，加上是亂葬，沒有家人敢來收屍甚或移靈，所以今天校園裡仍然鬼氣繚繞（70）。振達和秦老師是兩個被亡靈蠱惑的男人，尋找劉老師被亂葬之地也等於去挖掘事實的真相。對秦老師，整個搜尋過程尤其讓他痛苦：他和劉老師當年是同事也是情人，她反對他加入游擊隊，可是校園被軍方圍剿時，她卻因他而死，該死的人未死，

不該死的卻死去。如今沒有墓地可以憑弔，本身已是殘忍的事，找到墓地也同樣殘忍，因為亡魂未被撫慰，恐怕再也不能撫慰。「我」的出現對秦老師而言有如記憶的鬼魂，到處遊走；在劉老師的葬身地，他即被佇立他背後的「我」嚇了一跳，「一時間以為是甚麼鬼魂出現」（80）。劉老師遭亂葬的河邊自然景觀已經改變，所能辨識的是一株長在那裡只開花而不結果的芒果樹，一年開一次「一樹磚紅色的花朵」（80），就是不知是誰種的（68）。有小說閱讀經驗的人都知道，芒果樹是小說作者梁放種的，就像夏瑜墳上的花環是魯迅親自放上去的一樣[20]。因為這樣一個動作——寫小說有如織花環，小說作者不免也成為小說中的一個歷史幽靈。

我們要問：小說作者何以要選擇這樣一種存在——或更確切說，魂在？劉老師之死何以有那麼大的力道令小說作者作出這種倫理選擇？顯然劉老師的行為有令人不解的地方，謎一般地困惑所有的生者，成為小說中敘述者追究歷史的原動力，也是小說作者作這篇小說的理由。為著解開這個謎，敘述者「我」乃要秦老師解答他的問題：剿共軍人到校搜索的那個晚上，劉老師「為甚麼要逃呢？」（72-73）。她不是游擊隊員，卻跟其他也是無辜的老師們被「正法」，屍首第二天擺在碼頭，只用草席蓋上（77）。旁邊有人說道：「打到山豬」，而「那是那個時代的術語」（78），事實上也是那個時代的犬儒，反映的也是對國法的嘲諷，因為軍人是在校園裡而非山裡打到「山豬」。

---

[20] 魯迅〈吶喊・自序〉：「〔我〕有時候仍不免吶喊幾聲，聊以慰藉那在寂寞裡奔馳的猛士，〔……〕所以我往往不恤用了曲筆，在〈藥〉的瑜兒的墳上平空添上一個花環」（11）。

可是劉老師被擊殺的理由還是沒有解決，尤當她和秦老師是站在相反的立場，反對他參加政治活動，更遑論加入游擊隊（71）。然而劉老師還是容忍下來，在秦老師躲在森林裡革命的期間，仍像妻子一樣為他洗衣服（74）；一個未過門的二十歲美麗女孩（69），這時已經蒼老得把他當自己的男人看待。顯然有關幸福的定義，這對戀人也是站在相反的立場：對前者愛情才是幸福的保證，對於後者幸福繫於政治鬥爭的成敗。因為這樣的差異，秦老師必須離開自己的戀人，讓劉老師在原地死守，護住彷彿已被她戀人遺棄的愛情。就算未被遺棄，這椿愛情也不知可以守到甚麼時候，這點已不重要，重要的是她已經擁有「永遠」的愛情，因為守候而完整，也因守候而虛無，她甚麼改變都不能做，也不願意做，包括妥協。不幸在國法的眼中這是不能容忍的；為著這椿愛情，她正等著最可怕的裁決到來。

　　我們可以想像事情可有幾種發展的可能，至少劉老師應該有其他的選擇，讓她保住自己的性命。例如她可以出賣、撒謊、合作、談判、以時間換取空間，做出只要是人都可以做出的事情，成不成功是一回事。然而她似乎連嘗試也沒有。可能在她眼中，任何讓步的嘗試都將危害到秦老師，都是對她幸福的條件妥協。她恐怕也理解愛情本身非常脆弱，只有靠人的堅強才有辦法保護。在嚴厲的國法面前，她處於一個艱難而又不可能的倫理位置——艱難，因為她沒有甚麼可以妥協；不是不願意妥協，而是愛情和幸福沒有可以妥協的地方和條件，不屬於妥協的範疇。這說明劉老師不懂得政治為何物，因為政治講究妥協的方法和技術，連那群在森林裡鬥爭的人也沒有不明白這層道理。既然沒甚麼可以妥協，劉老師的處境就比任

何人都困難，同時也回答了「我」的問題：軍人來的那天晚上，她為甚麼要逃。答案是在國法和愛情之間她無處可去，對自己所堅守的也不可能解釋清楚；如果可以妥協的話，她就不用逃了。於是就算國法無意，她的抉擇仍然逼使國法做出嚴厲的裁決；如果國法殘暴，那麼她比國法更殘暴、更剛愎、也更絕情，是她逼迫國法對她動手。在這一刻，她把愛情最本質的意義釋放出來：那就是死亡；死亡永遠躲在愛情最深處，等著把愛情作為最徹底的實現。

於是任何對幸福有所堅持的人，都會被迫逾越人所訂下的一切綱常，包括國法，進入一個由死亡管轄的界域而魂在。政治屬於生之界域，幸福並不能完全在那裡得到保證。我們前面引過的那段哈伯瑪斯對幸福極其謹慎的說詞，便在呈顯政治如果可以保證幸福的反諷，我們並從而理解何以德希達要建立一套魂在論，來挽救馬克思主義的幸福計畫。如果共產主義的武裝革命，可以理解為一個實現幸福的激進政治手段，等於把幸福的計畫降格到政治的層面，結果因為革命變成了末世學，幸福反而從那裡逃逸。這種停留在政治層面的革命，乃和敵對的資產階級國法成為共謀，合力「做掉」了劉老師，一齊背叛了敵對的她。而她是唯一沒有背叛任何一方的人：面對國法她只不能解釋她對幸福的堅持，面對加入砂共的情人她也不願意出賣。表面上是國法對她加害，事實上她對幸福的堅持方式，也不是砂共所能理解，至少不是她的情人所能理解，她也就沒有實際的革命用途，她被國法加害實際上是符合「革命」陣營的利益。當雙方都沒有嘗試保護過她，任何實際的政治抗衡，如國法和革命陣營之間的熱戰，也就很知趣地不再去想任何跟幸福有關的問題。

生之界域開始和幸福不太有關係，一切在政治鬥爭裡存活的人都反諷地成為幸福的叛徒。這句話並不意味我們通通得去死，得放棄任何政治上的努力，或者得召喚哪一種形式的末世學；恰好相反，如果我們以為現在存活就是幸福的在場，可以像福山一樣狂妄地誇飾歷史已經終結，等於是邀來立即的災難，召喚躁鬱的末世學把我們覆沒。這種躁鬱行徑並不能叫做幸福。

　　於是當〈月光〉裡的兩個男人在劫後懂得哀傷，表示他們警覺到劉老師的魂在，開始隱約地領悟幸福真正指的是甚麼。當「我」不斷追問劉老師「為甚麼要逃」，當兩個男人多年以後執意要找到劉老師被亂葬之地，表示他們在嘗試捕捉政治所不能承諾的幸福，並且似乎有意期待他們也能擁有相同的幸福可以守候。一個沒有人有把握的問題是：如果他們擁有劉老師當年的「機會」去堅守自己的幸福，他們守不守得下去？他們會不會出賣自己的戰友，顧左右而言他？這問題牽涉到兩性之間一個極為關鍵的差異，容後申論。眼前梁放是毫不猶豫地展示他的道德立場：任何生者都必須有生者的愧疚；生存不是壞事也非羞恥，可是能夠生存表示我們具備劉老師所缺乏的「人性」，願意對幸福的問題讓步，容許自己的愛情打折，有時也願意安慰自己很幸福。〈月光〉裡的秦老師，前砂共游擊隊員，曾經以實現人民的幸福為己任，最後竟然以無力保護劉老師為終身愧疚，看著她因為守候他們的愛情而死。武裝革命的失敗反而容許他有機會更親近幸福的課題，一些革命本身無法觸及的課題。或許他也應該死去，但是存活可以讓他不必全然否定革命的理由，一如他可以不必否定任何政治上的努力，當然可以否定的部分——劉老

師之死——將讓他永遠愧疚。那是和幸福有關的生之愧疚。

在這麼一個複雜的政治場景裡，還沒被解釋清楚的是國法的本質。如果我們之前對國法的描述稍嫌負面，那是因為它也有不可妥協的性格。我們必須回到古希臘去思考這麼一種國法的本質，透過索福克勒斯（Sophocles）首演於公元前四一一年，前於柏拉圖和亞里斯多德的悲劇《安蒂剛妮》（Antigone），以解釋何以國法的權威操作很容易引來悲劇[21]。法國精神分析大師拉康（Jacques Lacan）解讀《安蒂剛妮》時即說，一個就算是公認是公平的律法，運作起來並不簡單，仍然會引爆各種衝突（243）[22]。他指的是劇中繼承伊迪帕斯王位的王舅克里恩，訂下了嚴厲的國法禁止任何人，包括安蒂剛妮，安葬他戰死的親兄弟波里尼吉斯，造成國王和安蒂剛妮之間致命的對抗。之前底比斯王城發生內戰，波里尼吉斯向克里恩和俄多克里斯（安蒂剛妮另一個親兄弟）組成的聯軍宣戰，兩兄弟都陣亡後，克里恩只為俄多克里斯舉行盛大的國葬，唯獨敵對的波里尼吉斯在

---

[21] 《安蒂剛妮》在當代西方劇場上的詮釋，都背了沉重的政治包袱，有過兩次有名的演出。一次是一九四四年二月法國人讓‧亞努依（Jean Anouilh）在納粹佔領下的巴黎演出，當時蓋世太保將打死的反抗軍棄屍街頭是常見的阻嚇動作，《安蒂剛妮》演出時，不論是德軍、通敵的還是抗敵的法國人，都各有投射、各取所需，受到三方的歡迎。另一次是一九四八年來布萊希特以賀德麟改編的《安蒂剛妮》演出，把背景設在一九四五年三月盟軍轟炸下的柏林，藉安蒂剛妮來象徵反抗希特勒的人民（Knox 36）。本文所引 Bernard Knox 的討論以及《安蒂剛妮》的劇中文字，都出自 Robert Fagles 的英譯本。

[22] 語出拉康《精神分析的倫理》（The Ethics of Psychoanalysis）。下文凡是引用到本書之處，將只標寫頁碼，如頁 243 將在正文裡寫成 L243，不再另行加註。

國法的淫威下，屍體遭棄城門任禽犬吞食，並由駐軍留守防止有人出面安葬。只有安蒂剛妮一人敢於違抗克里恩的御令，堅持遵守位階更高的神祇的法律[23]，站在血親角度為國法眼中的叛徒波里尼吉斯入殮。然而安蒂剛妮區區一個弱女子真正能做的，只是在他兄弟的遺體上灑上薄薄一層土，實際上並無力安葬，然而這還是觸犯國法的禁忌。古希臘的觀眾，一如任何時代的人民，立即陷入了道德上的兩難：他們同情安蒂剛妮，但是也知道當國家正處在危機的時刻，克里恩的「御令」必須是人民的共識並且受到他們的擁護，因為人民對元首的效忠是國家存亡的關鍵（Knox 38）。一但這效忠的象徵動作遭到違抗，整個群體的福祉便受威脅。換言之，按拉康的解釋，克里恩國王肩負了全國人民的福祉重任，代表的是全然而普遍的善（L258）。克里恩所犯的判斷錯誤是他以為這個建立在善之上，以善為目的的國法，可以沒有效力範圍，可以藐視安蒂剛妮所護著的安葬血親的不成文法、神祇之法[24]。一旦善本身（克里恩的國法）無限擴張，統籌一切，悲劇便不能不發生（L259）。

　　幾乎不出古希臘人民的意外，克里恩國王立即如預言所示遭受了神祇的報復。首先安蒂剛妮在黑牢裡自殺，克里恩之子漢蒙，安蒂剛妮的未婚夫婿，刺殺父王不成也自殺；王后受不了愛子去世的刺激，也以一死來違抗克里恩。儘管克里恩的殘暴引發了一連串的

---

[23] 留意此處指的是希臘神祇，有別於希伯來傳統中基督教的神。

[24] 安葬血親的「不成文和不可動搖的傳統」（英譯 505 行，希臘原文第 456 行，頁 82）以及「神祇之法」（英譯第 1013 行，希臘原文第 921 行，頁 106）都是安蒂剛妮在劇中和克里恩對質時的用語。

悲劇，我們還是不能忘記，一如拉康所說，在國王和安蒂剛妮之間，只有國王才具備「人性」，他就算是個暴君，他所作所為卻全都可以從人的角度去預期和解釋（L267）。真正沒有人性的是安蒂剛妮，因為她失去懼怕的能力，面對嚴厲的國法無動於衷，這種逾越了人性藩籬的行為和精神，使她成為一個謎，無法從人性的角度去理解（L263）。拉康不只說她不是人，還說她是罪犯的守護人（L283）。我們知道安蒂剛妮是伊迪帕斯的女兒兼妹妹，伊迪帕斯在不知情下娶了自己的母親為妻，犯了亂倫大罪，生下了安蒂剛妮等四個兄弟姊妹，遭了神咒，全家相繼死於非命。當安蒂剛妮執意要以神祇之法安頓「血親」的遺體，等於再次冒犯人倫之法，就算她不是罪犯，也是罪犯的幫兇，延續了她家族違逆倫常的「傳統」（L283）。她實際所延續的是對一切法的藐視，包括國法，使她以這種不知死亡為何物的殘暴僭越了國法。拉康說安蒂剛妮之美便是這種神咒式的殘暴[25]；隨之而來的反抗精神，也就不屬於人或人性的層面（L286）。她的所謂殘暴，便不是我們常識裡只要是人都做得出來的殘暴（如各種殺人放火的罪行），而只能置於一切善的範疇之外、作為一切善的外在對應來思考。

---

[25] 拉康用了很多篇幅來談希臘文 Até（孽運）的概念：安蒂剛妮的「家傳」命運遭到神祇們無情的詛咒，命中注定地使她做出各種常人不會做的可怕行為，包括漠視克里恩國王的威脅，遂為安蒂剛妮的「殘暴」（L264）。這種要命的「孽運」是個極特殊的古希臘概念，沒有當代的對應，並感謝 Kalliopi Nikolopoulou 對筆者的解說。至於「美」的定義，拉康之援引康德的《判斷力的批判》至為明顯（L261），在此且存而不論。

　　拉康的閱讀有意闡明亂倫禁忌在精神分析裡的理論地位，我們得徵引更多精神分析的理論脈絡才能把他的閱讀作週全的辯護。拉康有意要作的還包括解釋兩性之間的倫理差異，他後來對性別差異更為深入的理解，可以回溯到此處他對《安蒂剛妮》一劇的分析閱讀，在此不能詳論[26]。於是當他說安蒂剛妮就是「美」的本身（L286），有別於「善」，他的意思便超出我們一般常識裡（以及陳腔濫調裡）所言的「女性美」，因為安蒂剛妮之「美」的謎樣性質，是以超出人界的殘暴為內容。我們知道，單從兩性生理上的差異從來就不足以解釋兩性之間的各種差異[27]，特別是兩性間不同的倫理態度，所以

─────────────

[26] 拉康對性別差異的討論，一如他對其他精神分析概念的分析，散見他所有的著述。不過他和弟子們幾篇重要的相關文字已經英譯結集，詳 Jacques Lacan and the école freudienne, *Feminine Sexuality*。可以和拉康對《安蒂剛妮》的討論平行閱讀的拉康論，並著重在他性別理論的拉康論，可詳 Joan Copjec, "Sex and Euthanasia of Reason."

[27] 佛洛依德一九二五年的論文〈論身體構造學上的性別特徵所帶來的一些精神上的影響〉（"Einige psychische Folgen des anatomischen Geschlechtsunterschieds"），題目便取得極為謹慎（英譯詳 Sigmund Freud, "Some Psychical Consequences of the Anatomical Distinction between the Sexes"）。佛氏的意思是：兩性差異不是身體構造學（生理學）上的差異，生理學上有差異是事實，但不是重點，也沒有太大的解釋效力；重點是在這個事實所造成的「精神上的影響」。精神（Psyche）在這裡含括了無意識（das Unbewusste; the unconscious）的內容和機制，並不能從一般我們熟知的、「我思故我在」的笛卡兒沈思主體的位置去掌握（這也同時解釋了精神分析和以藥物為基礎的精神醫學的差別是在哲學上的認識論，不在科學與非科學之分）。「精神上的影響」在精神分析裡也就有更強烈的臨床意義，沒有停留在經驗實證的層次。拉康性別差異理論所遵循的便是這樣的思考理路。

拉康才有「善」「美」對質之議：在一端是父權制度，包括國法；在另一端是安蒂剛妮。梁放〈月光〉一篇裡的兩個男人，便對劉老師臨死不屈的態度大惑不解，反映在敘述者的問題裡，便是「她為甚麼要逃」。國法當然不能忍受有人比它更堅持、更「殘暴」，於是毫不猶豫地展開報復。報復並未止於就地正法，更在曝曬「罪犯」的屍首：「那些死屍，擺放了一天一夜，招引漫天飛翔的蒼蠅，終於給全埋在同一個大坑裡，就在河口那個地方……」（78）。而我們知道劉老師的「殘暴」是為了愛情，一如拉康所引安蒂剛妮的話：「我生而為愛，不是恨」（L263）[28]。她一旦如此堅持，便註定要為愛而死。

當〈月光〉裡兩個困惑的男人回去尋找劉老師被亂葬之地，他們所理解的恐怕還不是這麼一回事；無論他們如何親近她的魂在，她在他們心目中大概永遠只是個謎。他們可能也只停留在政治的層面去理解整個事件：即一個後殖民的資產階級國法，將毫不留情地對付任何以行動──甚至只是言論──企圖動搖資本主義基本假設的人，於是對付革命分子及其同路人，就可能比對付銀行搶匪更為殘忍。至少搶匪被格殺或處決之後，讓家人出面收屍還不致造成對國法的威脅。至於革命分子的情況就不一樣；在國法眼中，他們單

---

[28] 詳《安蒂剛妮》一劇英譯第 590 行（希臘原文第 524 行），頁 80。這裡安蒂剛妮所說的「愛」，是和前面說過的「美」一樣屬於同個範疇，不能做普通常識上的理解。安蒂剛妮要安葬的是自己的親兄弟，所堅持的是「他是我兄弟」這個再也不能「簡單」的理由，但是這樣堅持就讓她送死，「愛」──手足之愛還是情人之愛──必須在這個層面理解，詳拉康論歌德在這個節骨眼上的困惑（L278）。

單死掉可能還太便宜，他們還得死得很難看，死後上刀山也好、下油鍋也好，就是不能翻身。那些革命的人如果死後有知，便須理解他們生前「鬥爭」的真正目的並不在推翻甚麼資本主義，也無意違逆代表一切善的國法，他們的死才具備安蒂剛妮的悲劇性格。這絕不是政治性的理解，甚至也是違反傳統馬克思主義的理解。可是這並不妨礙我們同時看到資產階級國法對付敵人時的殘酷，這種殘酷如果不是出於無知，便出於無法容忍任何不把政治放在眼裡的對幸福的堅持。資產階級國法真正害怕的是這種堅持；要對付那些拿起武器來叛亂的人反而容易得多。如果是秦老師，前游擊隊員，覺得國法只在懲戒他，誤殺劉老師讓他們兩人人鬼替換，他便等於錯過關鍵的幸福問題，讓他所代表的共產主義武裝革命變得毫無意義。如果容許我們把前面提過的性別差異放進此處的脈絡討論，則秦老師在劉老師「墓地」上的愧疚是國法所容許的那種，是在父權的掌控之下；既然是政治性的愧疚，它就相當妥協，沒有甚麼反抗的力道。

　　梁放另一篇「湮沒」系列小說〈一屏錦重重的牽牛花〉，便著墨在主人翁劉麗珠追懷親人之死時毫不妥協的反抗。〈牽牛花〉是〈月光〉的姐妹篇，意思是如果〈月光〉裡的劉老師有幸不死，她就會活如〈牽牛花〉裡的劉麗珠，和國法的困難關係將會繼續僵持。如果我們只採取政治角度把〈牽牛花〉讀成政治小說，全篇便將失去政治小說的力道，我們會把劉麗珠在追思裡的堅持視為一個謎。表面上她只是在追懷過世了的姐姐麗珍和姐夫徐子捷，然而事情並未如此單純。這對夫妻當年相繼加入砂共游擊隊，被官方的剿共部隊擊

斃後亂葬在一個大坑洞，最近政府鋪新馬路，將從亂葬坑上切過（94）。小說開頭時，年屆中年的麗珠遠自詩巫搭船到古晉，探訪子捷的母親徐伯母，因為當天麗珠的外甥女徐曉雲將從英國留學歸國[29]。兩人言談之間圍繞著的仍然是當年的事件，徐伯母放心不下那個亂葬坑沒人祭拜，也不能確定當年麗珍和子捷「是不是死得很難看」（95）。麗珠的回答是：「不會，像睡覺一樣」（96），然而在她的記憶裡卻不是這麼一回事：

> 男的仰躺著，向外垂的一隻袖子，乾硬了的血漿也撐不起原
> 是虛空的內容。那個女的，頭側向一邊，臉色白得透明，長
> 而曲卷的睫毛下，那半閉著的雙眼，潺潺不停地流了兩道鮮
> 紅的血水。（95-96）

死去的麗珍像還在流著眼淚地流血，這樣的描寫完全不是違逆國法的叛徒醜陋的死狀，也不符合無產階級革命志士犧牲後的英勇形象。梁放壓得非常低調的筆觸，寫的毋寧是麗珠沉靜異常的哀傷情緒，如果她沒有過人的剛毅，當年絕不可能直視被國法擊殺的姐姐和姐夫遺體，並在多年以後把細節記得那麼清楚。那年她只有十四歲（89），屍體放在卡車上遊行示眾回來以後，是那個一直盯梢著她的中年情治人員趨前問她：「要不要看一看？」（95）。這是國法的偷窺慾望；情治人員和少女麗珠的關係一直是「看」的關係。姐姐和姐夫走進森林以後，幾個男性情治人員便曾經把她衣服剝光，輕佻地把她「換下的衣服，裡裡外外看了又看」，以看她有沒有夾帶信件

---

[29] 小說裡寫道曉雲是麗珠的姪女（82），實為外甥女之誤。

（92）。隨後便將她軟禁（93）。情治人員所沒理解的是，她為姊姊和姐夫帶過的都只是情書和信物，曾經被她偷偷拆開來看，風花雪月的令她看不懂（92）。姐姐還透過她送給姐夫一盒密封的「留了大半年才剪下的長指甲」，讓她赫然發現為了愛情，「姐姐原來也有神經失常的時候」（93）。這樣的「信物」是不祥的徵兆，因為姐姐既然以自己的身體髮膚為信物，她和姐夫後來當然也可以用自己的遺骸當做給麗珠的「信物」。正是這樣的信物和情書構成她懷念姊姊和姐夫的最重要理由，使他們的愛情和死亡成為她精神價值的全部。於是來到徐伯母那裡，麗珠完全忘記自己的丈夫和小孩（86），不再提起，只一逕沉湎在她對姐姐和姐夫的懷念裡。事實上她追懷的是他們的愛情，在她心中的分量永遠超出自己的丈夫和小孩。於是當新馬路行將鋪過亂葬坑，對麗珠而言車輛「就要從姐夫姐姐的胸口輾過」，「彷彿車輛輾過的是她自己的胸口」（96）。在這裡我們看到國法的無限擴張，踩踏著麗珠心目中比丈夫孩子還重要的幸福化身。然而這化身現在只有恆常的魂在，像歷史本身一樣悠悠不絕。於是就算麗珠無意，她和國法之間已經誓不兩立；她已經沒有甚麼可以妥協，因為令她剛毅的精神支柱、令她從少女時代開始就堅定不移的幸福信念，現在將壓在那條馬路之下。這樣頑強的態度讓她失去畏懼的能力，面對國法她只有令旁人駭然的漠視。她如果有任何實際的對抗行為都還可以被國法打壓；她現在只是失去「人性」，成為淒厲的幽靈，和那些歷史遊魂一起遊蕩，蠱惑著代表一切善的國法。令守護著忠義價值的國法最為不安的竟然是愛情，以及和愛情成為共謀的幸福。在這裡梁放再次把死亡從愛情的深淵裡釋放，讓愛與死一

同劃出它們的政治位置。

　　然而資產階級國法還是毫不猶豫地動手了，將這些失去人性的勢力或可能的勢力徹底剷除，整座和歷史一樣無言的婆羅洲森林也就從存在論的界域裡連根拔起，剩下的只是它的魂在本質。無論如何哀傷，這座森林現在只能面對著兩個沒有交集的命運：一是淪為感官性的超感官性的物，在市場經濟法則的操縱下，或遭砍伐來賣錢，或被開發為休閒和環保的樣板，都有徐仁修之流來交易尋歡、探險作樂；另一個命運同樣是落在超感官性的範疇，效用卻在洩漏各種凶險的歷史玄機，包括放出林瀚這類厲鬼，活活把徐仁修之流拖進森林裡去撿死人的骨頭。一頭栽進了這樣的鬼故事裡並和歷史的幽靈沖犯，徐仁修的熱帶雨林探險敘事也就不知不覺地唱著雙簧，使他有關婆羅洲森林的一種說法不得不變成兩種。像主持著一樁沉重的扶乩法事，他搖搖晃晃地讓神靈附體，口中喃喃吐著深奧的咒語：Ein Gespenst geht um in Borneo --das Gespenst des Kommunismus。那些來去無蹤的游擊隊，開始像林瀚身世的真偽一樣不能捉摸，終於在四週幽幽的魂在。他們失去人性和人氣地來去自如，偶爾在歷史的後見之明裡現身為撿骨的風水師傅，不過是在陽世附身的慣見伎倆。誰敢不知好歹來到這片瘴癘之地，這樣的厲鬼就一定上身，就像當年埋伏在森林邊緣一觸即發的地雷。[30]

　　一九九二年三個台灣人像命中注定，蒞臨徐仁修多年前被鬼魅欺身的婆羅洲森林，帶頭的簡媜天真無邪地寫道：

---

[30] 詳梁放小說裡寫到的地雷的恐怖效應（84, 99）。

> 對於砂拉越，陳列與焦桐可能跟我一樣所知有限。或許這也
> 是旅行的一種方式，因為無知無故不會從自身的侷限去預設
> 態度或觀點，變成偏食的旅行者，反而轉向放縱想像力，使
> 自己恢復了童稚。[31]

然後冥冥之中，似乎有第三隻手讓她誤打誤撞地寫道：「對於謙虛的旅行者、渴望走入人類的記憶尋思從原始到文明的悲愴之路，這兒像一首動人的敘事詩。」她當然不知道她談的是砂共。於是像所有的布爾喬亞，她和其他兩人盡情地消費這片山水，把它當作感官性的超感官性的物、一個被鬼魅蠱惑的物，消費這個蠱惑先於存在的鬼魅。於是直到她動筆寫下她和這鬼魅一同魂在、耳鬢廝磨、相互撫弄的親密經驗，才越寫越不祥，開始胡言亂語、不知所云，像碰到了髒東西，像厲鬼已經爬上身，汲汲營營於她布爾喬亞的胴體，讓她口中唉唉哼哼地吐著童稚之語。只有那些雙眼流著鮮血而慘死的人們知道，只有那些陽壽未盡的幽靈知道。

引用書目：

Andaya, Barbara Waston , and Leonard Y . Andaya. *A History of Malaysia.* London：
　　　Macmillan, 1982.

---

[31] 簡媜〈陽光照亮琉璃沙〉，載《中時晚報》，1992/08/01。同時並刊有陳列的〈走過雨林邊緣〉和焦桐的〈精靈的家鄉：接近京那巴魯山〉。三篇文字都是遊記的體裁。

Chin, Ung-ho. *Chinese Politics in Sarawak : A Study of the Sarawak United People's Party.* Oxford : Oxford UP, 1996.

Copjec, Joan . "Sex and Euthanasia of Reason." *Read My Desire : Lacan against the Historicists.* Cambridge, MA and London : MIT, 1994. 201-236.

Derrida,Jacques. *Specters of Marx: The State of the Debt, the Work of Mourning, and the New International.* Trans. Peggy Kamuf. New York and London : Routledge, 1994.

Foucault,Michel. *The History of Sexuality. Volume 1: An Introduction.* Trans. Robert Hurley. New York : Vintage, 1990.

Freud, Sigmund. *The Standard Edition of the Complete Psychological Works of Sigmund Freud.* Ed. and trans. James Strachey. London : Hogarth and Institute of Psychoanalysis, 1953-74. 24 vols.

——. "Mourning and Melancholia." *Standard Edition.* 14 : 243-258.

——. "Some Psychical Consequences of the Anatomical Distinction between the Sexes." *Standard Edition.* 19 : 241-258.

Fukuyama, Francis. *The End of History and the Last Man.* New York : The Free Press, 1992.

Habermas, Jürgen. "Consciousness-raising or redemptive Criticism : The Contemporaneity of Walter Benjamin" （1972）. Trans. Philip Brewster and Carol howard Buchner. *New German Critique.*17（1979）: 30-59.

Knox, Bemard. "Introduction〔to *Antigone*〕." Sophocles 35-53.

Lacan, Jacques. *The Seminar of Jacques Lacan. Book VII. The Ethics of Psychoanalysis 1959-1960.* Ed. Jacques-Alain Miller. Trans. Dennis Porter.

New Work and London : Norton, 1992.

Lacan, Jacques, and the école freudienne. *Feminine Sexuality.* Trans. Jacqueline Rose.Eds.Juliet Mitchell and Jacqueline Rose. New York and London : Norton; New York : Pantheon, 1982.

Sophocles. *The Three Theban Plays: Antigone, Oedipus the King , Oedipus at Colonus.* Trans. Robert Fagles. New York : Quality Paperback Book Club, 1994.

Uchitelle, Louis. "The Rise of the Losing Class." *New York Times* 20 Nov. 1994, Natel. ed., sec.4 : 1+.

王慶節和陳嘉映。〈附錄一：關於本書一些重要譯名的討論〉。《存在與時間》。馬丁‧海德格著。王慶節和陳嘉映譯，台北：久大文化與桂冠圖書，1990，577-586。

卡爾‧馬克思《資本論》。（合三卷），中共中央馬克思、恩格斯、列寧、斯大林著作編譯局譯。北京：人民，1975。

田　農《森林裡的鬥爭：砂拉越共產組織研究》。香港：東西文化事業，1990。

李永平〈黑鴉與太陽〉。《拉子婦》。台北：華新，1976，69-93。

徐仁修《赤道無風》，台北：大樹文化，1993。

馬克思和恩格思《馬克思恩格思選集（第一卷）：共產黨宣言》，北京：人民，1997。

張貴興《群象》，台北：時報文化，1998。

梁　放〈一屏錦重重的牽牛花〉。《瑪拉阿姐》，詩巫：砂拉越華文作家協會，1989，81-104。

梁　放〈鋅片屋頂上的月光〉。《瑪拉阿姐》，詩巫：砂拉越華文作家協會，

1989，67-80。

傅　柯〈電影與人民記憶：《電影筆記》訪傅柯〉。林寶元譯。《電影欣賞》。
　　　第 44 期（1990/03）：8-17。

黃錦樹《烏暗暝》。台北：九歌，1997。

黃錦樹《夢與豬與黎明》。台北：九歌 1994。

魯　迅《魯迅三十年集（第二卷）：吶喊・自序》。香港：新藝，1970，5-12。

簡　媜〈陽光照亮琉璃砂〉。《中時晚報》。1992/08/01。

† 本文宣讀於「馬華文學國際學術研討會」，馬來西亞留台校友會聯合
總會主辦，1997 年 11 月 28 日至 12 月 1 日。正式發表於《中外文學》
第 27 卷第 6 期（1998 年 11 月）：107-133 頁。

方修論

　　方修在馬華文學史上有著很特殊的地位，不只因為他參與了史料的整理，更在他使馬華文學的研究成為可能。[1]這種以一人之力奠定一支文學史的寫作典範，其他文學史研究中並不常見。馬華文學若有什麼「獨特性」，方修的文史寫作大概可算在內。於是對方修的掌握，儼然成為我們研判相關馬華文學論述是否「進入狀況」的依據。刻意「遺忘」方修的人容易瞎子摸象，他們或將神州詩社視作馬華文學界的縮影，或把馬華文學的定義推託給華文文學的世界大同，都是沒有進入狀況的表示。[2]相形之下，張錦忠的英文博士論文《文學影響與文學複系統之興起》，作為一部「後方修」的馬華文

---

[1] 本文於劍橋寫作期間，得到 S. M. E. Grimley 女士和王文基先生協助，特此致謝。

[2] 有關神州詩社的研究，最完整的可詳黃錦樹〈神州：文化鄉愁與內在中國〉一文。

學論述，對他觀點的批判繼承就細膩許多。說明瞭任何類似的論述，即便對方修有意見，都必須從他寫起。

方修著作卷帙浩繁，奠定他地位的要數他編纂的《馬華新文學大系》。[3]陳立貴寫道：

> 《馬華新文學大系》十大冊於一九七〇年至一九七二年出齊。這是一部卷帙浩繁的早期馬華新文學遺產集，也是方修繼《馬華新文學史稿》之後，在發掘、整理與研究馬華新文學發展史中另一項難能可貴的貢獻。《馬華新文學大系》幾乎囊括二次大戰前馬華新文學的所有重要史料。全書共六百萬字，分《理論批評一集》、《理論批評二集》、《小說一集》、《小說二集》、《詩集》、《戲劇集》、《散文集》、《劇運特輯一集》、《劇運特輯二集》、《史料出版》十大冊。方修為全書寫了一篇長達萬言的總序，並為各集各寫了一篇導言。總序與各集導言實際是方修根據最新掌握的資料進一步總結馬華新文學的發展史。（159-60）[4]

體例上，《馬華新文學大系》仿傚了三〇年代上海良友圖書公司的

---

[3] 可參照愛薇在她訪問方修時說的話：「對新馬文藝界來說，大家一致公認先生最大的貢獻，就是編了兩部有關新馬華文文藝的史料：《馬華新文學史稿》及《馬華新文學大系》」（方修，〈與方修先生一席談〉411）。

[4] 有關方修（吳之光，1922-2010）的生平與治學，可詳陳立貴〈馬華文學史家方修〉一文。方修作品最為周詳的目錄，可詳何炳彪與梁慧群編輯之《方修編著資料輯錄》（2008年）。關於方修最為系統與完整的概述研究，詳歐清池一九九八年完成的博士論文《方修及其作品研究》（2001）。晚近的方修研究合集還包括內容不甚整齊的《方修研究論集》（甄供編，2002）。

《中國新文學大系》（趙家璧主編），不同的是方修的大系只有一個編者（陳立貴 160-61），貫徹的是同一個文學史「作者」的意志。相對於《中國新文學大系》自我經典化的設計，方修的大系顯得樸質，其文學史料的彙整功能大大超出任何典律的關懷。方修後續的《馬華新文學大系（戰後）》雖僅四冊付梓，[5]卻如期推出戰前十位主要作者的文集（鐵抗、張天白、金丁、胡愈之、流冰、老蕾、白萩、流浪、葉尼、李潤湖）（陳立貴 160-61），使方修的文史工作從宏觀的「書寫史」推進到具體的「作者史」。此外他還有大量的史料論述、散論和隨筆——包括《〔戰前〕馬華新文學簡史》（1974/1986年）、《戰後馬華文學史初稿〔1945-1956〕》（1976/1987 年）和《新馬文學史論集》（1986 年）——在此也就暫不贅述。

　　我們若以今天東亞及歐美的學術條件衡量方修的努力，恐怕不覺得有何特別。以北美為例，單單一部英國或美國文學史選集（某種意義上的「大系」）就有多種版本流通，各個出版社累積了第一流的人力（跨校教授群）、藉著龐大的教學市場週轉物力（Guillory 29），定期將選本翻修補強，手筆之大、繁衍能力之盛，方修的工作只能算是小巫[6]。彈丸之地如台灣要定期編一套自己的文學大系也不是難事。可是如果我們考慮的是方修當年研究和出版的條件，方修的成就便顯得不可思議。首先他並未真正隸屬學院，身分上只是報

---

[5] 此四冊為《小說一集》、《戲劇一集》、《散文一集》和《詩集》（陳立貴 161）。

[6] 方修當年編纂《馬華新文學大系》，原意也是出自編課本的構想，作為他在新加坡大學教授 「馬華文學」一課之用（〈與方修先生一席談〉412）。

館的記者和資深編輯（陳立貴 154），實際操作時，他先要克服史料
搜集和整理上各種人力物力的困難（陳立貴 156-57），其次是拼裝
一套可用的理論解讀史料，推演一個具備解釋效力的文學史觀。兩
項困難都超出方修的負荷，迄今也只他一人作出權宜的解決。第一
項客觀條件的困難今天仍舊存在；新加坡的情況好一點，大馬的華
文文學資料仍然大量散佚（所謂的「流入民間」），至今未見一個資
金充沛並統一事權的學術機構（對馬來文學為隸屬教育部的語文苑
與藏書閣〔Dewan Bahasa dan Pustaka〕，在北京是中國現代文學館，
台北則有國家圖書館）作出夠專業的補救和處置。[7]方修的史料整理

---

[7] 方修自己對文藝史料大量流失的解釋是：「當然戰爭是原因之一。但我以為
主要的是新馬一向來就沒有一些文化機構注意或負責保存。這些文物，單靠一
些個人收集，戰爭一來，或其他天災人禍什麼的，有關資料也就蕩然無存了」
（〈與方修先生一席談〉411）。馬華文學研究的困難可以想見。從一八八一年
至一九四一年，星馬地區前後刊有中文報章近四十種，如今僅存廿二種（李慶
年，1998b：5），微卷今藏新加坡國立大學中文圖書館，保存狀況詳李慶年
（1998a：562-63）。及至廿一世紀前十年，部分收藏已經全文上網（詳新加坡
國大「東南亞華人歷史文獻數據化計畫」網站）：《叻報》（1887-1932），《星
報》（1890-1898），《檳城新報》（1895-1941），《天南新報》（1898-1905），
《日新報》（1899-1901），《中興日報》（1907-1910），《星洲晨報》（1909-
1910），《振南日報》（1913-1920），《新國民日報》（1919-1933）。陸續還
有其他已製成微卷的報份在上網中。至於文學刊物，包含與馬來西亞南方大學
學院馬華文學館合作的《蕉風月刊》（1955- ），也已經上網。迄今最完整的馬
華文學著作收藏則在馬華文學館（詳其網站）。網上則有「馬華文學電子圖書
館」不斷在作更新，以供下載。然而馬華文學研究所最倚重之兩份歷史悠久的
日報《南洋商報》與《星洲日報》，尚未電子化以供公開瀏覽。馬來西亞國家

工作只涵蓋到一九五七年（馬來亞聯合邦獨立），是為《馬華新文學大系（戰後）》的原訂計畫，而李廷輝等人編纂的《新馬華文文學大系》也只推進到一九六五年（新加坡共和國成立），從此便不再聽聞任何大系的策劃。[8]方修當年的史料闕漏，今天幸有楊松年教授指導一批新加坡國立大學的研究生做補遺，[9]這些累積都拉近我們和戰前馬華文學的距離，反而對六〇年代中期以降的馬華文學我們一籌莫展，要有什麼宏觀認識只有各憑本事。可以想像，方修當年著手整理戰前史料就面對這樣的困境，今天我們對方修的工作下評斷，這點必須納入考慮。

　　當史料搜集的困難結構性地不能解決，馬華文學研究便不得不帶些田野性格，和人類學越走越近。踏入這片沒有足跡的田野，我們隱然知覺一個龐大書寫檔案的存在，就是不知座落在哪裡。這困難直接對方修前述的第二道難題——文學史理論的建立——產生衝擊。以今天的後見之明，這理論有必要把這份「田野性格」納入，一併考慮促成此種性格的歷史情境。方修本人並非沒有同樣的觀察，

圖書館（Perpustakaan Negara Malaysia）雖然每日收藏境內各語文報紙，包括全國性與地區性華文報章，只是保存期限不詳，亦未聽聞類似數位上網計畫。作為必須奉行國語（馬來語）政策之政府機關，為華文報章執行相關計畫的可能性亦微乎其微。

[8] 由戴小華、雲里風、謝川成主編的《馬華文學大系：1965-1996》共十冊，已於二〇〇四年出版，有意補齊本文所談闕漏。然而這套大系並非沒有缺點，只能來日另文討論。

[9] 楊松年在〈戰前馬華文學研究的回顧與前瞻〉一文裡作了部分的描述（263）。

他旗幟鮮明地採行庸俗的左翼文學史觀應該是他的回應。[10]以下一段他對戰前的追憶可以佐證：

> 三十年代後期，星馬文藝界曾熱烈地在討論一個問題：本地為什麼沒有偉大的作品產生？結論如何，我不大留意，但肯定是枉費大家參與討論的精神的。因為，在「禁書驅儒」的〔英國〕殖民地愚民政策之下，一批批優秀的作家都成了逐客騷人，連文藝新苗也常常被連根拔起，這又怎能產生出什麼偉大的作品來呢？（〈也談學習馬華文學史〉110-11）[11]

方修這段話有趣的地方，在於指出戰前便有所謂「經典缺席」的辯論，可見作者們當年已有寫出好作品的期待和焦慮。今天馬華文學界面對的還是這個老問題，大家都試著解答（包括張錦忠的博論），

---

[10] 熟悉方修作品的都瞭解他從中國新文學繼承過來的左翼政治立場，黃錦樹亦做過討論（〈馬華現實主義的實踐困境〉132n32）。方修這段「宏觀」談話可以是例子：「不管是中國新文學還是馬華新文學，它們的發展史，就是現實主義的發展史，是從舊現實主義向新現實主義發展的歷史」（〈馬華文學的主流〉361）。然而這並不表示方修不能處理審美經驗的課題，特別當他願意在自己的政治立場中，為審美經驗預留一個位子。例如在〈形象、思想問題札記〉一文處理據言是高爾基的命題「形象大於思想」時，他便不覺得作品的藝術成敗能夠全然取決於作家的政治意識。用他的話說：「我覺得『形象大於思想』，也可以理解為作家的主觀思想制約不了作品（形象）的認識功能」（66），並說「『形象大於思想』的『大』字帶有豐富的含義」（68）。雖此，他還是加上一個但書：「巴爾札克如果不是保皇黨，而是共產黨，他的藝術成就肯定是更加偉大的」（67）。

[11] 方修這裡指的是英國殖民政府檢查制度下，對中文作者驅逐出境的命令。

一時還是沒有答案。[12]更有意思的是，方修把這個看似文學的「內在」問題移位成「外在」的困境來考量，看起來有意把問題解釋掉，事實上又似乎言之成理。直到今天，馬華文學大環境的條件還是沒有改善，統治權由殖民宗主國讓渡給土地之子（Bumiputra）以後，國內的學院資源照舊被當權派壟斷，政治禁令一樣橫行，差別的只是嚴厲的程度。一如方修所看到的，殖民就是愚民，新的治國邏輯施放的還是舊殖民者的餘威，這種愚民國策唯一的剩餘價值便是黑格爾的主奴辯證，並以「經典缺席」的辯論在馬華文學界發酵。這辯論的中心問題是：為什麼殖民宗主國（如英國文學）能，現在的馬來文學也能，偏偏我們馬華文學不能？何以主能奴不能？問題是，當「民」早已徹底被「愚」，成了結構性的事件之後，「外在」的結構性困境（如史料搜集的困難、學院資源的匱乏）也就和「內在」的「經典缺席」同為一個問題，甚至解釋了這個「內在」問題。也就是說，我們找到了「經典缺席」的理由：以馬華文學這種殖民與後殖民不能分辨的歷史情境，「經典」只會永遠「缺席」；不能產生所謂「偉大的作品」正是這支文學成立的內在邏輯。我們困在主奴辯證裡太久了，才不理解所有我們看似文學的「內在」問題（如「經典缺席」），皆卡在資源（文化資本）分配和搶奪的節骨眼上。方修看起來化約和跳躍的左傾思考，切中的是問題的要害。

　　不幸我們今天對方修的批判，泰半停留在他教條的左翼立場，

---

[12] 「經典缺席」是黃錦樹於一九九二年提出的說法，詳其〈馬華文學「經典缺席」〉一文。

特別對他偏頗的品味（所謂「現實主義」的堅持）最有意見，懷疑他編選大系作品時略去不少（特別是戰前）流有現代主義血統之作。[13] 這樣的文學史翻案動作有其道理，也出於必要，因為增訂補遺符合文學史寫作之常情，但是過度強調整個事件是方修的文學史寫作技術出了紕漏（如果是紕漏），又是把事情侷限到文學的「內在」問題來解決。以當年的學術條件，方修並無力對馬華文學史的現象作深層的理論歸納；就算他具備外語閱讀能力，西方當時能提供的理論工具也不完備。直到今天，歐美文學史理論能處理的僅限於「大國」文學的「大傳統」，這點包括張錦忠援引的複系統理論，對馬華文學這種看似輕薄、其實複雜的文學現象沒有多大助益。複雜是因為它牽連太廣；拿來當文學的「內在」問題處置，便看不出當年並沒有人——包括方修——有能力瞭解事情的複雜。這是何以我們之前要說，整個問題超出方修的理論負荷，而他只作了權宜的處置。當大環境條件不足造成我們理論的闕如，問題也就不是文學史寫作技術出了紕漏那麼簡單。

　　至於方修「權宜的處置」，就是他反殖民主義的左翼「現實主義」鮮明立場。雖是按著馬華文藝作者一貫的主流意識操作，以當年的知識條件而言，這還是最有解釋效力的理論。不過對歷史處境的認識是一回事，握有一套周延的文學史理論又是一回事。方修的意識形態即便交由馬克思主義文藝理論（如盧卡契）檢視還是顯得

---

[13]　這類見解的論述包括陳應德的〈從馬華文學第一首現代詩談起〉、黃錦樹的〈反思「南洋論　述」〉、林建國的〈等待大系〉，以及張錦忠的〈典律與馬華文學論述〉。

粗糙，我們要接手他未竟的理論工作，就非借助西方的「大國」文學史理論不可。我們立即面對兩個問題：首先，方修所本的馬克思主義（不論多麼庸俗）大方向大致正確，至少讓他也讓我們認清了馬華文學的歷史情勢，現在要如何繼續走下去？甚至要不要這樣走下去？有此一問是因為牽涉到第二個問題：所謂的「大國」文學史理論，皆以十八世紀以後歐洲的美學概念為中心價值，典律的卡位都在評比彼此帶有多少「美學價值」，這種隱然也就很虛偽的「市場」假設，馬克思主義不會輕易放過。再說這種「大國」文學史理論有其實際操作的困難，它可以對「價值」的要求無限上綱，造成馬華文學不僅沒有可讀的作品，連中國新文學大概也找不到什麼「經典」。如此這般，馬華文學就不必研究了。詹明信當年的補救作法是認為，這種表現平平的第三世界作品（他的例子是魯迅），寫的既然只是「國家寓言」（national allegory）（Jameson, "Third-World Literature" 69），要研究的話處理這個就好，什麼「美學價值」就別談了。問題是，詹明信這番話裡的「大傳統」美學偏見還是過強，蓋過了他對第三世界現代性的判斷，以為可用「國家寓言」之類的說詞和第一世界的現代性（歷史處境）一刀兩斷，彷彿兩種現代性沒有關連。如果第三世界有所謂的「國家寓言」，那麼第一世界又從中學到什麼？怎麼重新理解自己的「現代性」是怎麼回事？怎麼又會是詹明信這種把「美學價值」放大的說詞？以此類推，我們如果看不出方修的文學史論述（連同馬華文學所表徵的書寫實踐），隱含著重新解釋「現代性」——包括西方自己的「現代性」——的契機，「美學價值」就會被我們放大。所謂的「大國」文學史理論，用

以處理馬華文學容易失焦，理由不外在這裡。

其實當「美學價值」需要放大時，已經是美學遭受挫敗警訊；「美學價值」自我膨脹，表示它（或相信它的人）漸漸搞不清楚狀況，在現實世界裡失去作用力，找不到立足點。基於這樣的觀察，哈伯瑪斯和李歐塔都異口同聲認為——至少在西方——美學現代主義（modernism 或 aesthetic modernity）氣數已盡，走到了盡頭（Habermas 6; Lyotard, "Defining" 6），雖然對這個難局的解釋，以及殘局的收拾，兩人看法不一，成為他們有關現代性與後現代情境辯論的焦點。共同點是他們都以馬克思主義為理論基調，在討論當代西方藝術創作時發現，資本主義生產模式變本加厲的結果（徹底商品化外加全球化），已使當代美學實踐的批判力道完全摧毀。在這樣的歷史處境下，我們還大談「美學價值」便有點尷尬；更尷尬的在後頭，特別當我們要收拾時時假設著「美學價值」的「大國」文學史理論。卡在我們眼前的問題是：這種尷尬時刻，我們自己又面對著怎樣的現代性？是談「美學價值」不必尷尬的那種？還是用來避免尷尬的那一種？「美學價值」與否的問題似乎還好談，現代性則難以捉摸，明明我們談的是美學，卻發現要被解釋的是現代性、我們這個時空、我們自己。美學已死，我們終於哀傷地發現，剩下我們自己孤獨地面對後現代的廢墟。馬克思主義把我們帶到這裡來哀傷，不禁讓我們追懷美學信念仍然充滿意義的那些日子：一如方修那個書寫他文學史的艱困年代，衷心以他對美學實踐的總結，理解他是處在怎樣的時代、什麼樣的地方。

為什麼是方修論？首先因為那段美好的時光已經逝去：那個年

代，人們對美學實踐有著無比的信任，他們甚至有志一同追溯馬華文學的起源、整理這支文學的書寫經驗，把文學史寫作當作同一代人的集體任務。方修則以驚人的意志力實現了眾人的計畫。他既然不是唯一從事這文史工作的人（楊松年 260-61），「方修論」就帶有評析他那一代人文學史努力的意思。很自然我們會問：是怎樣的現代性促成了這番集體努力？他們從哪裡繼承了這份寫作慾望？殖民的累積（殖民統治的主奴關係培訓班裡）又如何讓他們產生必須瞭解自身處境的意識——尤其是透過美學實踐來瞭解？對方修那一代人，文學史寫作應許了有關自己身世的答案，他們需要的文學史理論，就要比「大國」文學史理論所能提供的多出一些考慮。幾個問題現在糾纏在一起：首先是方修他們寫作文學史慾望之強，超出他們的理論所能承載的精密度。尋找精密的理論，我們很自然想到當代文化資本最為集中的西方。然而以馬華文學史獨特的案例，從西方承接過來的「文學學」研究的行規和內容又顯得力不從心，[14]尤其是「大國」的文學史理論。這裡談的不再是文學的「內在」問題，而是兩種有著落差的現代性（或者全球化之後，同一種現代性裡的落差）之間的銜接。落差的解決又有其實際的困難，因為大背景是全球分配不均的文化資本體系：當西方佔有市場和生產工具，它就佔有勞動力（想想他們的文學史選集），生產的許多文藝理論，如「大國」文學史理論，都不是為第三世界的勞動人民服務的（所以馬華文學沒理論可用），而是當著他們不要的東西（如過去的鴉片、

---

[14] 「文學（之）學」的概念借自張漢良教授（4-5）。

今天的賣當奴）賣給他們，讓他們上癮（所以馬華文學必須使用），可能的話讓馬華文學研究淪為代工，再生產西方學術體制佔據支配地位的條件。這種「現代性」也難怪哈伯瑪斯等人要回到馬克思，面對資本主義帶來的廢墟。也是這種「現代性」逼迫著我們採取了現行的勞動模式：手上拿著最簡陋的考古工具，走進那片貧瘠的田野，自己當起自己的人類學家。人類學揭開我們在資本主義廢墟裡的身世，變成了文學史。方修他們當年從事了這樣的人類學，提供的知識也就不只是文學，還有身世，以及在這片廢墟裡像結構一般不能改變的命運，他們和馬克思的淵源也就比自己想像的深遠。就像人類學家李維史陀逐漸悟出的，人類學最後要追求的、能夠學習的、應該關懷的，都在馬克思那裡，因為就在那個地方，我們深深觸及了「現代性」不變的結構。

　　如果這幾個問題看起來糾結在一起，可能因為我們沒想過「文學學」的研究可以那麼艱難，需要牽涉那麼廣泛、橫跨那麼多學科，而那麼多的學科又可以在關鍵的時刻呈現同一個思考理路。要勾出這條思路，就需更多細部的解析、論證的補充和案例的說明。「方修論」如果還有什麼學理意義，便是牽動了文學研究的許多學理假設，並且逼迫它們作出回應。

文學史理論個案的批判

　　第一個要檢驗的是當代西方文學史理論的一些學理假設。張錦忠援引了易文—左哈爾（Itamar Even-Zohar）的複系統理論（polysystem theory）處理馬華文學的個案，是目前所有馬華文學論述中，陳述最完整、考慮最周延的文學史討論。由於這樣的嘗試也是第一次，遭遇的問題比預料中的還多，以致張錦忠作出了局部的修正跟取捨。沒有完全成功之處大多出於複系統理論的內在缺陷。這些缺陷，只有在成功的實驗裡才會現身，引發我們從未想過的問題。

　　先談複系統理論的部分。根據張錦忠轉述（T4-12），[15] 這理論和俄國形式主義及捷克結構主義深有淵源，從符號、結構發展到系統，都在假設文學及文學史是按著一套規律運作，歷時性的問題並有共時性的解釋。然而系統不只有一個，考慮到歷時性所帶來的異質、多元、動態等類的落差，「複」系統的假設變得必要。這些落差意味著系統之間有所競爭，典律的高下亦由此分出結果，唯一不變的是複系統，永遠保持著一個矛盾的平衡。文學史的流變，正是以這種「守衡定律」讓各個典律週期性地升降循環。

　　從這麼簡單的介紹，我們已經看出複系統理論的問題。首先它只能用來討論有著「大傳統」的文學史，並且僅僅看重典律的循環理則和評價流程，這種文學史談法有把文學史形式化的危險。然而就「系統」一詞看來，形式應是複系統理論的關鍵概念，特別指典律的美學形式；「美學價值」為其存在本質，漲跌起落有系統本身來調節掌控。這種「系統」定義，和同時平行發展的「結構」概念有著極大的落差。至少後者積蓄著的理論厚度，足以讓德希達引發結

---

[15]　張錦忠（Tee Kim Tong）的博士論文《文學影響與文學複系統之興起》（"Literary Interference and the Emergence of a Literary Polysystem," 1997），以下所引頁碼將以 T 字母開頭。

構的「中心」是否存在的學理危機（Derrida 280）。思考「中心」的位置就是究竟結構的起源，這是我們熟知的解構操作。對德希達，這起源絕對不是作為人的主體（Derrida 287, 290），這個說法顯然衝著拉康的精神分析而來，一個堅信結構起源於主體的理論。然而當解構哲學欠缺的正是主體理論時（Dosse 2: 39; Ffrench　172），德希達不見得就駁倒了精神分析這個非哲學領域的意見。對於這件後結構理論的公案，複系統理論似乎看不到和自己的關係，這也便是問題所在。首先，沒想過「中心」在哪裡（不能自我解構），就無從談論系統的起源；不問主體，也就不能思考慾望的介入和操作。複系統理論看似一個客觀的典律評價流程理論，卻從來不提是誰在評價、誰需要這套系統，進而是誰需要典律，誰又在乎典律的價位可由系統估算和流通，誰在背後操盤。如此不聞不問，彷彿假設大家都知道答案。涉及了自己的起源便保持刻意的沉默，正是複系統理論「勢利」（cynical）的身段所在。顯然這套理論捲進了某些體制利益，面對著我們的也就不再是文學的「內在」問題。

　　這樣形跡可疑的「共同詩學」（common poetics，或譯「一般詩學」）不一定與形式主義或結構主義有關，可是絕對是資本主義體系需要負責。至少複系統理論聽起來像個市場理論，「美學價值」這個走資派難辭其咎。吉勒里在《文化資本論》一書裡指出，十八世紀政治經濟學興起以前，「美學」（美感經驗）和「價值」之間不必有所關連，對藝術品下判斷無需動用「價值」的概念（G303）。

[16] 這種前於政治經濟學的藝術判斷模式（未被價值體系「污染」的美感經驗），今天應該還存在，然而應然（邏輯上能夠成立）並不表示必然（真的就存在），特別當今天的我們已經被價值體系徹底穿透之後（G322）。這個體系的始作俑者是休姆（David Hume）和《國富論》作者亞當史密斯（Adam Smith），他們給商品之美和藝術之美互作譬喻，使得兩者界線模糊（G310-11），成為亞當史密斯經濟學裡剩餘價值（財富）概念的來源（G312）。等到商品之「美」不能解釋商品的交換價值以後，「使用價值」的概念才被發明，而美感經驗又因為不帶有任何「使用價值」，才和商品經驗有所區隔（G315）。可是這只是表面，骨子裡他們是同一回事，而且關係很吊詭。吉勒里論道：「在亞當史密斯的著作裡，美學和政治經濟學的關係再也密切不過了，因為它們在商品的概念中溶成一體，可是這樣一合也是彼此永遠毗離的時候」（G315），理由是：「『美學價值』並非一直都是存在著的問題，它只在美學與政治經濟學分家之後出現，作為兩者同源的事實被壓抑後的結果」（G303）。美學與政治經濟學如此暗通款曲，隨即給康德帶來不少麻煩；為了和經濟學撇清關係，他第三批判大談的美感經驗便以大自然為主要指涉，有意抽離藝術生產製作的人為成份，因為牽動製作就要扯進經濟學，非常不智。這是不可能的任務，當然沒有成功（G318）。

　　美學的商品原罪一直拖到今天還未解決，令人懷疑自外於商品

---

[16] 吉勒里（Paul Guillory）的《文化資本論：文學典律形成的問題》（*Cultural Capital: The Problem of Literary Canon Formation*），以下所引頁碼將以 G 字母開頭。本文所有中譯皆出自筆者翻譯。

價值體系的美感經驗是否存在。馬克思有名的例子（他對古希臘藝術和史詩的禮讚）顯然認為可能，使吉勒里很不以為然，認為連馬克思也遭到物化之害（G322）。這樣批判是過了頭，因為最後連吉勒里自己也發現，美感經驗的確不能如此解釋掉，他並以性愛作類比：性行為固然有社會賦予它的意義，卻無礙我們理解性經驗本身有其獨特性（specificity）（G336）。這個說法還是拖泥帶水，沒像馬克思能夠正面肯定藝術的「價值」（不指「交換價值」）；一直要到哈伯瑪斯，我們才能解釋這點「價值」何以是對抗資本主義的利器（詳後）。至少當年列寧信誓旦旦要革布爾喬亞的命時，並沒說也要銷毀他們的文化成就，反而鼓勵吸收所有過去的文化遺產（Lenin 616）。吉勒里的憂慮可以理解：美感經驗被資本主義的價值體系收編已經太久了，徹底到每當我們提起美感經驗，作為我們認知視野的市場就被我們忘記（G317, 319）。可是馬克思重視藝術帶來的獨特經驗，也可以用來引申，不論市場的穿透力多強，也不可能銷毀（aufheben）藝術作品，否則我們就不會每每討論美感經驗時就被迫遺忘市場，從而知道市場的力量無孔不入。換言之，藝術需要和市場對立起來，可是這種對立，不是天真地以為我們可以自外於市場的對立。

易文—左哈爾的複系統理論因為根本就是市場理論，所以只提供了典律形成過程一個勢利的市場說詞。歷史上這形成過程很是複雜，和複系統理論的市場假設有段距離。例如複系統理論喜用圖表論說，可是我們不能想像早年基督教會的聖經，用了幾個世紀完成典律的建立，就可以用圖表交代所有機制。圖表化的意思是從典律

形成過程中抽出可以形式化的因素，包括美學價值的漲跌、中心邊緣的推擠，並以圖表們放大它們的重要性，順勢也就簡化了典律形成的過程。易文—左哈爾不問種種這些漲跌推擠是否合理，維持了他表面上的價值中立，實際上他把典律形成中可能的弱肉強食（特別在學院裡面），理論化為經驗實證下的客觀現實。表面上他畫了一個大餅，說明任何邊緣化的作品都可能擠進中心，實際上他也知道有的作品完全沒有機會，例如詹明信眼中的第三世界文學，或者一些以「經典缺席」為成立條件的文學源流。一方面這些文學源流不具備足夠的文化資本（沒機會學好英文，無法領略莎士比亞），自然長不出什麼象牙，掌管經典身價起落的學院，便沒必要和這些小朋友們周旋；另一方面，吉勒里引用了法國人類學家布迪爾（Pierre Bourdieu）的看法發現，學院的第一要務是再生產它存在的條件，鞏固自己的地位（G57），作法除了是累積更多大戶（「經典」）在名下之外，還要放出空氣，說經典的中心永遠對外開放，讓大家以為學院體制很開明，無心留意這小動作藏了很大的動作。就像所謂的「美國夢」看似人人有機會，發跡的就是那幾個，顯然它的用途是摸摸頭，欺騙那些資源已經被剝光光的人們（如美國城中貧民區的有色人種），要他們安分守己，不要懷疑資本主義的好處，諄諄利誘之中充滿威嚇。同理，宣示一個開放、熱絡的典律系統，也就有助於鞏固「經典」主義（相對於資本主義）的統治地位。

我們開始漸漸分不清學院內外的差別，因為整個系統——資本主義體系也好，複系統理論也可以——所要服務的主子，以及被支配的對象，都不能說破，成為學院內外最大的禁忌。不論我們身在

何處，對我們自己處境的解釋，都必須做一番自我檢查，消抹了人為的因素之後，可以解釋的、該被解釋的只有系統；一切只有流程，沒有黑手。複系統理論不願意處理主體或人的問題還有一個勢利的理由：表面上是由於人不像系統那麼好預測（可以繪成圖表預測），事實上是因為人是沒有希望的，不如發明一個系統來順應人的勢利。其機制和股票市場的類似，提供了不可預測的心理機制一個發揮勢利本能的機會。人心怎麼浮動，市場信心就如何起伏，如此這般，人心之不可測就能夠繪入市場的典律趨勢圖。誰需要這樣的文學史理論，就可以用來回答誰需要股市。

　　當然我們很多人會說，沒那麼糟吧，我們可是帶著良心在學院工作的。問題是，易文─左哈爾的「共同詩學」對學院的認識比我們老道，它要警惕我們的是，在學院裡工作不能天真，否則失去的不只是良心。眼前這門「共同詩學」就是一套沒有良心的學院教戰手冊，教導我們如何揮霍學院體制的勢利。我們處身的學院是一個資本（資金、人力和技術）高度密集的地方；密集就是分配不均（高等教育不是人人有份），然而資本不夠密集又不行，學院會沒有利用價值，這是學院的基本矛盾。又因為學院（含廣義的教育體制）生產、運用和傳播的是文化資本，它首先生產的是我們和文化之間的獨特關係（G56）。考慮到從識字到典律的接觸，都由這個體制獨家專賣，什麼是典律什麼不是，也就決定了我們和文化的獨特關係是什麼（G56）。知識要怎麼傳授、怎麼被選擇傳授，就怎麼決定了知識的效應，特別是社會關係；教育體制便是透過知識的分配與再分配（包括典律的傳播），再生產已存在著的社會關係（G56）。我

們閱讀或不閱讀馬克思和佛洛依德，學院裡教或不教他們，就說明了我們現在的社會關係是什麼，而學院要協助再生產的又是哪一種。體制獨家專賣的結果，便是知識的分配受到高度的控制；於是不是人人都能「識字」（接觸典律），不是每一種「社會關係」都生而平等。事實上典律之高不可攀，說明瞭這種要命的社會關係已經形成、根深蒂固；為了維持這樣的關係，我們只有繼續使典律高不可攀。要這麼做，所有學院裡的人就必須搞清楚，他們在資本主義體系裡該服從的，便是執行學院獨家專賣、分配不均的家法。

　　誰需要這樣的學院，誰就需要易文—左哈爾「共同詩學」中的典律市場理論。這理論形式化的傾向使典律的內容變得次要，真正關鍵的是典律本身的存在，尤其它必須高不可攀，那是它的「社會關係」。易文—左哈爾的「共同詩學」要確立的是「典律如何存在」——如何高不可攀——的理論，它可以有漲有跌，就是不能平起平坐、不漲不跌。這種漲跌遊戲有賴我們學院中人出錢出力（投注文化資本和勞力），讓它自強不息；我們當中願意幫忙體制打造其社會關係的，就不妨下海操盤、融資、競價、斷（別人的）頭、買進和殺出。除非我們不知，我們都在幫著大戶（擁有體制的人們）操盤，被他們擁有，是他們的遊戲在玩我們，利用我們的勞力堆積它的剩餘價值，運用我們掌握的技術（文化資本）統治這世界，再把我們給套牢和異化。所有我們所作的事工都是代工。面對這些可能已經發生的慘烈狀況，我們的詮釋已經夠多了，重要的是知所改變。廁身學院裡，有怎樣的自我意識已不重要，因為工人的階級意識早已選擇我們。再不對「美學價值」之類的概念帶點戒心，我們很容易

再次淪為體制的奴工。

　　這時我們還大談馬華文學，好像不太瞭解狀況。首先，馬華文學沒什麼剩餘價值可供學院搜刮；除非把它當著比較文學的新品種，或中華文化源遠流長的樣板，用以證明比較文學和中華文化都各有道理，其餘可談的似乎不多。真正不對學院胃口的地方，在於馬華文學作品的總體表現不夠好也不突出，這點連方修自己也承認。[17]王賡武為方修的《馬華新文學史稿》英譯本寫的英文書評說得更清楚，明白指出這些作品的真正「用處」是在哪裡：

> 不管其文學成就如何——而這很明顯地是平平的——在海外華人的社會史上，這些〔馬華〕文學作品的重要價值是無庸置疑的。任何有志於研究海外華人現象的人，都不會不欣賞此書所描述的景象。（130）

王賡武是海外華人研究的學門奠基人，也是華語為母語的重要英語詩人，[18]兩種身分都有利他對方修的治學成果和馬華文學的成績作出敏銳的判斷。從事英語創作，王賡武對當代英詩巨擘的成就瞭然

---

[17] 方修：「反觀馬華作品，就還很少達到這麼一個深度。在中國新文學裡頭，舊現實主義的創 作方法才真正是完成了它的歷史任務。好像魯迅的〈孔乙己〉、〈祝福〉、〈阿Ｑ正傳〉等等，可以說是後無來者了。但在馬華作品這方面，現實主義應該還有它發展的餘地」（〈看稿的感想〉345）。方修在《馬華新文學大系》各冊導言也表達了他對部分收錄作品的質量不滿。

[18] 張錦忠引述林玉玲（Shirley Lim）的話說，王賡武一九五〇年出版的詩集，是星馬地區本土人士第一部英語出版品；如果言過其實，至少他也建立了英語創作的本土化典範（T95-96）。有關王賡武的治學與生平，可詳黃昆章〈記王賡武教授〉一文。

於胸，對其現代主義傳統也有所承傳，以這樣的標竿他很清楚馬華
文學真正走到了哪裡。比詹明信可取的地方是，他深深瞭解這些文
字的人類學意義，沒有用一個化約的說詞一筆帶過。詹明信本想就
文學論文學，繼續在「文學內部」解決他對第三世界文學的困惑，
可是無意中他反而被西方既定的「文學」定義困住，是為他的困惑
所在，並非第三世界文學。而王賡武提議的人類學出路不見得就不
是「文學」的解決方案。西方的文學史理論（包括複系統理論），由
於缺乏人類學的視野，所著力的並非書寫史而是作者史（G14），典
律的意義（除了少數的例外）多半圍繞著作者的概念發展。馬華文
學史突顯的正好是「書寫史」特質，和「作者史」的差異是社會結構
上的不同，出於資源分配不均的階級效應。一個可類比的西方例子
是，十八世紀以前經典作品少有出自女性之手，理由不是她們低能，
而是成長環境中她們完全沒有識字的管道（access to literacy）（G15）。
假設管道有了而不通暢，結果還是等於不「識字」（「沒有文化」），
「作者」依舊不會產生；當不通暢是個結構性問題（過去西方女性
的地位、今天馬華文學的殖民情境），我們面對的便是書寫的困境，
而非作者的難產。如果此時我們敢說，這種文化資本分配不均的階
級對立不是「文學」問題，我們不該處理，我們顯然沒理由馬上就
丟下一個「文學」判斷，說他們的作品真爛，在蹧蹋文學。很明顯，
當我們和學院的體制利益走得太近，我們會毫不留情地對欠缺文化
資本的人進行階級壓迫。這種錯誤的文學史判斷（我們仍在處理「文
學」問題），甚至沒讓我們弄清楚文學研究不是典律研究，而且不
是只有研讀「經典」的才算文學研究。至少在西方，典律是什麼仍

然要付諸想像；沒有人把典律讀完，典律書單就算列得盡，書單也不可能拍板定案（G30）。「親愛的，我把典律讀完了」是句語無倫次的話；不是說個別經典作品不存在，而是作為一個總體概念的「典律」只能以想像的方式存在。所以它也就不存在，不是文學研究處理的對象。除非我們想知道這個想像中的東西帶來了什麼效應（從imaginary 推移到 symbolic 層面的評析），我們便進入典律的市場理論。這時典律的功能跟貨幣的流通一樣，是一個高度抽象的運作，並不需要產品（作品）的在場；進入數字化營運之後，一切皆以「典律單位」計價和演算。所以複系統理論看起來經驗實證，實際上高度抽象，唯一無需做的似乎是文學作品的閱讀，它也就和我們從事著的文學研究沒有關係。

如果文學研究不是「典律」研究，那麼又研究什麼？吉勒里有這樣一個提示：

> 文學（literature）的歷史情況是一個複雜的連續體，組成成份有主要作品、次要作品、研究需要才念的作品，以及收藏檔案中的作品。研究歷史文獻（literatures）的人都知道，檔案裡有無數的作品，各有其文化上的成就和重要性（interest）。某些教學情境可能把它們當作「非典律」作品看待〔……，〕可是非典律地位並不意味，它們的重要性和價值就必須等於零。（G30）

需要補充的是，西方觀念中的 literature 指「文學」和「文獻」兩個概念，一語兩用。如此莎士比亞研究也可以是莎氏文獻研究，閱讀所及涵蓋他的次要作品，包括他失敗的劇作。要對莎氏作個起碼

的美學判斷（最廣義的「有多好、有多壞」的判斷），我們心中必須有個檔案；檔案容量可能很大，可能是整部英國文學史。檔案因為沒有填滿的可能，所有判斷都只能是權宜性的，都等待修正。到頭來我們發現，我們知識的增長來自檔案材料的搜集、建立、閱讀和整理，不是「典律」的豎立與膜拜。如果我們瞭解文學（文獻）研究要建立的功夫，比下「有多好、有多壞」的判斷還複雜，那麼馬華文學的研究，基本上就和莎士比亞研究沒有區別。困難在於前者沒有太多累積，跨學科的研究理論還沒建立，最糟的是，又面對著學院「典律」意識的成見，成見之大可以讓我們懷疑，馬華文學只有書寫、沒有作家，只有檔案、沒有典律，到底還有什麼好研究。學院作出這種試探，是有意把我們捉回去當順民，再生產鞏固學院勢力的條件。我們該為誰累積這些大家都覬覦的文化資本，現在成了我們要做的選擇。

張錦忠援引易文—左哈爾的複系統理論討論馬華文學，至少有三個正面意義。首先在一番篩選之後找上複系統理論，說明了找不到好理論的無奈。顯然馬華文學研究就算走進資源豐沛的學院裡，還是不能撿理論的現成。然而（這是第二點），能夠找到複系統理論也不壞，至少它代表學院的主流意識，佔據了支配的地位，貫徹資本主義的邏輯；這理論不能推翻，一如資本主義不能推翻。馬華文學一如許多第三世界文學，遲早要跟學院遭遇，對口單位就是這種理論，與其被它盯上，不如現在主動因應。如果（這是第三點）複系統理論在馬華文學身上的試用沒有完全成功，應是理論的失敗，某個意義上也是學院主流意識的失敗；一個成功的實驗，應該能如

實呈現其間失敗的理由，或者更有趣一點，呈現巴峇（Homi Bhabha）所謂的殖民情境裡被殖民者對殖民者嘲弄的模仿（mimicry）（88-89）。張錦忠的操作所呈現的比較複雜一點：彷彿預知了複系統理論的瓦解，他作了細膩的修正，企圖辯證地克服（aufheben）它的內在缺陷，逼出一些有效力的解釋。理論搏鬥的過程有點曲折，是馬華文學論述裡少見的手筆，其間方修的論點如何被發展和引申，成為最大的啟示。

　　首先張錦忠把馬華（華人）文學視為一個文學複系統。如此他至少做了兩個理論移位：第一，易文—左哈爾的複系統本是一個評價系統，各系統之間爭奪位階高低，這特性被張錦忠切除，使複系統形式化；第二，馬華文學在張錦忠的用法，也指大馬華人各語系（華文、馬來文、英文）文學（T19-20），張錦忠並透過複系統的概念賦予它們一個關係。可是由於這些文學源流沒有交流，說不上有什麼利害關係，複系統的使用必須先形式化（不談彼此競爭），使得這些文學源流的關係也一併被形式化。問題是，最先由黃錦樹提出的這個新穎的馬華文學定義，有其人類學內容，採用了「華人」的定義逆勢操作（〈「馬華文學」全稱〉16-17），現在人類學在複系統概念的使用下也不免被形式化。

　　張錦忠同時認同周策縱認為各地區華文文學都可自成「中心」的「多元中心說」（周策縱360），覺得他的說法反中國中心論，最接近複系統理論的公平精神（T25-26）。顯然這是張錦忠把複系統形式化後的看法。周策縱的理論確是複系統的一種，因為裡頭埋伏了一個權力關係：不論海外的「中心」有幾個，真正的中心還是「海

內」的中國，這點沒人會否認，畢竟一「大中」與各「小中」之間的勢力（文學影響力等等）差別懸殊，權力鬥爭根本不必發生，勝負就已決定，所以周策縱的說法純粹是「大餅」理論。反而是張錦忠人類學定義下的馬華文學複系統，比周說更具備歷史的面向，防堵後者以大中國主義取代歷史性思考，解釋中國文學是什麼的同時，卻解釋掉馬華文學。這樣的馬華文學定義既然具備防堵功能，可和大中國主義抗衡，也就無法形式化。何況張錦忠同時從方修那裡，繼承了他對馬華（華文）文學裡「社會文化功能」（socio-cultural function）的認可，認為對社會、文化的關懷是主導這支文學「本土化」（nationalized）的力量，促成馬來西亞文學變成複系統的關鍵（T106-7），使它今天還是個鬥爭的場域，上演著官方與民間爭論「國家文學」定義的政治公案。至此張錦忠形式化複系統的努力已經失敗，正好是他歷史面向的立論可以成立的理由。

　　張錦忠致力於複系統形式化的另一個結果，是把複系統理論最重要的面向──評價功能──暫時擱置。這個面向若不擱置，利用複系統定義馬華文學（一支沒有「經典」的文學），反而使複系統理論成為待解決的問題，而非解決的方案。可是評價功能被擱置了，又表示馬華文學的人類學定義（連同所謂的「社會文化功能」）必須一併形式化。於是他面對要放棄方修（人類學）還是放棄評價功能（複系統）的兩難，此乃複系統理論面對這支「經典缺席」文學時的內在矛盾。直到他把「社會文化功能」文學（「本土化」文學）視為一個「典律化」進程，而後起的──尤指六〇年代馬華文學──現代主義運動為「解除（前代）典律」的作為（decanonization）（T112），

我們才知道，原來張錦忠是透過一個「形式化」的操作（把「社會文化功能」文學化約成一個美學現象），來恢復複系統中的評價功能。這是何以前面形式化複系統的努力遭挫時，他要轉而挽救複系統——退回到「馬華文學是個複系統」的底線，因為只要複系統存在，就有形式化的可能。於是張錦忠的「形式化」努力（擱置各系統鬥爭的事實）必須帶著「美學化」[19]（是美學選擇的問題，不是鬥爭）的目的論，滿足複系統理論的評價功能。「文學本土化」不免也是個形式問題（作為形式不足而成為問題），等待現代主義將之美學化（形式化）。這一等，要到六〇年代陳瑞獻等人的現代主義運動出現方才實現（T118）。從這角度看，現代主義也不過是個美學形式上的問題，等待實現複系統理論的美學意志。

至此，張錦忠「形式化」的努力，用以擱置複系統內部鬥爭的現象（將之存而不論），還是沒有被他放棄。現在多了「美學化」，只是用來接手同個「擱置爭端」的工作；等到美學成為最高的支配意識後，「爭端」便有望平息。唯其美學不受他者支配——是為美學的「自體化」（autonomization）——我們才能把馬華文學從「本土化」的進程中解放出來（T113-14），讓馬華文學得以從社會文化規範（socio-cultural codes）的桎梏走向大寫的「文學」（LITERATURE）（T112）。目前因為「自體化」尚未實現，這個遲來的現代主義運動（belated modernist movement），只能廁身複系統（馬華文學）中成為

---

[19]　「美學化」是張錦忠的博士論文中文提要的用語，譯 "aestheticization"（T115）。

一個小系統，續和其他系統競爭；然而又因為這小系統肩負著馬華文學「現代化」（modernization）的重任，美學現代主義隱然成為整個複系統發展的目的（T115）。直到有一天美學成為絕對的支配意識之後，文學世界裡的所有「爭端」（系統之間的抗衡）便可以真正被擱置，並結束複系統的階段性任務。所以表面上的「形式化」，用以「擱置爭端」，其實是美學價值收拾其他系統的策略，是鴨子滑水式的收編動作。複系統理論作為一個鬥爭之用的革命最高指導原則，用以完成美學階級專政，也就不在話下。

　　我想以張錦忠一個重要的發現，來回應複系統理論此處帶來的問題。早年（英國殖民時期）的海峽土生華人有兩個文學源流並行不悖：一是「菁英次系統」（elite subsystem），以英語為主，一是「通俗次系統」（popular subsystem），以馬來文翻譯中國的傳奇演義為主，張錦忠認為這個分野代表著兩個不同階級的文化實踐（T172）。我們似乎也可以說，一個肩負著「社會文化規範」的文學（方修所隸屬的「本土化」文學），和另一個沒有（或已成功消除）「社會文化規範」的文學（「自體化」文學），應該也分屬兩個階級。聽起來陳腐，實際上兩者的對立就形如階級鬥爭；把複系統理論用到馬華文學身上，呈現的便是這種資本主義鬥倒無產階級的「社會文化規範」。我們大概不反對，只有馬華文學中的「菁英次系統」才有機會親炙西方的現代主義經典，另一方則不然，他們反而被迫抗日、反殖民、建立馬來亞本土意識，形成了「通俗次系統」這一個不折不扣的階級斷層。本來西方現代主義內部不必有何階級藩籬，不必和社會改革的熱情劃清界線（想想沙特和布萊希特，理論家還有本雅

明），現在馬華文學界的現代主義作者卻作了他們選擇性的閱讀，是一件不幸的事。這種閱讀方式，我們想不出還能和「現代性」有什麼關連？能夠作出什麼相關思考？這種現代主義的認識，不會有辦法回答張錦忠自己問過的一個問題：「到底什麼是馬華文學的現代主義詩風？其現代質地何在？」（〈典律與馬華文學論述〉233）。我們知道，提到了「現代質地」，牽連的就已經不純粹是美學問題。

　　這裡我們無意否定六○年代馬華文學現代主義運動的貢獻，尤當陳瑞獻和梁明廣等人（張錦忠的個案）敢於對現行的文學陳規不滿，另闢一條叛逆的蹊徑，開發出（至少在馬華文學界）嶄新的文字經驗。我們今天都走上這條不歸路，也迫切想知道每個時代的「叛逆之道」如何成形，張錦忠的個案研究如今填補了這樣一個闕漏，有重要的文學史意義。可是當我們檢視這個美學實踐的效應——破了什麼，立了什麼——我們無法不去思考背後的認知（真理）和規範（正義）假設作了怎樣的重組。這是美學不可免的「社會文化功能」，至少是美學必須回應的問題——至少西方現代主義的成果是這樣被我們檢視的。六○年代中期馬華詩人鍾祺的一篇短文〈一首「現代詩」〉，連同他稍後寫的〈論詩歌的創作目的：現代詩的批判〉，攻擊了現代畫和現代詩（藍本是台灣的《藍星》詩刊），出在他空有過多「社會文化功能」的關心，卻又不知現代詩為何物、不知它的「社會文化功能」在哪裡。這個誤會出於知識的斷層，更是前面提過的階級斷層。林方的回應〈致鍾祺先生〉，雖然對西方現代主義自象徵詩派開始的淵源掌握內行，也因為不知它有什麼「社會文化功能」，不只沒說服鍾祺，也沒有說服我們。當張錦忠宣佈

馬華文學的現代主義是「一個未完成的計畫」（an incomplete project）（T175），指的應該包括我們對西方現代主義閱讀的未完成計畫。為了確定讀懂，我們不只要跨越知識斷層，更要小心階級斷層的效應：知識管道的不通暢，造成了鍾祺等人的論點今天還不斷被人重複，一併錯失現代主義如何以自己的「社會文化功能」，賦予我們歷史時空一個更複雜的解釋。因為錯失了，我們對現代主義才會那麼盲目的樂觀，同時又對「現代性」的問題沒有概念。張錦忠顯然從哈伯瑪斯的名文〈現代性：一個未完成的計畫〉（"Modernity--An Incomplete Project"）借來了這個修辭，哈伯瑪斯的原意卻遠為激進，也更為哀傷。理由是他發現其實美學現代主義已死，動搖了現代性的計畫。這個命題勾勒出美學現代主義的「社會文化功能」，說明它和現代性（歷史性）如何緊密關連。此刻現代性計畫如果還能持續，我們又該做什麼？能做什麼？對我們，這個問題也需要一個第三世界的回應。馬華文學界只有一個人有足夠的份量，作出至少是局部性的回應：這個人是方修。

方修及其現代性

　　哈伯瑪斯和李歐塔在冷戰後期有關現代性與後現代情境的辯論，時機似乎有點晚，因為其時資本主義的勢力已經徹底滲透，讓所有舊有的批判系統（包括藝術創作）幾近癱瘓。不幸這個共同的理論出發點，不及他們的歧異引人注目。兩人的差異，一如李歐塔自己所言，是哲學假設的根本歧異，是選擇黑格爾還是選擇康德的

問題，一時不會有解決的方案（Lyotard, "Answering" 72-73）。這個歧異，我們或可選擇性地化約為他們對「社群」（community）概念的理解分歧：兩人都知道當代西方社會的「社群」現象已然瓦解，惟哈伯瑪斯堅守它的價值，李歐塔則否。這樣的瓦解是全新的人類現象，在人類學而言有些不可思議，因為不論是怎樣的人類社會，都維持著小至「長屋」（long houses）、大至「聚落」（village）的社群生態，使「聚落」仍是今天人類學裡有效的田野工具用語，儘管修辭上有點以偏概全（Barfield 295；Clifford 98）。這樣的「聚落」，即便作為隱喻之用，假設的是一個共通語言的存在，一個或親或疏的宗親系統、一個互助的群體意識。人類學家柯德克（Conrad Phillip Kottak）即以美國白人（中產階級以上者）大多居住郊區（suburban neighborhood）的核心家庭住所（nuclear family houses）為例，斷定美國黑人的宗親關係遠較白人為強，較具社群意識，跟主流社會的白人劃開一道資本主義體系裡的階級分野（336）。瞭解美國富裕郊區的人都知道，那是一個「社群」現象終結的地方，住民生活孤立而且隔絕。它只是一塊私有財產結合成的領地，是為它唯一的「社會關係」。這樣跟著資本主義邏輯運作的「社會關係」，和我們「聚落」概念裡的人類學常識相違。這種由資本主義造成新的人類學現象，最早的「田野紀錄」大概是馬克斯與恩格斯的《德意志意識形態》。他們發現資本主義民法（civil law）成功把本來屬於社群的公共財轉換成私有財產以後，自然社群（natural community）便跟著瓦解。也就是說，私有財產概念的成立，以後者的瓦解為先決條件（Marx and Engels, *German Ideology* 80）。現在這個進程已經變本加厲，並以

「全球化」之名逼迫全世界的人們（特別是第三世界），繼承這個資本主義的慾望。

　　李歐塔並未使用「社群瓦解」這樣的人類學用語描述西方工業化社會的變遷，可是基本上他反對社會「總體性」（totality）一類的概念，乃有社會成員「粒子化」（atomization）一說，認為人人都成為社會上孤獨的單元（ Lyotard, *Postmodern* 17）。批判哈伯瑪斯時，特別指出「啟蒙」（Enlightenment）、「歷史的元一目的」（unitary end of history）、「主體」等等有著總體性色彩的概念不可行（Lyotard, "Answering" 73），反駁哈伯瑪斯對法國學者作「新保守主義」的指控，說他們放棄了社會的關懷、採信主體已經去中心（decentered subjectivity）的說法（Habermas 14；Lyotard, "Answering" 72-73）。這些總體性色彩強烈的概念，可能在西方社會裡真的站不住腳——特別在李歐塔處理晚近西方美學實踐裡的後現代美學時，它們根本使不上力。李歐塔自己的理論實踐——從他對現代性經濟現象的大批判，轉進到後現代美學新情境的微觀宏論——儘管有著他如此轉進的哲學理由，反映的正是他在資本主義惡勢力大舉壓境下的無力感。雖然李歐塔對哈伯瑪斯的批評嚴厲，在一些「社群」現象沒有完全瓦解的社會裡（可能還包括西方社會，至少對哈伯瑪斯是如此），不見得那些總體性色彩的概念就不能成立。事實上，當李歐塔使用「現代計畫的失敗」（the failure of the modern project）一語來描繪資本主義帶來的破壞時——特別當他惋惜過去兩百年建立起來的「進步」意念頹然而逝時（Lyotard, "Defining" 6）——他顯然假設，某種源於啟蒙時代的總體性計畫在過去是可能的。至少他使用了「計

畫」一詞，和哈伯瑪斯一樣，都以藝術創作──特別是美學現代主義，含先鋒藝術（avant-gardism）──作為「計畫」的一個例子。顯然兩人的差異點是出在時態：李歐塔認為「現代計畫」的功能是出現過，現在已經消失，哈伯瑪斯則認為它未完成，還是有扭轉頹勢的可能。眼前的效應是，當李歐塔放棄了「現代性」的概念，他也必須放棄對「集體性」的信仰、社會層面上放棄「共識的原則」（the principle of consensus）、知識論上放棄「大敘述」（the grand narratives）、政治上放棄「解放的語言」（the narrative of emancipation），凡此種種都是哈伯瑪斯要堅守的信念（Lyotard, *Postmodern* 60）。反過來說，可能最令哈伯瑪斯擔憂的是，李歐塔如此輕易放棄了改變的可能（改變的終極形式為解放），等於要默默接受資本主義體系繼續把我們每個人肢解的事實。

　　這便是哈伯瑪斯「不放棄現代性的啟蒙計畫」一議的背景（Habermas 12）。執行的一個辦法，是把藝術作品從所謂專家們的手中下放到普羅階級去：特別是上進的工人，那些沒有機會受教育的人們（12-13）。留意哈伯瑪斯的意思是把藝術下放，而不是利用菁英文化把工人收編。這麼做的理由是因為他發現「尋常百姓或『業餘專家』對藝術的領受（reception）和專業批評家的，有不同的發展路徑」，理由是批評家不問世事，可是換成普羅大眾，「一旦美感經驗貫注到〔他們〕個人的生命史中，或吸收到日常生活裡去，這種〔批評家的〕只對一種合法性〔美感經驗〕全神投注的態度，連同對真理和正義層面的漠視，便會就地瓦解」（12）。也就是說，美感經驗在普羅大眾的身上，會收到很不一樣的效果：「我們各種生活

上的需求，決定了我們對世界認知的，會在美感經驗裡有著新的詮釋。不只這點，美感經驗還會滲透到我們認知上意義的建立〔真理〕、我們在道德規範上的期待〔正義〕，並改變這些情境互通有無的方式」（13）。唯其如此，我們的生命世界（life-world）才可能在美感經驗帶來這樣的改變以後，發展出自己的體制，內在地牽制我們早已失控的經濟體系（13）。哈伯瑪斯對美學功能如此正面的評價，也源於布萊希特和本雅明對藝術功能的信心（Habermas 13），立論上比吉勒里的周延，並銜接上馬克思對藝術未竟的思考。

　　然而哈伯瑪斯自己很明白，他多少是在勾勒一個憧憬；在現實世界裡，資本主義體系不會給這類憧憬太大的機會（13），個中結構性的理由我們前面已經談過一些。簡單地說，當知識份子都被體系買通，普羅階級從勞動力到購買力都被體系深深牽制，我們就沒什麼機會實現這種憧憬了；當我們已經徹底繼承了資本主義的慾望，哈伯瑪斯的話只有聽起來語無倫次。面對這景象哈伯瑪斯只是悲觀，至於李歐塔根本就不發一語，兀自隨著自己徹底的失敗主義飄零，讓後現代情境變成他的廢墟。

　　方修的文學史寫作，是否可以提示另一條可能的現代性出路——至少是對第三世界？

　　我們似乎也必須從「社群」概念的流變說起。首先，馬華文學的社群凝聚力非常堅強，中國人對宗親族裔固有的忠貞，在星馬兩地制憲立國以後，便以新的空殼子（西方借過來的「國家」體制）容下「認祖歸宗」這個原屬於老中國的邏輯：「祖」不再僅僅指老祖先或舊祖國，「宗」亦無需多加血緣或地緣的假設。反映在寫作上，社

群意識便靠寫作「路線」之爭凝聚，論爭之多乃成了馬華文學的「獨特性」。從戰後初期涉及土地認同的「僑民文藝」論戰（方修《戰後馬華文學史初稿》27-78），到今天所謂「寫實派」、「現代派」的齟齬等等，莫不有意劃出一條統一戰線來維護社群的利益。論戰的負面結果是建立了各種文藝教條；正面的地方在於大家都相信寫作就是力量，使寫作有著強烈的社會人格。

然而戰前的馬華社會由於是個組成浮動的社群，群體凝聚力的維繫有著先天的不足。方修在〈馬華新文學簡說〉一文便提綱挈領列出四個相關現象 （18-19）：

〔一〕報章副刊地位的突出；

〔二〕文藝作者新陳代謝的頻仍；

〔三〕中國新文學的影響；

〔四〕馬華新文學自立運動的曲折發展。

前兩項反映的是人與事的浮動：寫作者的流動性強，不利於出版事業的紮根，報章副刊遂成為最為簡便的發表管道。副刊的更迭也一樣頻繁，跟人事的浮動不無關係。後兩項觸動的是馬華社會認同上的遊移，社群主流意識因為容易受到國際局勢的左右，也就忽中國忽本土的搖擺（方修，〈戰前的馬華文藝〉406），這種不確定性直到「僑民文藝」論戰時便一舉爆發。

我們要指出的重點是，所有這些浮動現象都是殖民情境。這有兩層意思：一是屬於外在的英國殖民的檢查與干預，造成人口流動，文化事業無根，加劇馬華社會的移民性格，累積也就變得不可能；一是殖民統治裡奴性意識的滲透，這是更廣義的殖民干預。當人活

在「被統治」的生存狀態裡，意識容易變得貧窮，搖擺和虛無都是痛苦不堪的內在浮動。這種情境的後勁很強，負面效應甚至持續到今天。要知道殖民情境裡的貧窮效應，物質與意識兩面並存，李歐塔便用了馬克思的話說，第三世界國家的貧窮不一定帶來革命，反而讓他們更趨反動、冷酷和保守（Lyotard, "Complexity" 11）。馬華文學界目前仍然盛行的「現實主義」教條就是一個例子，說明這支文學不論是物質上、意識上，一直都沒有瞭解自己歷史處境的條件，包括瞭解殖民帶來的貧窮。教條的存在說明還有某種自覺在場，可是偏偏手中沒有工具可以協助思考，或是工具有了，又太複雜，不知怎麼使用。這個「工具」不單指任何對西方現代性的批判，還可以指更基本一點的如馬克思主義。這解釋了何以九○年代以前，星馬地區空有共產主義革命，卻沒有革命內容，只有武鬥而沒有文批。這些歷史煙雲，一如那些「現實主義」教條，沒有給我們帶來什麼批判，未能形成什麼理論的累積。貧窮的結果，在馬華文學界帶來的竟然是如此徹底的荒蕪。

更壞的在後頭，特別當我們要談的是殖民干預的長遠效應。精神科醫師兼黑人革命家法農（Frantz Fanon）在他有名的《黑皮膚，白面具》（*Black Skin, White Masks*）一書裡說過，被殖民的黑人，自卑情結裡最大的慾望是成為白人（100）。柯普潔把法農的發現用了拉康的精神分析術語解釋說：「殖民行徑最殘酷也最惡毒的效應，是建構了被殖民者所有的慾望」（Copjec 36）。這個拉康思維，人的慾望就是大寫他者的慾望（Lacan 38），明顯是黑格爾主奴辯證的一種變體。所謂的「殖民累積」就是這麼回事：西方慾望什麼，我們就

慾望什麼，這是西方的國族主義意識（nationalism）廣泛散佈在第三
世界的背後邏輯。結果被殖民的人們，他們自身的消失和存在就在
這種慾望的繼承裡凝固起來，自以為存在時其實已經消失，因為真
正存在的是從別人那裡繼承下來的慾望。任何本體（主體或國家）
只以這個慾望作其存在本質，於是任何國族主義——甚至相敵對的
國族主義——都似曾相識。要釐清的是，國族主義只是一個例子；
我們真正從西方繼承的是「要變得跟他們一樣」慾望，是我們被迫
主動（留意這個殖民情境裡的二律悖反）去繼承西方的慾望。這慾
望不僅是國族主義，還有資本主義，以及所有西方「現代性」的內
容。[20]

　　我們知道，對哈伯瑪斯「現代性」也是個源於歐洲十八世紀的
啟蒙計畫，含有對「進步」的期待，蘊含在理性被三分之後成為科
學、道德和藝術的內容裡。隨著體制化的發生，三門知識逐漸由「專
家」們操控，拉開與公眾的距離（Habermas 9）。到波特萊爾（Charles
Baudelaire）時，他所支持藝術的社會功用、藝術「對幸福的承諾」
（la promesse de bonheur），已經開始變調（Habermas 10）。考慮到
所有有關美學現代主義的討論都始自波特萊爾，[21]藝術與社會之間
的分裂乃標誌著現代主義的誕生。變本加厲的地方是「美學領域的

---

[20] 所以馬克思與恩格斯在《共產黨宣言》裡說，西方把他們所謂的「文明」透
過商品強行灌輸給第三世界（Marx and Engels, *Manifesto* 53），只說中事實，未
及描述其間的慾望機制。

[21] 如哈伯瑪斯自己（Habermas 10），或尼可斯（Peter Nicholls）的《現代主義：
一個文學 導讀》（*Modernisms: A Literary Guide.*）（1, 5）。

自體性（autonomy）成了一項刻意的計畫」（Habermas 10），美學上的自我經典化成為「現代性」內容的一部分（Habermas 4）。其餘的情況，吉勒里解釋得很清楚：我們都從學院裡（從「專家」們手中）把這樣的美學菁英主義全盤收下。「現代性」中的啟蒙計畫，面對這種學院與群眾之間的鴻溝，至此已經失敗（Habermas 9）。我們從西方繼承過來的「現代性」便含著矛盾的內容：是一些承諾與一些傲慢，階級的敵意，啟蒙的失落。

　　表面上，方修的史料整理工作和「現代性」的問題沒有關連。他的文學史寫作雖然始於一九五七年馬來亞獨立（陳立貴 155-56；楊松年 260），開始寫作卻出於偶然，因為這年幾個朋友送了他一些馬華文學史料，引發他寫出一些史話文章（陳立貴 156）。然而我們還是很難說這種文學史自覺和「國家的誕生」沒有關係（這是陳立貴的論點），因為如果「國家的誕生」是一種和西方遭遇的結果，「文學史自覺」又何嘗不是？一支文學源流，甚至一個語系，並不必然察覺自己的存在，也就不必然察覺自己的消失。這種察覺——特別是能夠訴諸系統言說方式的文學史自覺——如果是出於歷史的偶然，那是因為和西方遭遇正是這樣一種「偶然」，不在非西方世界的原先預期之內。當西方成為霸權以後——當我們和西方的「現代性」遭遇以後，這種源於西方啟蒙思想的自覺，就已經不再是什麼歷史的偶然。所以和西方遭遇的自覺是出於被迫的，一如「國家」的倉促「誕生」，是用了一個借來的殼子安身立命，回應這個無所不在的消失感，並在這份消失感中為自己的存在定影。這種情況下寫作文學史，同時還得面對殖民情境帶來的貧窮（被迫內化的貧窮），

並面對階級森嚴的美學體制和知識生態和它們的敵意。方修寫作的
「現代性」，此時便有了一個西方讀書界的「現代性」定義不及涵
蓋的面向：這份源於西方的「現代性」是被迫繼承的，以致他的文
學史寫作，是存在與消失之間所作的無奈選擇──怎麼做都是借來
的存在，都是消失。可是又因為貧窮已經結構了這個存在，學院裡
的「專家」們也就對他這種近乎庶民行為的文學史寫作不屑一顧。
這種被資本主義體系還魂的殖民情境佔據了學院內外以後，似乎只
剩下哈伯瑪斯「不放棄現代性的啟蒙計畫」裡，把藝術（以及所有
文化資本）下放的那條路可走。問題是，現在卻連哈伯瑪斯也不確
定真的可以這樣走下去。

　　面對著「現代性」與第三世界這種曲折的遭遇，人類學典範的
選擇成為我們如何接續方修工作的關鍵。首先，我們面對著「現代
性」裡「慾望繼承」的問題（精神分析的主體理論），另一方面是資
本主義體系裡結構性的不平均分配（馬克思的政治經濟學），我們
很難想像主流的人類學理論，特別是格爾茲（Clifford Geertz）等人致
力於文化詮釋（interpretation）的人類學，有能力也有意願把這兩個
結構性現象統合在一個理論下。我們無意輕忽格爾茲獨到的田野貢
獻，可是因為他過度擴張了詮釋的有效性，使人感覺這種詮釋的侷
限正好出在它可以無限擴張。舉個例子，他的〈地方知識：比較角
度下的事實和法律〉（"Local Knowledge : Fact and Law in Comparative
Perspective"）一文，原為他在耶魯法學院比較法律學的講座演說，
雖然有著精彩和內行的詮釋演練，他還是無法指出，歐美資本主義
法律和非西方世界的（他所列舉的回教世界、印度、峇厘島）有著

一個根本的不同，在於前者以私有財產權的保護為其存在的理由
（raison d'être）。這個黑格爾和馬克思老早就從英國政治經濟學知道
的理由（Walker 66; Marx and Engels, *German Ideology* 81）——資本主
義法律不以維護自由、保護人權為第一要務；優先性屬於私有財產
權——最近還得到批判法學研究（critical legal studies）拉康學派的律
師學者科迪爾（David S. Caudill），以一樁九〇年代美國最高法院的
案例作出證明（111-15）。格爾茲顯然以現象的橫向詮釋見長，並不
會像馬克思主義或精神分析向下追究現象成立的結構性條件。這種
自囿於現象的治學辦法，我們不能想像（再舉一個例子）他對華爾
街股票交易所這個獨特的「聚落」，能有什麼結構性的解釋（如政
治經濟學的解釋），除非他只把股票交易行為侷限到「文化」現象
來理解，而那還是等於沒有理解。這樣的人類學大可對非西方世界
作它想要的「文化詮釋」，拿回到第一世界——我們想到的例子是
「現代性」——就卡在它自己對詮釋的過度自信。它唯一看不見的
是結構。

　　格爾茲對結構的成見，從他對付李維史陀《野性的思維》和《熱
帶的憂鬱》的書評可以看出來。格爾茲首先反對人類學也是「思維
的研究」（the study of thought）（Geertz, "Cerebral" 352），也便不認
為（恐怕無從理解）他和李維史陀的差異是出在思維層面的認識論。
於是他可以很大方地略過李氏這兩本書對馬克思和佛洛依德的倚
重，把他打成一個結構主義的機械論者。如此避重就輕，格爾茲保
住了人類學作為詮釋學的純粹性。這種人類學是質樸的，它只會乖
乖守在它的詮釋框框裡，不似李維史陀敢於奮力一躍，穿越詮釋、

直取結構。這是何以李氏羅列了那麼多親屬關係中的禁忌之後，敢斷言說其中最重要的是亂倫禁忌，有其跨文化的普遍性，而其他禁忌都由亂倫禁忌衍生而來（Lévi-Strauss, *Elementary* 493），有條件呼應了佛洛依德《圖騰與禁忌》的主打論調（*Elementary* 491）。這種結構思考，李維史陀稱之為「馬克思和佛洛依德的共同教誨」（Marx's and Freud's combined lesson）（Lévi-Strauss, *Savage Mind* 253），要解決的不再是神話可以有多少詮釋，而是神話的邏輯是什麼。[22]就像馬克思不在意資本主義有多少面貌可供描述，而在意它的邏輯。因此李維史陀不同意把西方的時間觀念，諸如沙特堅持的「歷史意識」，視為優先於其他知識的知識；對李維史陀，它的作用只是神話，其運作邏輯是什麼遠為重要（Lévi-Strauss, *Savage Mind* 254）。同理，西方「現代性」的出現是件神話事件，重要的是「現代性」被人繼承時所循的慾望法則（佛洛依德），以及「現代性」中資源分配不均的結構性邏輯（馬克思）；正是這些法則與邏輯帶來了要命的後果，只靠詮釋肯定不見其效應。反之，守著詮釋學只是守著「現代性」的各種神話（共同詩學、複系統理論），在解釋非西方文化時貼近他們的神話，到最後被肯定的還是神話。美學現代主義作為文學終極目的便是這類的神話結論。[23]

---

[22] 台灣的人類學家中有這種思維的有陳其南一位，詳他的〈台灣地理空間想像的變貌與後現代人文地理學：一個初步探索（上）〉一文。

[23] 詹明信（Fredric Jameson）繼承李維史陀《野性的思維》理論，認為所有文化產品都是這種神話思維，例子包括西方「晚期現代主義下的文學體制」（the literary institutions of high modernism），而現代主義作為「政治寓言」（political

我們的思考出路在於知道詮釋必須有侷限，抵達侷限時接觸的必須是結構。只有這樣的人類學視野下，我們才瞭解，原來方修的文史實踐觸及了「現代性」的結構，承擔了所有「現代性」要命的後果，變成第三世界文學史寫作的「共同詩學」。在西方「現代性」普遍被其他貧窮國度繼承的效應下，他們的文學處境可以用馬華文學來想像。它們的名字我們可能不曉得，可是大概統統可以叫做馬華文學。有人已經為它們寫下了文學史，他的名字就是方修。

引用書目：

Appignanesi, Lisa, ed. (1986). *ICA Documents 4: Postmodernism*. London : Institute of Contemporary Arts, 1986.

Barfield, Thomas, ed. (1997). *The Dictionary of Anthropology*. Oxford, UK and Malden, MA : Blackwell, 1997.

Bhabha, Homi K. (1984). "Of Mimicry and Man: The Ambivalence of Colonial Discourse." *The Location of Culture*. London and New York : Routledge, 1994. 85-92.

Caudill, David S. (1997). *Lacan and the Subject of Law : Toward a Psychoanalytic Critical Legal Theory*. New Jersey : Humanities, 1997.

---

allegory），包裝的就是這種神話功能 （Jameson, *Political* 80）。詹明信後來提出的「國家寓言」，應該系出同源。詹治英法現代主義小說起家，對於現代主義這番理論判讀不可輕視。

Clifford, James. (1992). "Traveling Cultures." *Cultural Studies.* Eds. Lawrence Grossberg, Cary Nelson, and Paula A. Treichler. New York and London : Routledge, 1992. 96-116.

Copjec, Joan. (1990). "The Visual Construction of Sexual Difference." Panel discussion. *Motion Picture* 3.3-4 (1990) : 34-47.

Derrida, Jacques. (1966). "Structure, Sign and Play in the Discourses of Human Sciences." *Writing and Difference.* 1968. Trans. Alan Bass. Chicago : U of Chicago P, 1978. 278-93.

Dosse, François. (1991-1992). *History of Structuralism.* Trans. Deborah Glassman. 2 vols. Minneapolis and London : U of Minnesota P, 1997.

Fanon, Frantz. (1952). *Black Skin, White Masks.* Trans. Charles Lam Markmann. New York : Grove, 1967.

Ffrench, Patrick. (1995). *The Time of Theory : A History of* Tel Quel *(1960-1983).* Oxford : Clarendon, 1995.

Geertz, Clifford. (1967). "The Cerebral Savage : On the Work of Claude Lévi-Strauss." *The Interpretation of Cultures: Selected Essays.* 1973. London : Fontana, 1993.

Geertz, Clifford. (1981). "Local Knowledge : Fact and Law in Comparative Perspective." *Local Knowledge : Further Essays in Interpretive Anthropology.* [New York] : Basic Books, 1983. 167-234.

Guillory, John. (1993). *Cultural Capital : The Problem of Literary Canon Formation.* Chicago and London : U of Chicago P, 1993.

Habermas, Jürgen. (1980). "Modernity--An Incomplete Project." Trans. Seyla

Ben-Habib. *Postmodern Culture*. Ed. Hal Foster. London and Sydney :
　　Pluto, 1985. 3-15.

Jameson, Fredric. （1981）. *The Political Unconscious: Narrative as a Socially*
　　Symbolic Act. Ithaca, NY : Cornell UP, 1981.

Jameson, Fredric. （1986）. "Third-World Literature in the Era of Multinational
　　Capitalism." *Social Text* 15 （Fall 1986）: 65-88.

Kottak, Conrad Phillip. （1994）. "Is There Anything Wrong with the Black
　　Family?" *Anthropology: The Exploration of Human Diversity*. 6th ed.
　　New York : McGraw-Hill, 1994. 336.

Lacan, Jacques. （1963-1964）. *[The Seminar of Jacques Lacan. Book XI.]* *The*
　　Four Fundamental Concepts of Psycho-Analysis. Ed. Jacques-Alain Miller.
　　Trans. Alan Sheridan. New York and London : Norton, 1981.

Lenin, V. I. （1920）. "On Proletarian Culture." *Selected Works*. Moscow :
　　Progress Publishers, 1968. 615-16.

Lévi-Strauss, Claude. （1949）. *The Elementary Structures of Kinship*. Rev. ed.
　　Rodney Needham. Trans. James Harle Bell, John Richard von Sturmer, and
　　Rodney Needham. Boston : Beacon, 1969.

Lévi-Strauss, Claude.（1962）. *The Savage Mind*. [No trans.]　Chicago : U of Chicago
　　P, 1966.

Lyotard, Jean-François.（1979）. *The Postmodern Condition: A Report on Knowledge*.
　　Trans. Geoff Bennington and Brian Massumi. Manchester : Manchester UP,
　　1984.

Lyotard, Jean-François. （1982）. "Answering the Question : What Is

Postmodernism?" Trans. Régis Durand. *The Postmodern Condition* 71-82.

Lyotard, Jean-François. （1985）. "Complexity and the Sublime." [Trans. Geoff Bennington]. Appignanesi 10-12.

Lyotard, Jean-François. （1985）. "Defining the Postmodern." [Trans. Geoff Bennington]. Appignanesi 6-7.

Marx, Karl, and Friedrich Engels. （1846）. *The German Ideology : Part One*. Ed. C. J. Arthur. New York : International, 1970.

Marx, Karl, and Friedrich Engels. （1848）. *Manifesto of the Communist Party. Basic Writings on Politics and Philosophy*. Ed. Lewis S. Feuer. London : Fontana/Collins, 1969. 43-82.

Nicholls, Peter. （1995）. *Modernisms : A Literary Guide*. Berkeley and Los Angeles : U of California P, 1995.

Tee Kim Tong. （1997）. "Literary Interference and the Emergence of a Literary Polysystem." Diss. National Taiwan U, 1997.

Walker, Angus. （1978）. *Marx : His Theory and Its Context*. London and New York : Longman, 1978.

方　修（1968），〈馬華新文學簡說〉。方修，《新馬文學史論集》8-21。

方　修（1973），〈看稿的感想：在新大中文學會主辦文藝創作比賽頒獎禮上講〉。方修，《新馬文學史論集》342-46。

方　修（1974），《馬華新文學簡史》。吉隆坡：馬來西亞華校董事聯合會總會（董總），1986年。

方　修（1975），〈馬華文學的主流：現實主義的發展〉。方修，《新馬文學史論集》354-61。

方　修（1975），〈戰前的馬華文藝〉，李向訪問稿。方修，《新馬文學史論集》397-408。

方　修（1976），《戰後馬華文學史初稿〔1945-1956〕》。吉隆坡：馬來西亞　華校董事聯合會總會（董總），1987 年。

方　修（1986），〈與方修先生一席談〉，愛薇訪問稿。方修，《新馬文學史論集》409-14。

方　修（1986），《新馬文學史論集》。香港：三聯書店；新加坡：文學書屋，1986 年。

方　修（1992），〈也談學習馬華文學史〉。《池魚集》108-119。

方　修（1992），〈形象、思想問題札記〉。《息遊集》。新加坡：春藝圖書貿易公司　，1992 年。63-70。

方　修編（1970-1972），《馬華新文學大系》。新加坡：世界書局，1970-1972 年。10 冊。

方　修編（1979-1983），《馬華新文學大系（戰後）》。新加坡：世界書局，1979-1983 年。4 冊。

方　修編（1993），《池魚集》。新加坡：春藝圖書貿易公司，1993 年。

王賡武（1993），〈評〔方修〕《馬華新文學史稿》英譯本〉。風沙雁譯。方修編，《池魚集》129-31。

朱杰勤主編（1991），《海外華人社會科學家傳記》。廣東人民出版社，1991 年。

江洺輝主編（1999），《馬華文學的新解讀：馬華文學國際學術研討會論文集》。吉隆坡：馬來西亞留台校友會聯合總會，1999 年。

何炳彪，梁慧群編（2008），《方修編著資料輯錄》。新加坡：新加坡國家

圖書館，2008 年。

李廷輝等編（1974），《新馬華文文學大系》。新加坡：教育出版社，1974
　　　年。8 冊。

李慶年（1998a），《馬來亞華人舊體詩演進史》。上海：上海古籍出版社，
　　　1998 年。

李慶年（1998b），〈前言〉。李慶年，1998a：1-34。

周策縱，〈總結辭〉（1988）。《東南亞華文文學》。王潤華與白豪士主編。
　　　新加坡：新加坡哥德學院與新加坡作家協會，1989 年。359-62。

東南亞華人歷史文獻數據化計畫。新加坡國立大學中文圖書館。引用日期：
　　　2009 年 1 月 1 日。http://libpweb1.nus.edu.sg/chz/SEAChinese/
　　　zynr.html.

林　方（1963），〈致鍾祺先生〉。苗秀，578-81。

林建國（1997），〈等待大系〉。《南洋商報》（吉隆坡），1997 年 4 月 18
　　　日，〈南洋文藝〉版。

苗秀編（1974），《理論》。李廷輝等編，《新馬華文文學大系》，第一集。

馬華文學館。馬來西亞南方學院。引用日期：2008 年 12 月 1 日。
　　　http://mahua.sc.edu.my/student/index.phtml.

張漢良（1992），《文學的迷思》。台北：正中書局，1992 年。

張錦忠（1997），〈典律與馬華文學論述〉。江洺輝 229-35。

陳立貴（1991），〈馬華文學史家方修〉。朱杰勤 148-64。

陳其南（1999），〈台灣地理空間想像的變貌與後現代人文地理學：一個初
　　　步探索（上）〉。《師大地理研究報告》，30（1999 年 5 月）：175-
　　　219。

陳應德（1997），〈從馬華文學第一首現代詩談起〉。江洺輝，341-54。

黃昆章（1991），〈記王賡武教授〉。朱杰勤193-210。

黃錦樹（1990），〈「馬華文學」全稱：初論馬來西亞的「華人文學」與「華
　　　文文學」〉。《馬華文學：內在中國、語言與文學史》。吉隆坡：
　　　華社資料研究中心，1996年。13-26。

黃錦樹（1992），〈馬華文學「經典缺席」〉。《星洲日報》（吉隆坡），
　　　1992年5月 28日，〈星雲〉版。

黃錦樹（1993），〈神州：文化鄉愁與內在中國〉。《馬華文學與中國性》。
　　　台北：元尊文化企業股份有限公司，1998年。219-98。

黃錦樹（1997），〈馬華現實主義的實踐困境：從〔方〕北方的文論及馬來
　　　亞三部曲論　馬華文學的獨特性〉。江洺輝，123-33。

黃錦樹（2000），〈反思「南洋論述」：華馬文學、複系統與人類學視域〉。
　　　《中外文學》，29.4（2000年9月）：36-57。

楊松年（1997），〈戰前馬華文學研究的回顧與前瞻〉。江洺輝，255-68。

甄　供編（2002），《方修研究論集》。吉隆坡：董教總教育中心出版，2002
　　　年。

趙家壁主編（1935），《中國新文學大系》。上海：良友圖書公司，1935年。
　　　10冊。

歐清池（2001），《方修及其作品研究》。新加坡：春藝圖書貿易公司，2001
　　　年。2冊。

戴小華，雲里風，謝川成主編（2004），《馬華文學大系：1965-1996》。新
　　　山：彩虹出版有限公司；吉隆坡：馬來西亞華文作家協會，2004年。
　　　10冊。

鍾　祺（1963），〈一首「現代詩」〉。苗秀，574-77。

鍾　祺（1964），〈論詩歌的創作目的：現代詩的批判〉。苗秀，582-88。

† 本文發表於《中外文學》第 29 卷第 4 期（2000 年 9 月）：65-98 頁。

蓋一座房子

　　李永平和蔡明亮同樣出生於東馬砂勝越的古晉[1]，在台灣除了同樣經營某種廣義的現代主義，其他可談的共通點不多。就連現代主義他們亦各有師承：李永平的脈胳是小說，蔡明亮則從劇場走進電影，分屬不同的文類傳統。有所交集只剩他們美學操作的對象，那座叫做台北的城市。在西方，現代城市和現代主義共生共源[2]，到了李永平和蔡明亮手裡，城市巍然成為聖經的異象，有如曠野中昇起的廢墟，空氣中填滿了詭異的啟示。於是李永平的《海東青》（1992）血管一般佈滿了異象綿延的迤迤路線，蔡明亮的《洞》

---

[1] 有關李永平的古晉淵源，詳鍾玲一九九三年〈我去過李永平的吉陵〉一文（24）；有關蔡明亮談起自己早年在古晉的生活，詳一九九九年六月所作的訪問〈定位：與蔡明亮的訪談〉（蔡明亮 62-64）。

[2] 詳雷蒙・威廉斯（Raymond Williams）〈都會感受和現代主義的興起〉（"Metropolitan Perceptions and the Emergence of Modernism"）一文。

（1998）預視了世紀末一場大雨，房子的處境和其他幾部電影中的一樣，不是停水、積水就是漏水，有如**居住**本身出了問題。兩人對居住如此深情，漸在極度的惶惑（Angst）中穿透這座城市的表象看見異象，目睹居住狀態的流離。來到這片廢墟，他們的出生地反而像是不可企及的前世，似乎有什麼東西還留在那裡。他們是什麼時候到來？要往哪裡走去？他們又是誰？何以記憶所及只有廢墟？何以他們只記得未來，而不是過去？

　　李永平《吉陵春秋》（1986）的「時空座標不很明確」[3]，其實不明確的還有作者的時空座標；及至《海東青》同樣的模糊持續，剩下城裡的人（如作者的化身靳五）身世仍舊迷惘。蔡明亮的電影從《青少年哪吒》（1992）到《洞》，總是同一批演員（李康生、苗天）被流放街頭，混跡同是面無表情的人群之中，在這座雨下不停的城市裡疏離。彷彿蔡明亮拍的永遠是同一部電影，只是換了不同的名字，人是同樣一批，換上不同的身分，住過不同但是一樣會漏水或積水的公寓，持續在不同的隱密場合跟陌生人做愛。面貌如此模糊不清的作品與作者提供了批評家們自由心證的方便，他們會很客氣地說，如兩位作者對台北的觀察，有超乎在地人的敏銳[4]。可惜這類恭維的背後難免流於「非我族類」的判斷，在意的是「他們不是我們」的命題，而非「他們」是誰，對「他們」歷史

---

[3] 詳余光中的序文〈十二瓣的觀音蓮──我讀「吉陵春秋」〉（1）。

[4] 如楊棄：「以『僑生』身分從南洋來台求學及定居的李永平寫起台灣果然有其獨到之處。《海東青》寫的分明是台灣，卻處處充滿異國情調」（141）。

身世的考察也就略過。所以儘管我們聽到很多對李永平寫作技巧的
讚嘆，卻沒多少人想過追究從《拉子婦》（1976）到《吉陵春秋》
充滿思辨掙扎的美學歷程，更別說往上追溯他在砂勝越出版的中篇
《婆羅洲之子》（1968）[5]。至於蔡明亮，從劇場創作到電影忙著
應付這座城市帶來的惶惑，最慘烈的時候他甚至看見異象；其他人
住著的房子都沒問題，也足見蔡明亮「非我族類」了。或許吧，其
他人也見過異象，卻沒有人問過他惶惑多久了，是不是從小就是如
此。更沒有人給他做過歷史參照，告訴他這個城市現在流行的問題
不是「為什麼一直在下雨？」而是「你愛不愛台灣？」[6]甚至沒有
人問過他，對於後面那個同樣令人惶惑的問題，他何以沒有反應。
蔡明亮的惶惑看起來沒有身世，那麼《河流》（1997）裡沒有來由
的病變，《洞》中有待命名的傳染熱病，想必是純粹的表演了，一
如電影裡其他的過門和橋段。所以論起蔡明亮的身世，批評家們都
有故作驚訝的表情。這種世故不易探察，就像蔣勳回憶大學時代的
蔡明亮這段話：「他說起馬來西亞，對我來說，十分陌生的南國的
海隅。〔……〕他又似乎說起一位叫『吳岸』〔……〕的馬來西亞
詩人，並且說起他的詩風」（11）。為「吳岸」加了引號，蔣勳寫
道：我「希望沒有記錯」（11），意思是：吳岸？什麼吳岸？以及

---

[5] 感謝陳鵬翔教授提供此書影本。

[6] 試參較楊棄一九九二年評論《海東青》的這段話：「過客般的靳五與台灣本
土則有著顯著的疏離〔……〕。台灣人的主體性從來不曾出現過。擁抱黨國教
義的敘述者與靳五悲眼看著黨國神聖意符的解體，卻也拒斥著近年來蓬勃的本
土論述」（142）。

還有那個⋯⋯什麼「婆羅洲之子」？

　　就算李永平蔡明亮和台灣沒有格格不入，台灣批評界可能已和他們格格不入。兩人既然有介入台灣現代主義的態勢，參與翻新其美學經驗（也是歷史經驗），批評界此刻如果沒有周全的歷史觀照，便是批評界和台灣現實脫節。這裡假設了這樣一個命題：美學實踐（包括現代主義）牽動的是一時一地的文化場景（歷史）；加上台灣繁衍了完整以及多樣的現代主義系譜和生態（小說有王文興、七等生，詩有余光中、楊牧，戲劇有姚一葦，電影楊德昌，美術界更有楊英風等名家），涉及這段文化史考察的現代主義評析，就足讓我們作一段有關台灣**現代性**的小結。很自然其中必見有強烈的**國際**性格，不必等到李永平、蔡明亮等人的入列才能說明。然而這不表示這支美學典範沒有出過問題，尤其在文學場域，李歐梵在一九七九年鄉土文學論戰開打不久便作過批評：「由於對國內和國際的文化和歷史背景缺乏特定的意識，台灣的現代主義歸根究柢是形式重於內容、風格和技巧重於深刻的哲學意義。」（1979/1995：186）這段話意在針砭當年一些現代派劣作，恐怕一併適用於批評界，因為論者對現代主義一味寵愛或敵視，同樣不會有「深刻的哲學意義」。今天台灣學界對現代主義的重估才要開始[7]，不過遲至

---

[7] 具有指標意義的是政大中文系於二〇〇一年六月二～三日舉行的「現代主義與台灣文學學術研討會」。會議上張頌聖發表的論文〈現代主義文學在台灣當代文學生產場域裡的位置〉（2001b），即如此開言：「九十年代初以降，〔台灣〕國內的知識界經歷了戲劇性的變化，對現代主義文學似乎也有重新評估的跡象」（1）。

一九九三年張頌聖（Sung-sheng Yvonne Chang）的專書《現代主義與本土對抗：當代台灣中文小說》（ *Modernism and Nativist Resistance：Contemporary Chinese Fiction from Taiwan* ），書中的審美取向似乎仍凌駕「哲學意義」的探索。她前言部分雖引述了李歐梵前面那段話（Chang 5），在禮讚《吉陵春秋》文字技巧和現代主義的淵源時，仍不出形式本位的理解（Chang 80-87）[8]。張氏的看法後來有了重大轉折[9]，這裡點名《現代主義與本土對抗》純為說明，當年的大環境（尤其是書成的八〇年代），恐怕仍欠缺某些學理準備，足以解釋李永平或蔡明亮的美學實踐在台灣牽動了「時代精神」的「哲學意義」。

　　這裡所謂的學理準備，特別指對現代主義的看法從側重「審美

---

[8] 張氏另一篇發表於一九八八年的論文〈現代主義與台灣現代派小說〉（收於她二〇〇一年《文學場域的變遷：當代台灣小說論》一書），論述則較細膩。她認為《吉陵春秋》不論在「形式」層面上「對語言極度執著認真的態度」，或是小說的「主題意涵」，都是現代主義式的，具有高度的「唯美傾向」（31, 33）。這個判斷基本上沒有問題，不過因為是從**形式**出發，並回歸到《吉陵春秋》和現代主義在**形式**上（包括主題形式）的淵源，很自然就認為小說「高度抽離了社會歷史定位〔的〕指涉」（32）。從小說字面上看《吉陵春秋》確實如此，可是若把小說家操作文字的時地因素一併考慮（何以小說在此時此地出現），《吉陵春秋》的歷史指涉便呼之欲出。詳本人〈為什麼馬華文學？〉和〈異形〉兩篇的討論（林建國 1993a：98-104, 1993b：78-85）。

[9] 詳她自己的批評，如何從《現代主義與本土對抗》一書的「比較文學『影響研究』的框架」，轉進到皮埃爾・布迪厄（Pierre Bourdieu）「文化生產場域」的觀點（張誦聖，2001b：2-3）

經驗」到側重「哲學意義」完全的過渡，最後並建立前面李歐梵指出的「對國內和國際的文化和歷史背景」應有的「意識」。這份意識很明顯是指「現代性」[10]。由於台灣有關「文學現代主義」（literary modernism）的意見，繼承自英語世界對「現代性」的思考未臻成熟的世代，這番「過渡」迄今未見完成。至於英語世界看法的變異，又是八〇、九〇年代的事，與後結構、後現代議題從歐陸的輸入庶幾同步。如果面對這番理論翻洗而又不及沉澱，那些側重現代主義「審美」面向的見解（包括殘存於英語世界的），難免就成為有待解決的問題。於是拆除這支隱身「文學現代主義」中難纏的「美學」神祖牌，成了本文不得不作的論述策略；李永平和蔡明亮的個案，由於須在更棘手的大問題（諸如現代性）的層面處置，意外提供了我們擺脫形式本位的一個出口。既然「審美」面向是路上要搬開的石頭，它便是學理承擔，以及前面說過的「學理準備」（不足）的理由。

　　然而有關李永平和蔡明亮的「離散」性格，以及他們創作上的「現代性」，所涉議題又何其龐大，本文只能從搬動「審美」這塊石頭的角度，試作小小的解析。以下一、二節先行篩檢英語世界的理論參照，平行處置中文世界對「文學現代主義」一些正反兩面的誤會（所舉的例子是高行健和陳映真），第三節再回溯英語世界一

---

[10] 如前面這篇一九七九年的文章所示，李歐梵是中文世界最早將現代主義和現代性放一起思考的批評家之一。直到最近，他仍覺得中國在文化層面的現代性問題未被完全探討（1996：190, 200）；若是，則現代主義的情形應該也一樣。

些尚待克服的盲點（如新批評以降四處瀰漫的美學至上論），以及遲至八〇年代末期才見有的理論翻案，從而指出這類看法如何出自對康德第三批判的誤解，「美學」（至少在康德）又何以是個不能成立的概念。當藝術的「自體性」（autonomy）信仰曾經如此風靡過整整一代的人們，作為一個集體現象，自然就是現代性的問題；唯其把握到藝術實踐的本質，我們才能反身解剖這種「現代性」病變，而這正是尼采的策略。如此一來一往，拆掉的是美學的房子，蓋起的也是一座房子：在我們的個案裡，拆掉的房子是李永平的（第四節），所蓋起的則歸屬蔡明亮（第五節）。希望如此完成的，既是現代主義考察從「審美經驗」到「哲學意義」的過渡，更是「現代性」意義思考的呈現。

一

對於中文世界紛擾的印象，英語世界對「文學現代主義」的討論大致已經定調；所被搬開的「石頭」正是前一代「文學現代主義」的研究典範，代表作可舉 Malcolm Bradbury 和 James McFarlane 初版出現於一九七六年的《現代主義：1890-1930》（*Modernism：1890-1930*）一書。差不多同時，已經有人搬動過「審美」這塊石頭，如英國批評家雷蒙·威廉斯（Raymond Williams），他一九八八年過世前有待付梓的論文集就叫《論現代主義的政治》（*The Politics of Modernism*），開宗第一篇〈何時曾是現代主義？〉（"When Was Modernism?"），便很尖銳地把現代主義視作了結的

公案、完結的事實（fait accompli）。今天在西方（至少在英語世界）談起現代主義，難免就帶有幾分尷尬，Michael Levenson 於一九九九年主編的《劍橋現代主義伴讀指南》（*The Cambridge Companion to Modernism*）前言的開頭便如此自嘲：

> 我們還在叫它現代主義──儘管這樣稱呼一個快速凋敝的文化過氣時代實在反常。
>
> Still we call it modernism, this despite the anomaly of holding to such a name for an epoch fast receding into the cultural past. (1)

Levenson 並沒否認這支典範殘存的影響力，只是認為我們今天的任務不再是成為現代主義者，而是如何不成為現代主義者（1），挖苦的語氣，印證書中 Sara Blair 另一篇文章所說的：「英美現代主義既是被歌頌又是被嘲諷的對象」（157）。現代主義既然成為過去式（至少是完成式），談起現代主義時那種落伍的感覺，便需一番自我解嘲來平衡一下。可是話題若換成**現代性**（modernity）就不一樣，理論家們大可侃侃而談，即便帶進「後現代性」（postmodernity）或是更籠統的「後現代」（the postmodern）概念，現代性還是論述的基調所在。

這種現代主義和現代性的定位落差，未嘗不是現代性思考促成的變化。威廉斯當年便作了區分，用了起頭大寫的「現代主義」（Modernism）指稱一八八〇年到一九三〇年之間西方一個美學現象，取其狹隘定義，屬過去式；起頭小寫（modernism），釋義從寬，泛指廣義的「現代」（Pinkney 28n3），接近我們所稱的「現代

性」。明眼人已經看出此處推衍的馬克思主義理路，是衝著現代主義最為人垢病的缺陷而來：盧卡契所說的現代主義對歷史的否定（Lukács 190）。「現代性」既作現代主義的歷史性解，現代主義的定義便有賴它和歷史的辯證完成。如此定義有兩個結果，表面上兩相悖反，Tim Armstrong 寫道：

> 一個強而有力的說法是，文學現代主義主要出於對現代性的反動。對阿多諾（Theodor Adorno）而言，藝術現代主義的隱晦和艱澀，正是面對商品化包裝後大眾文化的反動。（4）

另一個說法是：「文化現代主義並未規避或挑戰什麼現代性的勢力，反而是透過各種途徑，介入了現代科技、政治的變遷」，淪為資本主義生產體制的共謀（Armstrong 4）。然而如果現代主義同時切掉了它的歷史指涉，這個切除動作未嘗不是「共謀」，意在掩飾它和生產體制的關係，而那個構成現代性的生產體制，便也順理成章成為這番掩飾動作的「共謀」。從這裡現代主義增加了另一個存在的理由（raison d'être）可資「辯護」：現代性真的病得很重，不信可以去問現代主義。所以阿多諾眼中的現代主義藝術難懂，理由除了是對資本主義有所「反動」之外，應該也有前述「共謀」的成份（切掉歷史指涉），造成現代主義的菁英走向既是「品味」並是「習氣」。如此這般，任何人揮刀砍下現代主義的同時，現代性必定中箭落馬，反之亦然。這套批評策略並非馬克思主義專賣，思想家如傅科（Michel Foucault）自六〇年代以降的批判計畫，同樣在面對十八世紀啟蒙思想以來的現代理性思考時，藉著綿密的攻擊，揭

開現代主義種種矯飾的面貌（Ashley 88）。總之，這就是現代主義的底牌：它最不希望你知道的就是它的現代性。

　　當然傅科把啟蒙思想變成廢墟的激進之舉，相當惹惱哈伯瑪斯（Ashley 90），乃起而怒斥傅柯等人為「新保守主義者」（Habermas 1980：14）。對於哈伯瑪斯，根植啟蒙思想的現代性仍舊是個「未完成計畫」，推行途徑是回到藝術取經，把藏身其間的文化資本下放到普羅階級（Habermas 1980：12-13），雖然他同時知道現代主義已死，現代藝術正面對前所未見的危機（Habermas 1980：6）。可見哈伯瑪斯的論述脈胳很是複雜，因為他處理的是現代主義和現代性的內在矛盾，其中進步和反動兩種力量的扞格。可是討論現代主義的基調自此確立，九〇年代以來，西方學界很少不是把現代主義放進現代性的脈胳裡討論（如 Armstrong 1988：4; Bell 1999：9；Blair 1999：166；Delanty 2000：17-19），甚至放到政治的脈胳，如以下兩部文學論著：Andrew Hewitt 的《法西斯現代主義》（*Fascist Modernism*, 1993）處理了詩、國族主義和劇場，Alain Filreis《現代主義從右派到左派》（*Modernism from Right to Left*, 1994）借用詩人史蒂文生（Wallace Stevens）的個案，探討美國三〇年代現代主義和左派份子的美學互動。美術方面，Charles Harrison 介紹現代美術的入門書《現代主義》（*Modernism*, 1997），開頭便區分現代化、現代性和現代主義三個概念（6）[11]；Peter Nicholls 於

---

[11] 實際討論文學和美術的現代主義可詳 Daniel R. Schwarz 的著作《重寫現代主義：現代文學與現代藝術彼此關係之探討》（*Reconfiguring Modernism:*

一九九五年出版的《現代主義流派：一個文學導覽》
（*Modernisms：A Literary Guide*）開宗第一章論述串聯了波特萊爾、
馬克思和恩格斯（6-7）。這種直取現代性的論述格局今天並不特
殊，卻不是 Bradbury 和 McFarlane 二十五年前那本導讀所能想像。
今天的批評家們都知道「現代性」是當年波特萊爾用過的詞彙
（Delanty 19; Nicholls 5），其後本雅明論波特萊爾美學諸篇，無不
環繞這個概念發展（詳本雅明《發達資本主義時代的抒情詩人》等
書）[12]。當歷史性不能切斷，也就證明盧卡契當年在〈現代主義的
意識型態〉（ "The Ideology of Modernism" ）一文中的批判觸及要
害。我們今天都在馬克思的肩膀（或陰影裡）重新認識現代主義。

　　必須說明，重新認識指我們看出現代主義和現代性議題的複
雜，包括其中道德上的兩難和模稜兩可，這裡我們的例子是哈伯瑪
斯，以及他的宏文〈現代性：一個未完成計畫〉（ "Modernity
—An Incomplete Project," 1980）引發的連串辯論[13]。可是盧卡契未
嘗不是個好例子。他舉了卡夫卡，做為現代主義美學「稀釋〔現實
世界的〕實在性」（the attenuation of actuality）的例子，理由是「卡
夫卡把他的藝術才情，全數用在他被惶惑所折磨（angst-ridden）的
世界觀照，以之取代客觀的現實」（194）。這段話聽來像在挑剔
卡夫卡的毛病，實際上盧卡契行文處處展示的是他對卡氏文字的著

Explorations in the Relationship between Modern Art and Modern Literature, 1997）。

[12] 有意思的是，Bradbury 和 McFarlane 琳瑯滿目的書後索引中，並沒有「現代
性」和「本雅明」的條目。

[13] 有關哈伯瑪斯文引發的振盪，詳 David Ashley 和 Georg McLennan 諸文。

迷[14]。當盧卡契寫道：「在其他地方〔其他現代主義作者身上〕技巧僅有形式的意義，在〔卡夫卡〕這裡，技巧面對著這個完全不可思議、充滿敵意的現實時，為我們召引一股蠻荒的敬畏。卡夫卡的惶惑是無以倫比的現代主義經驗」（202），這段話可以確定是溢美之詞。而當盧卡契能在最好的現代主義作品裡，看到卡夫卡式的惶惑源於西方社會的瓦解（204-5），讀者不禁懷疑，盧卡契文末批評卡夫卡不走宏觀視野的寫實主義路線（209）還有什麼意義。盧卡契這樣的堅持顯然建基於某種源於現代性的理性概念（rationality），問題是對於卡夫卡，這種理性只帶來壓迫，造成他的惶惑。此刻對現代性徹底的懷疑，恐怕是拯救現代性的唯一途徑，就像傅柯以他焚燒「現代性」的焦土計畫作為他的「現代性計畫」。而盧卡契不是從卡夫卡的懷疑裡看到現代人惶惑的根源嗎？盧卡契又怎能不重估他和理性的關係？盧卡契的矛盾，必須和他之前面對卡夫卡時的著迷心情視為同一種含混、曖昧的兩難，使得他對現代主義（至少是卡夫卡）的詰難，變成是對現代主義的辯護。

二

在中文世界——特別是台灣——相同的辯論必須考慮張誦聖提出的兩個西方沒有的因素，即「『二度接受』的問題」和「『時程壓縮』的現象」。由於被西方「經典化」在前，現代主義在台灣屬

---

[14] 感謝 Ackbar Abbas 教授一次閒談間的啟示。

於「二度接受」，而「接受」因為發生在一夕之間，旋即促成「時程壓縮」（1988：28-29）。兩個過程都有學院為生發條件，它是「接受」的管道，也是「壓縮」的機制。故現代主義在台壯大之際有台大《現代文學》為其「機關刊物」，突出的是本土現代主義的菁英色彩[15]，並藉著突顯審美經驗的地位，對西方現代主義「本尊」其他特點（如政治面向）作了冷處理。這種選擇性「接受」固然都可找到解釋，我們今天還是作了一些學理承擔，如不時須要澄清現代主義有其「社會性」，或者所謂「美學」的崇高地位云云是歷史因由，沒有本體依據。至於鄉土文學論戰，作為一場政治紛爭多於學理思辨的是非之爭（張誦聖 1988：18），便是這種「學理承擔」的極致，學理問題也就無望在那裡解決。

　　由於論戰尋求的是立即可得的答案，它往往簡化——所以也就加深——各種已被「壓縮」的現象。「時程壓縮」本身的負面效應已夠複雜，難以處理在於「壓縮」發生之後，現代主義被「二度接受」的歷史過程（時程壓縮）又被壓縮，以致無從追蹤。我們若要進行相應的「解壓」動作，便須兵分兩路：一是指出現代主義是以一個壓縮的進程被吸收，再是指出「壓縮」界定了這支美學主張的操作法則，用以隱去其歷史性格。這番隱匿動作，最明顯莫過於它對美學超越時空的歌頌。晚近這套理想主義遭到台灣「文化產業」

---

[15] 晚近相關研究可詳張錦忠〈現代主義與六十年代台灣文學複系統：《現代文學》再探〉。

的夾攻[16]，虛無的商品邏輯來勢洶洶，收編其「主義」、丟棄其「理想」，讓美學至上論提前結束其歷史成命[17]。在學界還來不及反應之前，台灣的市場法則早已手起刀落，肢解了現代主義。

　　如果「解壓」還意味還原台灣現代主義和西方「本尊」之間壓縮得無從辨認的關係，那麼就有必要追究，這種壓縮歷史情境的現代主義性格，是否又出自「本尊」的內在邏輯。如果這樣懷疑合理，則不論我們對台灣「分身」作出多少「解壓」分析，是不可能完全解釋現代主義的邏輯[18]；僅在中文世界檢視現代主義的經驗也就很片面。至於西方學界長期以來「經典化」現代主義的動作，又

---

[16] 張誦聖：「八〇年代質量具有相當水準的小說創作雖然類別甚多，但由於大多和台北市都會生活型態，文藝社圈流傳的思潮時尚，報系出版業的人事動遷，以及『文化產業』賴以繁榮的消費大眾具有絲縷相牽、互依共存的關係，所以實際上呈現著許多底層結構的關聯性。新一代作家雖然受到前輩現代派許多寫作技巧的陶煉〔……〕，但對早年現代派作家熱中的美學原則和認知追求，尤其是他們知性的精緻文化的傾向，卻不見得有所認同。」（1988：21）也就是說，這群「新一代作家」對市場和權力多了一份敏銳，對理想則多了一份老成和世故。

[17] 美學至上論起源於十九世紀歐洲，其「社會功能」等類細，以及它和資產階級社會的辯證，晚近已有布迪厄等人羅列得很詳盡，詳其《藝術的法則：文學場的生成和結構》（1992），尤其是題為〈純美學的歷史性生成〉一章（343-73）。

[18] 陳芳明的定義：「西方現代主義的焦慮來自資本主義，台灣的現代主義的焦慮來自政治現實」（128），以及西方「現代主義是對資本主義的抗拒，後現代主義是對資本主義的接受」（135），都有明確的標籤作用，可是未嘗不是被高度「壓縮」後的解釋。

是另一種壓縮企圖，純粹加深系譜學追蹤的困難，以致現代主義的定義莫衷一是（Blair 157）。今天有必要對這些定義翻案，是因為過去壓縮了一些問題：特別是「美學」本體的定位，可能就是現代主義「壓縮」自己歷史情境的原由。由於所牽扯的哲學維度極為龐大（上下兩三百年的西方現代思想史），西方學界的相關「解壓」動作尚且進行得不順利（詳後），中文世界憑著幾個皮相的論戰自然談不出結果。

這裡茲舉個中文世界的論戰例子解說，順便作「解壓」示範。陳映真二○○一年初發表的宏文〈天高地厚：讀高行健先生受獎演說辭的隨想〉，便針對了高行健現代主義〈文學的理由〉發難，算是陳映真「鄉土文學論戰」寫實觀點的「世紀首航」版。者番故事新編，顯示陳映真多年來對現代主義約簡的看法毫無改變[19]，操作現代主義的兩面手法也就維持一貫。進行方式大略如下：在讚揚西方現代主義的成就時，陳映真不忘批評中文世界如何拾人牙慧，以致學到西方現代主義不事改造和革命的軟弱；如此這般，則西方資產階級社會的墮落本質，便藉由現代主義美學產品在中文世界的複製一傾而出。以下四段話大致按照這種兩面手法行進的順序羅列，全都引自〈天高地厚〉（2001〔上〕：37）：

> 西方現代傑出作家如卡夫卡、喬伊斯、艾略特和福克納，確實深刻地表現出了現代人深沉的愴痛與絕望，震人心弦。

---

[19] 讀者可以比較陳映真七○年代中期寫的〈現代主義底再出發：演出「等待果陀」底隨想〉一文。

　　高行健的文學上極端個人主義，是和西方現代主義思想保
持一致的。

　　現代主義文藝思想的共同特色，是否定文學的社會性，強
調文學的極度個人性。各派別的現代主義都反對現實主
義，反對作品有明確主題〔……〕。

　　〔西方現代主義產生的背景是〕對強大無情的生產體制產
生強烈的忿懣、憎恨和無力感，但另一方面，由於種種原
因，又對革命和改造也徹底失去了信心。

陳映真當然沒忘記，「高行健對現代主義的選擇，極大部分來自對
大陸一九七九年以前，尤其是十幾年極『左』路線的反感而來」[20]，
也就很敏銳指出「法國對他受獎辭的反應恰恰是說其『政治性』很
濃厚」（2001〔上〕：37）。即高行健是以他個人「文學的理由」
向每一個集體概念（國家、社會、人群）叫陣和較勁，自然就隱含
著某種「集體性」見解。正因陳映真咬著「集體性」不放，高行健
「文學的理由」就更像是「文藝」（文學和藝術）「自體性」的理
由了。顯然陳映真假想了這麼一個對立的局面：一邊是「集體
性」，批判著另一頭的「自體性」，隱然是個抓對廝殺的辯證局

---

[20] 李歐梵之前也指出，大陸年輕讀書人集體地逃避集體性，出在對過度狂熱
的毛派政治反感（1996：189）。亦參較哈金二〇〇一年九月廿四日這段在台
北的講話：「我不相信人群，我不相信集體，我只相信個人，因為文學是個人
創造的，這一點是非常重要的，就是說你要成為一個作家，你必須緊緊地站在
你自己的中心，不圍著別人轉」（丁文玲 14）。

面。他所沒認真追究的是，高行健「自體性」文學的理由純為向「集體性」喊話，並無「自體」的存在。高行健的焦慮在於他無法證實真有文學「自體性」這回事，自己反而一直在「集體性」裡掙扎。如果「文藝」的「自體性」不能成立，則陳映真「辯證」地推衍出來的「集體性」概念就成為問題：至少他所堅持的「集體性」和相關批判，極其仰賴高行健的出現提供他的立論一個著力點。其結果是，真正相信文學有其「自體性」的是陳映真，深信「集體性」不能推翻的反而是高行健[21]。

　　其實有關文學、藝術是否真有其「自體性」──即擁有「自在」（in itself; an sich）和「自為」（for itself; für sich）的地位──就西方哲學而言，可以自成課題，不必跟任何「集體性」的概念掛勾。單就美學客體「自體性」就已是康德以降一個西方美學的難題，必須在西方的思想脈絡裡把握；中文世界（如陳映真的例子）傾向將它和「集體性」搭配思考，顯示用心放在後者，和西方的淵源就更晚近，除了要召喚盧卡契，還呼應哈伯瑪斯的「現代性計畫」。陳映真必須如此和高行健遭遇，是中文世界的文學「現代

---

[21] 高行健的論證主要發自創作觀點，包括對「現代性」的選擇性理解，如《另一種美學》前言的其中一個章節即題為「現代性成了當代病」，理由是「理論或觀念主導藝術，〔……〕把方法和手藝革除掉了，〔……〕只剩下一條美學原則即現代性，作為審美的唯一標準。〔……〕為一個美學原則而犧牲藝術，〔……〕現代性恰恰成了這樣一條僵死的原則，把藝術變成了這一觀念的遊戲」（2001：6）。此處令高行健焦慮的恰是「現代性」的「集體性」意義。

性」（作為「集體性」一種）在痛苦地找尋方向；此刻若扯入技術
性同樣複雜的美學客體「自體性」問題，場面就益加失控。陳映真
的痛苦出在他只能無奈地接受（而非論證上建立或否定）文學「自
體性」的存在，而偏偏他對「集體性」堅定的信仰，又建立在他這
種沒有檢驗過的「自體性」認知上。如此介入現代性的思考，有效
性很可疑；我們甚至懷疑陳映真根本沒有討論現代性的能力，更別
說現代主義。哈伯瑪斯的談法（雖然他只提了西方例子），已把相
關問題收拾得差不多，中文世界可以借鏡的地方是，所謂現代主義
自我經典化的動作，主要出於藝術家對現代性的回應（Habermas
1980：4, 10），至少前衛藝術的批判色彩應該如此理解（Habermas
1980：6）。於是所謂「自體性」等問題，在哈伯瑪斯那裡都有現
代性的根源和依據，考慮的範圍遠較完整。相形之下，陳映真對現
代主義的批判負面，問題並不出在帶有現代主義血緣的中文作品，
在道德思維層面就真的那麼薄弱。

　　兩個問題。第一，陳映真所如此深信不疑的「現代性」批判計
畫，其依據又在哪裡？如果是哈伯瑪斯，而被挑戰的又是這麼一個
計畫，那麼文學和藝術的地位又在哪裡？這變成尼采的問題，而哈
伯瑪斯基於對尼采的阻抗（Habermas 1985：85-88, 92-97），並無法
接受這樣一個問題的成立[22]。第二個問題同樣牽涉文學和藝術的定

---

[22] 以下第三節將徵引的倪赫默斯（Alexander Nehamas）〈尼采，現代性，美學
主義〉一文（"Nietzsche, Modernity, Aestheticism"），則是針對哈伯瑪斯這一
點為尼采辯護。

位：美學客體的「自體性」該如何解決？我們以下會做哲學史的爬
梳，證明這「自體性」的建立已經失敗。如果失敗了，文學和藝術
又是什麼——特別在現代性本身可以被懷疑之後？淺顯一點說，文
學和藝術如果沒有了「內在」（「自在自為」）和「外在」的意
義，它們還能是什麼？我們面對它們時又是面對怎樣的客體？這些
問題都帶有廢墟的味道。李永平和蔡明亮的個案——他們在現代主
義裡的經營——似乎隱藏著答案。

<h2 style="text-align:center">三</h2>

　　西方現代主義的擁護者一直深信美學是個已經建立的學門，奠
基人是康德。《文學論》作者之一韋勒克（René Wellek）即認為，
康德「是第一位哲學家，很清楚很確定地建立了美學領域的特殊性
和自體性（autonomy）。〔……〕對康德藝術的自體性當然不全是
新的看法，〔……〕可是卻是從他開始，才首次見有系統性論點來
劃出美學的領域，予以辯護」（Wellek 1970：124-25; 引自 Weber
1988：60）[23]。遲至八〇年代末期，德裔美國學者撒姆爾・維柏

---

[23] 韋勒克和華倫的《文學論》則這樣寫道：「康德以來，多數的哲學家以及
真正關懷藝術的許多人士，他們同意美術，包括文學，皆有其獨特的性格和價
值」（404），從而認為「美的對象，就是那些以其特有性質惹動『我』關心
的東西，而無須『我』用力改造或轉變為我自己的一部分即已受用消耗的東
西」（405）。簡而言之，「文學作品是美的對象，而有喚起美的經驗之能
力」（405）。以下我們將發現這些都不是康德的看法。

（Samuel Weber）才作了翻案，寫道：「康德〔地下有知〕聽到自己這樣被人引申必定很訝異，特別聽到自己被稱作第一位『美學領域』的辯護人」（Weber 1988：60-61）。理由是康德只在《判斷力批判》裡證明了「美學之塌陷」（the foundering of aesthetics），而非「創建」；維柏乃藉著三個聽來相近的英文動詞：「找到」（to be found），「創建」（to found），以及「塌陷」（to founder），追究美學在康德無法成為「系統性研究領域」的理由（Weber 1988：62）。「系統性」在這裡是關鍵字，是為審美判斷力（aesthetic judgment）所欠缺：後者不只沒有「先行規定的法則或概念」（predetermined rules or concepts），也缺了「超驗」（transcendental）的基礎；不能由甲推乙，就不能成為「科學的」、「客觀的」、「認知的」學科，從而不具備「普遍的有效性」（Weber 1988：63）。即審美判斷力不是也不能成為理論和知識；進行審美判斷時我們多半不知所云，除了各說各話、行使「我們再現的能力」（our ability to represent）之外（Weber 1988：65），什麼事情都沒有發生。

　　這種「審美判斷無用論」其實大有用處，而且必須在康德的體系裡才看出意義。然而這卻不是英美文學理論界所瞭解的康德，理由是他們跳過了他要討論美學的理由，並想當然耳地把他對審美判斷力的分析視作是對藝術本體的確立，特別要確立它作為「物」（the thing）的地位（Weber 1988：63-64）。如此，則理論的操作慾望就和康德的體系大相徑庭。對於康德，審美判斷力的功能沒那麼神勇，它只是「反省判斷力」（reflective judgment）的一種，有別

於「規定性判斷力」（determinate judgment），必須從個別性出發尋找普遍性，抵達可用以「規定」（determine）個別客體（particular object）的普遍性。以「玫瑰花很美麗」的判斷為例，「玫瑰花」作為一個概念，由於是普遍性，便不能收納（subsume）這判斷中的個別客體「美麗」（Weber 1988：66），並未真正解釋「美麗」。於是「玫瑰花很美麗」嚴格說是個不能成立的判斷，最多只能說「這朵玫瑰花很美麗」，才符合「美麗」作為個別客體的地位（Weber 1988：67）。於是如果美學要成立，審美判斷力便得找出此個別客體（「美麗」）所不具備的普遍性（Weber 1988：66）。結果是什麼都找不到，或者說能找到的「普遍性」都不能成立，「美學〔也就〕塌陷於它搜尋結果之無從成立以及不能成立的個性之上」（aesthetics founders upon the unfounded and unfoundable character of its findings）（Weber 1988：66）。用白話文說，美學毀於它自己不可能的任務——找出它普遍性立足點的任務。雖此，康德仍為美學所能「找到」的「東西」取了名字，叫做「形式」（form），它可能是「美」本身，也更可能是「崇高」（sublime）（Weber 1988：66）。

可想而知，這種「形式」運作起來並不友善，其作用有兩個：如前所述，它排拒任何普遍性本身必然帶來的收編動作；擾斷（disrupt）各種普遍性概念的功能之餘，還轉變（transform）由它們構築起來的知識體系（Weber 1988：67）。至此康德有關「美」的分析確定沒有結果，已經移位為有關「崇高」的分析（Weber 1988：67）。同樣地，美的「形式」因為不能收納個別性，也移位

為「崇高」的「反形式」（unform）（Weber 1988：68）：「崇
高」之所以是「崇高」而不是「美」，因為它徒具「反形式」。維
柏這樣解釋了康德《判斷力批判》從「美」到「崇高」理論抉擇上
的變化：

> 康德行文中逐漸被迫讓美的形式和客體掛勾，以及被迫從
> 崇高的非客體性衝突（nonobjective conflictuality）中
> 找出元一的異體性（the alterity of the singular）。將
> 元一收納於一個非客體普遍性之下這項美的形式所不能完
> 成的任務，現在似由崇高接下來了。（Weber 1988：68）

這段話的玄機藏在這裡：美作為「形式」既然有其「一貫性」
（uniformity），不免需要概念一類的功能來確保其「形式」的「統
一」（unity）（Weber 1988：69）。如此向普遍性輸誠，大大違反
「形式」與生俱來的「元一性」，具體而微展現在前面說過它「對
概念化的排拒」裡（Weber 1988：68-69）。維柏指出，康德因為在
「形式」的這兩種性格之間擺盪，才讓他悟出審美經驗裡特有的
「反省判斷力的超驗原則」（Weber 1988：68-69）。運作情況是：
作為審美主體的人面對著元一的異體性時（例如大自然本身不可化
約的異質性），總在假設這是個思考對象的「客體」、假設了「普
遍」與「個別」之間的連續（Weber 1988：69）。

　　如此，我們便從「崇高」之中退回「美」的境地，本來不可把
握的統統都被假設可以把握了。這情況下，元一當然完好如初，沒
有被思考碰觸而淪為「客體」；另一方面，審美作為「反省判斷
力」──從「個別」推及「普遍」的能力──又僅僅完成放棄「個

別」而去假想「普遍」這樣一個動作。這時所能被「反省」（反思）的不再是任何客體，而是這種假想動作的理由；這理由無他，就是審美主體的慾望（Weber 1988：69）。所謂藝術的「自體性」概念，就是這種被假想出來的客體，其本源就是慾望。

　　同樣的命題也可以倒過來理解：慾望亦和審美過程中的「反省判斷」共享同個運作邏輯，理由是「慾望蘊涵著反省〔判斷力〕的元素」，「是反省判斷力的『另半張臉』（the "other side"）」（Weber 1988：71）。雖然維柏此處對康德紛雜的「慾望」概念及其流變作了一番爬梳，特別提及康德「慾望官能」（the faculty of desire; Begehrungsvermögen）的概念（Weber 1988：70-71），維柏想要解開的還是拉康的康德淵源[24]。維柏英文版拉康論《回到佛洛依德》（*Return to Freud*, 1991）附錄之末，便說精神分析中的被分析者（analysand）正是這種主體，跟所有審美主體（如文評家）一樣，面對「個別之物」（the particular thing）時，總在假設一個能知主體（to suppose a subject that knows），一個擁有所有答案的對象，這種思考模式界定的是康德所提出的「反省判斷力」（Weber 1991：181）。運作時，它只展示主體行使判斷的「法則」（law）（Weber 1991：182）：意即在審美判斷中，沒有所謂審美客體的「自體化」──更確切說，所謂的「自體化」必然發生，用以揭示

---

[24] 按「慾望」（desire; désir）是拉康新鑄的概念，他所選用的德文對應字正是 das Begehren（Lacan 286），因此意義上必須和佛洛依德使用的 Wunsch 區分（Laplanche and Pontalis 481-83）。

主體無意識的操作。

維柏這番對康德的疏理，又未嘗不是拉康（而且只有拉康）才能提供的導讀。談美的問題——包括它種種的可能與不可能——變成是談人的命運；或者說得更有趣一點：美學問題是無人能逃避的命運。而當現代主義以「自體化」之名，將美學推到前所未有的地位，也就說明主體進入了前所未見的危機。理由很簡單：如果美學必須這樣辯護，人又還有什麼希望？這裡我們應該嗅到一點點尼采的味道，他最慣常使用的鄙夷用語是「我們這些現代人……」（Nehamas 242）。於是在這樣對美學的檢視裡，我們面對的應該也是現代性的危機。

英美文學理論界有很長一段時間，對思考這種大題目的必要毫無自覺，可以想見問題不出在他們沒有什麼美學常識，而是毫無厚實的主體理論。法蘭克・藍特里加（Frank Lentricchia）的名著《新批評之後》（*After the New Criticism*, 1980）便說過，英美世界從康德的第三批判開始，歷經柯立芝、叔本華、休姆等人而新批評，建立起來的審美經驗越走越狹，最後還切斷和促成「整個人生經驗」（human experience at large）種種條件的關係（70）。藍特里加雖未多加明說，我們知道這些「條件」應該包括了歷史性（或現代性）。缺少它們，這種美學模式只能建立在一個自我掏空（self-dispossessing）的主體信仰上（Lentricchia 71），其淵源是笛卡兒的沉思主體（71-72）。當胡塞爾的超驗主體沾染了相同的形上學血緣，一經德希達（Jacques Derrida）《話語和現象》（*Speech and Phenomenon*, 1967）的解構，一併被解決掉的還有英美傳統兩百年

來的美學假設（Lentricchia 72）。

藍特里加的論述如書名所示，旨在追究英美新批評如何被統稱「後結構主義」的法國當代思潮終結；德希達不過是其中一名湧入的終結者而已。可是終結新批評的美學假設（如果已經終結），並不等於終結形上學；單單說現象學被「終結」了[25]，還是有點誇張。何況新批評終老安息，並不意味英美傳統中的美學假設（「中空」的審美主體和「獨立」的審美客體）[26]真的就廢了武功。那麼多當代西方哲學的分流之中，現象學一直都和這種美學假設投合，尤其當現象學談「超驗本我」[27]、倡議「回到物自身」。其中又以日內瓦學派對現象學的介入最深、影響最大[28]，和他們亦深有淵源的批評家便包括韋勒克（Magliola 7）。

不幸的是，這種與現象學的合流，投射的還是審美客體「自體性」論者的慾望，和現象學的關係其實貌合神離，以下兩個批評家的例子可資說明。其中羅曼・因卡敦（Roman Ingarden）是致力於

---

[25] 藍特里加寫道：「德希達之後，我們無法避免要問：現象學這種東西是否還存在〔……〕」（Lentricchia 79）。

[26] 例如，藍特里加便評述道，米勒（J. Hillis Miller）的解構批評志業之一，是勾勒其業師、日內瓦學派批評家喬治・普雷（George Poulet）這種「美的歷程」：「從一個自由自在、自我封閉詩意客體的美學主義，推移向一個歌頌自由自在、自我封閉主體性的孤立主義」（Lentricchia 75）。

[27] 按胡塞爾 transzendentales Ego 一詞倪梁康譯「先驗本我」（109）。本文所引的其他現象學術語中譯將參照倪譯。

[28] 尤詳馬樂伯（Robert R. Magliola）《現象學與文學：一個導論》（*Phenomenology and Literature: An Introduction*, 1977）一書第一、二章。

文學作品本體地位最深的一位，韋勒克在《文學論》中的觀點深受他影響（Magliola 107）。馬樂伯在分析因卡敦《文學藝術作品》（*Das literarische Kunstwerk*; *The Literary Work of Art*）一書時發現，因卡敦在最根本的概念層次其實與胡塞爾有所分歧。例如，為了「促成文學作品的本體理想性（ontic ideality）」，因卡敦必須賦予客體（objects）相應的理想概念（ideal concepts），並是超越（transcend）意義的那種，以致意義並非理想性，這點便有違胡塞爾《邏輯研究》中的看法（Magliola 113）。可想而知，因卡敦為了建立文學作品的「存在論」／「本體論」（ontology）（Magliola 108），在抨擊胡塞爾堅定的「唯心主義」／「觀念主義」（idealism）立場時便毫不手軟（Magliola 115）。如此這般，用現象學來鞏固審美客體的「自體性」，就因卡敦的努力而言，大致已經破局。另一位批評家米開爾・巨斐仁（Mikel Dufrenne）的論著《審美經驗的現象學》（*The Phenomenology of Aesthetic Experience*）企圖心同樣宏大，關懷同樣放在審美客體的「自體性」（Magliola 152）。他特別認為「審美客體擁有內在於它自己的真理，而這真理既是具體的又是形式的（風格的）」，一來它反類實（verisimilitude）、排拒外在現實的在場，其次反再現（representation）、不問是什麼客體受到觀照（Magliola 151）。如此執著的判斷，使審美客體的理論就地瓦解，馬樂伯論道：

> 審美客體其內承載了一個表意性的核心（a core of expressivity）〔……〕；如是，它則有如一個「自為體」（"for-itself"）。然而我們也看到了，審美客體

又有其作為「自在體」（"in-itself"）的頑強性格，並將自然吸納進入它自己的「世界」。審美客體於是成了一個「自在體的自為體」（"a for-itself of the in-itself"），或說得更好一點，它是一個「類主體」（"quasi-subject"）。（Magliola 152）

即審美客體越是要將「自體性」推至極致，便會發生這種主客體間的互通，甚至互換。可以想見，巨斐仁最後必須借用海德格來解套，以存在作為主客二體的共性（Magliola 150-51, 154, 171-73）。於是，審美客體的獨立性格如果可以成立（至少以巨斐仁的案例而言），此客體終將沾上某種主體特徵，從而斲傷其獨立性格，審美「客體」的概念也就一併要遭到存疑。

巨斐仁轉向海德格尋求理論周濟，我們大可不必意外。二十世紀後半西方哲學界對藝術的思考影響最深遠的人，大概要數海德格，我們今天仍然活在他的陰影裡。不過也因為海德格的影響，我們似乎較能從種種審美客體「自體性」的命題裡抽離我們的同情，理由是我們現在的參照是「存在論」，而非學理地位極其可疑的「自體性」。可疑在於它被注入太多慾望；它本身就是這些慾望的呈現，而在種種關於「自體性」的學理推敲之中，慾望是唯一未被分析的課題。在海德格那裡這問題同樣沒有解決，只是暫被「存在」這樣一個類神學的概念寄養。論者多有指出海德格的存在論不過是一椿「沒有神的神學」（a godless theology）[29]；從不同立場批

---

[29] 這是德國學者托瑪士・任茲什（Thomas Rentsch）於一九八九年提出的說法

評過海德格主觀色彩濃厚（即對社會現況有所忽略）的還有漢娜・鄂蘭（Hannah Arendt）（Benhabid 53, 104-5）以及盧卡奇（"Martin Heidegger" 273）。後兩人的批評也間接解釋了何以我們今天所瞭解的「現代性」議題，多半不在海德格那裡解決。如果前面說過，審美客體「自體性」一議的出現，說明主體進入了前所未見的危機、表徵的並是現代性的危機，那麼單憑「存在論」來作相關回應的確顯得很薄弱。可是我們也知道，審美客體的「自體化」作為慾望的操作必然發生，只是發生的理由（也是慾望的理由）一時成謎。如果「自體化」可以辯護，那也因為我們都被藝術和審美客體的「存在」所惑：它們為什麼出現我的面前？何以那麼吸引著我？藝術意義之謎不能解決，「我」的意義當然也不能解決；這樣一個謎題一旦持續無解，審美客體「自體化」為了解開謎底，乃以幾何級數加劇，往下俯衝。

　　這裡勾勒出的正是我們所處現代性的一個特性：我們都有一個無比龐大的（唐吉訶德式的）慾望，以便全稱地把握我們所處的是怎樣的地方、怎樣的時代（Nehamas 235）。「自體化」議題便有這樣的現代性淵源，可是當它持續是個謎題，又可能揭櫫現代性本身出了問題，特別在現代性的自我診斷能力方面。這時尼采可以進場了：終其一生，他對一般人對「真理」的信心沒有停過撻伐，特別是對那種沒有保留的信心，然而他同時知道，這樣的信心又沒有被剔除的條件（Nehamas 239）。尼采這裡所懷疑的正是「我們這些現

（Benhabid 106）。

代人」自我診斷的能力——進而懷疑這樣一個時代（我們所鍾愛的獨特的現代）是否真的存在（Nehamas 242）。有了這樣的懷疑，他自然無法（也不屑）提出任何有關「真理」的理論（Nehamas 240）。問題來了：如果沒有這麼一套真理的「廣義理論」，尼采又憑什麼作他的是非判斷？為了這個問題評論家們吵翻天（Nehamas 240-41）。倪赫默斯〈尼采，現代性，美學主義〉一文（ "Nietzsche, Modernity, Aestheticism" ）的意見是，前面這個問題操作的是「蘇格拉底式」假設，用到尼采身上並無效力（240）。理由是尼采並未真的放棄「真理」，只是他知道不論怎麼做，就算對「真理」微微點個頭，他所憎恨的柏拉圖（還有蘇格拉底）對所謂「真理」無限上綱的膜拜，就會被借屍還魂（Nehamas 241）。尼采所要放棄的是「一個單一、全包的體系」（a single, all-encompassing system）；面對現代性也是如此：對於尼采，「所有的批評都屬內在，現代性不能整個地被批評或者合理化，並且也沒有任何根本上翻新的時與地可以存在於現代性之外」（Nehamas 241-42）。

　　倪赫默斯的分析是，尼采這種充滿弦外之音的「否定」真理之道，源自他對美學的看法。即藝術實踐本無是非對錯之分，特別當我們採用某一「個別風格」時，並無需傳統風格本身來檢驗對錯。反正傳統風格存在就是，我們也只能接受它的存在，是為我們一個無法規避的「情境性教條主義」（a conditional dogmatism）（Nehamas 243）。如此，藝術實踐實際上在幫助尼采界定了「真理」處於「善惡之外」（beyond good and evil）的「立足之地」。於

是這樣的藝術實踐也必有如康德的「反省判斷力」，只在「個別性」而非「普遍性」裡活動。如果忍受「情境性教條主義」是我們的命運（fate）（Nehamas 243），那麼我們大可透過相同方式，忍受著審美客體「自體性」這種大錯特錯（因為經不起檢驗）卻又必然存在的教條主義。這麼忍受的同時，我們也在行使「我們再現的能力」（our ability to represent）（Weber 1988：65）：從中我們除了反映自己的慾望（Weber 1988：69），也在循著這樣的「藝術模式」（不論創作還是審美），再現我們和生命世界的關係。

　　如果藝術在海德格是「存在論」式的安身立命——借他的用語，是詩意地活著，或者去蓋一座房子——那麼尼采之後，等於要把房子蓋在一個「善惡之外」的方外之地。這等於說，我們還是得忍受藝術所謂的「自體性」，可是也必須將之拋諸腦後頭，否則存在本身將被徹底遺忘。

四

　　至於李永平和蔡明亮，隱然指向的是尼采之前、之後兩種不同的藝術信念：一個仍在「自體性」裡掙扎，一個則蓋著一座方外之地的房子。

　　先談李永平。李永平的大部頭小說《海東青》，取材和敘事呼應的是喬哀思的《尤利西斯》，王德威即說：「靳五的迤邐，像極〔……〕布魯姆在都柏林的逛遊」（1992：15）。兩部小說都極盡文字雕琢之能事，都強調文字的音樂性，都炫耀學問，都面對孤獨

與性的虛無，都畏懼女人。可是相同只是表相，因為喬哀思多變的文字全被惶惑穿透，刻薄的表面暗藏這種文字殺傷力，使喬哀思在現代主義的血緣上比李永平更接近卡夫卡；盧卡契對卡氏所有正反評價也就一樣適用。只是喬哀思令盧卡契不滿，在於他耽溺於形式主義的遊戲，取用希臘史詩的素材（尤利西斯）卻未見史詩的架構、視野和力道；有也是靜止的人與事，並無任何發展（Lukács 188）。在盧卡契，史詩架構是寫實主義的構成要件，為了這樣的美學認知（不全是道德認知），他以摧毀現代主義為「志業」。這番作為雖已失敗，卻無礙我們追隨他的影子，討論現代主義時堅持與一個整體的時代視野（如現代性）掛勾，何況 Gerald Delanty 也說《尤利西斯》讓我們看見「現代性和歷史之間的藤蔓糾葛」（18），彷彿它就是一部「現代性」導覽。

　　相形之下，《海東青》的疲憊多於惶惑：其過度表演的文字變成疲勞轟炸，小說僅有的的情緒隨之削弱。留意王德威這段話如何把《海東青》的文字問題和小說視野的不足作了聯想：

> 李永平經營文字如此用功，往往產生過猶不及的現象。許多古靈精怪字眼初睹新意十足，數章之後，竟自成為一種新窠臼。另一方面，整個的海東青寓言景觀發展卻未見完全。（1992：15）

如此這般，盧卡契所有對《尤利西斯》的負面批評都適用於《海東青》了。然而《尤利西斯》至少維持了它對史詩架構的嘲倣，仍有文學史視野的假設在場，《海東青》則幾無佈局可言──至少書中的「寓言景觀」就沒有。小說只忙著尋找情節，拼湊各種風格的同

時，李永平把《海東青》寫成他的學徒小說。

　　《海東青》真正沒有發展的地方是它的道德觀：小說對性的嫌惡、對小女孩近乎病態的保護、對國父銅像不停地鞠躬等動作都沒有論證，使人想起道德思辨同樣停滯的《吉陵春秋》。王德威說這不是原鄉小說，而是製造原鄉神話的小說，是對原鄉傳統的敬禮與嘲諷（1993：270-73），三言兩語道盡了李永平的問題：即李永平確實是相信原鄉的存在，而非王德威所說的「自覺性的矯情安排」（1993：273）；為此他受苦，像無法從書堆脫逃的唐吉訶德（或波法利夫人）。受苦因為他在貫徹現代主義一個中心信仰：藝術作為藝術存在的權利（das Existenzrecht der Kunst als Kunst）（Habermas 1980：10），據此打造出來的原鄉神話必須視作藝術本體。如果這番努力可以降低他面對自己社群瓦解的壓力──如果藝術本身足以克服他「生命世界」裡的危機，他就獲得救贖。然而結果是藝術變成神話，這種導引他到這個地步的美學暴露自己道德上的虛無。《吉陵春秋》讓我們看到這種現代主義的貫徹與瓦解；一直到寫《海東青》，他還是沒有走出去。

　　一個強烈對比是李永平的「少作」《拉子婦》短篇小說集。書中大部分小說以英國殖民地砂勝越為背景，雖然題材各異，各篇拼湊起來還是有一個社群的印象。那是大河史詩型小說的雛型，我們似乎看到一個村落的具體存在，感受到它像河一般流動的歷史，甚至戰火下生活這村落裡的悽惶。相較於《婆羅洲之子》的世界（一部有關原住民長屋內身分認同的小說，以部落的宇宙觀觀照人世），《拉子婦》象徵李永平現代性的啟蒙，見證屬於李永平「生

命世界」裡的社群及其面貌的湧現，並因政治等動亂因素造成它實
體的瓦解。及至《吉陵春秋》文字的雕琢，我們才發現李永平的企
圖變小了：之前從《拉子婦》微微透出的惶惑情愫，那個村落的格
局，絕不是《吉陵春秋》的原鄉模型所能比擬的。《吉陵春秋》的
寫作見證李永平「生命世界」裡的社群的瓦解；這樣後天失調，使
他在《海東青》裡面對台北時失去著力之處。這個繁複的異象之城
不可能是什麼「原鄉」，更不是誰人的「部落」；它並不友善，它
是美學的虛無。

　　這是怎麼回事？首先，李永平的現代主義師承嚴格說不是西
方，而是台灣。《海東青》是李永平的美學實踐和台北遭遇的故
事，無意中暴露了他台灣本土型美學現代主義的危機。就像感冒有
本土型病毒，這種本土型現代主義特指那種出自台灣學院外文系、
對西方本尊作了選擇性閱讀的信仰意識，取的是「美學」意趣，捨
棄的是焦慮部分，結果為危機埋下伏筆[30]。這個說法，不在評斷台
灣各個藝術領域（包括文學）的現代主義成就，而在批判這種出身
學院的「自體性」信仰。它何以能在台灣落地生根，可能又是複雜
的現代性問題──複雜首先在於，現代性議題的考量完全自此信仰
中匿跡。

　　當然「現代性」的在場能在過去一些美學信念被作「橫的移
植」時置入括弧，可能就說明了台灣現代性情境的某些狀況：例
如，這還是一個未全自覺到「現代性」議題嚴重性的社會（雖然現

---

[30] 詳本文第二、三節。

在意識到了）；作為一個社會，它還保有西方已漸在消失的「社
群」意識[31]，宗親假設極強的本土意識及其規範（prescriptive）意

---

[31] 與現代性遭遇，造成非西方傳統社會「社群」概念的逐步瓦解，已經是常
識問題；相關效應哈伯瑪斯也交代得很清楚（Habermas 1985: 83-84）。社群的
瓦解，不只具體顯現在「聚落」（settlement）單元的抽象化，也衝擊高度仰賴
「聚落」概念發展而來的人類學。建築學者郭肇立寫道：「傳統人類學對文化
傳統所隱含的地域自主性，在世界文化高度交流、電子通訊流暢、空間交互重
疊的今日，已受到挑戰〔……〕，原有地域與宗教基礎的聚落單元，不論鄉、
鎮、村、庄或角頭，已不受限於範圍，土地與血緣不再有決定性〔……。〕另
外從親屬制度與聚落建築空間的關係這一方面來說，在專業分化的現代社會
裡，家族聚居共同生活的可能性越來越小，『分房』的觀念逐漸變成『分錢』
的活動，取代了土地與建築空間上的語意關聯性。同時另一方面家族化的現象
也越來越淡薄，子孫分散各地，建立共同祀產或祖祠的習慣逐漸被簡易的個人
『紀念物』或相片錄影帶等取代了。在現代社會裡，我們無法否認的是：親屬
關係變得越來越抽象了。」（13）意即原有的「社群」概念因為這樣的抽象
化，已劇烈被稀釋。人類學者陳其南於一九九九年談到更具體的台灣狀況：
「台灣在過去三十年間的改變，不只在於空間的感覺形式，在傳統的社會生
活、經濟生產和社會關係層面，套用哈維〔David Harvey〕的形容詞，也是一
種變天（sea change），尤其是在鄉村地區。」（183）他並以自己農家背景見
證道：「工業化和都市化的實質空間改變，腳步雖然沒有真正踏到我們的村
莊，可是一種不易被意識到的影響力不僅已經在自家門口，甚至重重地擊倒了
許多像我父親這種胼手胝足一生的優秀農夫。〔……〕我自己也只有在歷經漫
長的求學和研究過程之後，回過頭來看這一切，才發覺原來這個力量是來自千
里之外的另一個世界中心，以勢如破竹的速度橫越太平洋大西洋，直接進入到
每一個農村家庭中，改變了家庭的經濟關係和社會關係，也改變了人的價值。
這就是全球化的資本主義力量」（184-85）。留意陳其南是說「一種不易被意
識到的影響力」「已經在自家門口」，其效應不必是傳統社群肉眼可見的消

義下的「台灣文學」就是一例。如果私有財產制度的建立，像馬克思、恩格斯在《德意志的意識型態》所說的，必須以社群的毀棄為前提（Marx and Engels 80），則「社群」概念在台灣一息尚存，便表示資本主義及其價值觀，並未全取代台灣人的倫理體系（可是也快了）。這種對宗親社稷的倚賴，Anthony Giddens 說（不帶價值判斷）是前於「現代性」（101-3）。這種「前現代」情境應該很好解釋台灣當年所繼承的現代主義，何以跟現代性的思考典範有所脫勾。李永平因了歷史的因緣際會作為一個社群已經瓦解的人——作為一個離散（diasporic）的歷史主體，意外觸發了台灣這種文學現代主義最脆弱的一面：它與現代性在思考上的失聯。他遂暴露這支美學典範的虛無，張皇地面對它呆滯的眼神，最後自己一個人在那裡受苦，臉上痛苦的神情寫滿現代性。在這樣和現代性的遭遇裡，李永平被藏身在西方現代主義的惶惑和焦慮遙遙呼喚。然而他沒聽見；選擇了一個這樣虛無、狹隘的美學信仰之後，他失去訴說惶惑的語言；虛偽的道德教條（如他小說裡各種性的禁忌）遂掩過他其他可能的倫理選擇（譬如哀愁與痛哭），去完成一個沒有爆發力、又充滿妥協的美學現代主義。這是更大的悲哀，隱藏在他的小說裡，而且沒有人知道。李永平的美學命運，終於這樣和這麼一種本土型病毒的宿命合而為一。

失，而是發生在社群個性結構性的改變。改變一旦進入結構的層面，改變也就比想像中的還全面和徹底。這樣和「現代性」遭遇，傳統社群只有走上「去鄉村化」一途（陳其南 187），就算社群還在，也不一樣了。

五

　　至於蔡明亮，他也跟台灣現實一樣疏離，只是這疏離是透過一個電影語彙展示：電影中之物體。對於蔡明亮，這重要之物是房子（公寓），所扮演的角色比人還吃重。跨身劇場和電影，最後並在電影場域裡流連不去，可能就是因為他無法將所鍾愛的房子搬入劇場。我們無法想像舞台上有一座漏水的房子；只有在電影裡，它漏起水來才像是一個角色在獨白與哭泣[32]。

　　雖此，蔡明亮電影中的人們一律對房子的意義感到迷惑。常常是一個破碎的家面對著一棟頑固的房子（頑固，因為不停地落雨、掉淚），人猥瑣地住在裡頭，彷如房子的寄生蟲。《青少年哪吒》、《河流》和《洞》的房子因為一直下雨和積水，命運跟人相互浸潤，似乎還帶有濃厚的感情（哭泣需要感情；想想王家衛的《重慶森林》也有一棟這樣的公寓），跟《愛情萬歲》冷漠的房子形成對比。影片中房子和人的關係最為分裂，表面上房子被人買賣（楊貴媚是房屋仲介小姐），事實上沒有人動得了房子（除非在玩大風吹）；人偷住裡頭，它總顯得大而無當；在裡頭做愛，總覺房子猥褻。這不是一所居住用的房子。[33]然而作為一所待售的房子它也很奇怪，因為沒人將之買下，其地位有如一所賣不掉的房子。因

---

[32] 電影批評家安德列‧巴贊（André Bazin）多次指出，電影鏡頭讓佈景和道具等類物件有其自主的生命，是為電影和劇場其中一個重要的分野（90-91, 121）。

[33] 張小虹乃分析道，電影中只剩下了「家的遺跡」（98-99）。

為永遠待售（或者可以不停轉售），所以就永遠拒絕被售。它遂沾上商品這種永恆的性格：一旦可以被賣，就沒人可以永遠將它擁有，或者（有點不符邏輯的說法）永遠將它買下。那麼又是誰販售這種性格上自我悖反的東西？問題的答案恐怕不會是任何個人，因為這種自我悖反之物所能定義的是不可能的主體。於是任何能夠販售它的人都是代理人，他們既買不起，如果要買也看不出目的在哪裡。當只有這些東西的性格不會改變，而人又只能在這些東西裡周旋，我們開始懷疑實際上是這些人被東西擁有，是他們被永遠買下，是市場擁有了他們。

那麼他們又是誰？因為除了家人之外，他們沒有別人，甚至有的沒有家人。他們的社會關係，只由這種房子來決定；這種房子的社會關係定義了他們的身分。任何社群信仰（諸如「本土意識」）也就失去這座城市，宗親的概念自房子的意義退出，讓這種房子的關係組成了這座城市。然而這認知未免過於嚴峻，因為不論資本主義如何滲透，這層房子的關係還不全涵蓋我們今天在台北經驗到的人際關係。至於明天，就不太確定了。也許蔡明亮是在看到台北的未來？（要不然，就是他發現資本主義的本質……，可是有差別嗎？）發現這個本質之後就有如透視所有的命運、所有的未來，就是看不見現在。他和這座城市，開始格格不入。

蔡明亮其實也和這城市的人們格格不入。他對城市房子的瞭解甚於他對那裡的住民。他總是透過房子來瞭解人，一如他透過摩托車、公路、雨水、人週遭的噪音。這些都是帶著某些意志的東西。人是這些東西的一種，他們身上最強烈的特質是性慾；做愛時不像

動物，比較像物與物在做愛。必要時，人可以跟它們來那個，就像《洞》裡的李康生把他的腿插進地板上的洞裡去，差點還拔不出來（欲拔不能）。

《愛情萬歲》常被拿來和安東尼奧尼的《情事》（*L'avventura*）比擬，因為結局主角都在哭泣，可是安東尼奧尼影片主角哭泣，因為牽涉斑駁的感情，帶有複雜的情緒。蔡明亮卻沒有真正處理過愛情；他大概沒有能力處理，因為他不太能處理人。雖說安東尼奧尼的人物較布爾喬亞，蔡明亮較普羅，還是推不掉蔡明亮人物薄弱的事實。人物薄弱，只抽剩物性，等於說蔡明亮並不瞭解台灣的人們。

可是這並無礙我們瞭解蔡明亮面對著的是存在的焦慮，而房子成為他唯一用來應付焦慮的憑據。關於房子的本體地位，海德格這樣說過：我們不是蓋了房子才居住，我們蓋房子是因為我們居住（Heidegger 326），甚至蓋房子就是居住（324）。可是在蔡明亮的電影裡，人和居住的本質分離；他的掙扎是要在這個極其陌生的世界裡重建居住[34]。如是，他首先必須恢復居住的記憶。而居住又只能是一群人的事；這點可能稍稍有別於海德格的看法，因為一個人很難叫做居住，一個人的存在，常常並是充滿焦慮及懷疑的存在。一群人在一起居住叫做社群，它突然自記憶裡消失，這對蔡明亮影響太大了。這並不是說，他來到了新的社群（台北）而開始想念舊

---

[34] 漢娜・鄂蘭曾經評論胡塞爾，說他嘗試「在這已變得陌生的世界裡，再次魔幻地召喚一個家」（引自 Benhabid 49）。

的社群（古晉），這說法仍假設社群對他而言並未消失。消失的意思就是消失，你不會記得它的樣子；現在看見也不會認得，你只記得未來。社群消失以後，你也只記得房子，最多是你和家人脆弱的關係。因為只清楚記得未來，你具備看見資本主義末世廢墟的靈視。你會看見異象。《洞》裡沒頭沒腦的楊貴媚歌舞場面，跟故事情節無關，電影劇本說是夢的場景，可是並沒有說是誰的夢。既然蔡明亮的電影最重要的主角是房子，那麼必定是房子在作夢。離散美學的意思是，那是一種只在這類夢境裡發生的美學，你的社群消失了，你看見資本主義的異象，然後你一直覺得你是一棟漏水的房子，昨天晚上還夢見歌舞。你心中充滿很多啟示，你甚至看見廢墟升起。

參引文獻：

[電影]

Antonioni, Michelangelo, dir. *L'avventura.* Cino del Duca, 1960.

蔡明亮，《青少年哪吒》，台北：中央電影公司，1992 年。

蔡明亮，《愛情萬歲》，台北：中央電影公司，1992 年。

蔡明亮，《河流》，台北：囓舍電影事業有限公司，1997 年。

蔡明亮，《洞》，台北：中央電影公司，1998 年。

王家衛，《重慶森林》，香港：澤東電影事業有限公司，1994 年。

[書籍]

〔沃爾特・〕本雅明（Walter Benjamin）（1957），《發達資本主義時代的
　　抒情詩人：論波德萊爾》，張旭東、魏文生譯。北京：三聯書店，
　　1989 年。

皮埃爾・布迪厄（Pierre Bourdieu）（1992），《藝術的法則：文學場的生
　　成和結構》，劉暉譯。北京：中央編譯出版社，2001 年。

蔡明亮（1999），〈定位：與蔡明亮的訪談〉，Danièle Rivière 訪，王派彰
　　譯。《蔡明亮 Tsai Ming-liang》，Jean-Pierre Rehm, Oliver Joyard,
　　Danièle Rivière 著，謝仁昌主編，陳素麗、林志明、王派彰譯。台
　　北：遠流，2001 年。61-101。

陳芳明（2000），〈從現代主義到後現代主義〉，《深山夜讀》。台北：
　　聯合文學，2001 年。126-38。

陳其南（1999），〈台灣地理空間想像的變貌與後現代人文地理學：一個
　　初步探索（上）〉，《師大地理研究報告》，30（1999 年 5 月）：
　　175-219。

陳映真（1976），〈現代主義底再出發：演出「等待果陀」底隨想〉，收
　　於《現代文學的考察》，趙知悌編。台北：遠景，1978 年。25-32。

陳映真（2001），〈天高地厚：讀高行健先生受獎演說辭的隨想〉〔上、
　　下〕，《聯合報・聯合副刊》，2001 年 1 月 12 日：37；2001 年 1 月
　　13 日：37。

丁文玲紀錄、整理（2001），〈荒唐人生 vs.真實小說〉，《中國時報・開
　　卷周報》，2001 年 9 月 30 日：14。

高行健（1999），前言，《另一種美學》。台北：聯經，2001 年。1-57。

高行健（2000），〈文學的理由〉，《聯合報‧聯合副刊》，2000年12月8日：37。

郭肇立（1998），〈傳統聚落空間研究方法〉，《聚落與社會》，郭肇立主編。台北：田園城市文化，1998。7-24。

蔣　勳（1992），〈蔡明亮這個人！〉，《青少年哪吒》，蔡明亮著，張靚菡編。台北：遠流，1992。10-16。

焦雄屏、蔡明亮編著（1998），《洞：電影劇本與評論》，台北：萬象，1998。

詹姆斯‧喬伊斯（James Joyce）（1922），《尤利西斯》，金隄譯。台北：九歌，1993-1996年。

康德（1790），《判斷力批判》，宗白華、韋卓民譯。台北：滄浪，1986年。全二冊。

李歐梵（1979/1995），〈台灣文學中的「現代主義」和「浪後主義」〉，《現代性的追求：李歐梵文化評論精選集》。台北：麥田，1996。175-90。

李歐梵（1996），〈現代與後現代之間〉，《徘徊在現代與後現代之間》，陳健華訪錄。台北：正中，1996年。168-209。

李永平（1968），《婆羅洲之子》。砂勝越州古晉市：婆羅洲文化局，1968年。

李永平（1976），《拉子婦》。台北：華新，1976年。

李永平（1989），《吉陵春秋》，第二版。台北：洪範，1989年。

李永平（1992），《海東青》，台北：聯合文學，1992年。

林建國（1993a），〈為什麼馬華文學？〉，《中外文學》21.10（1993年3

月）：89-126。

林建國（1993b），〈異形〉，《中外文學》22.3（1993 年 8 月）：73-91。

倪梁康（1999），《胡塞爾現象學通釋》。北京：三聯書店，1999 年。

王德威（1992），〈莎樂美迎迎：評李永平《海東青》（上卷）〉，《中時晚報》。1992 年 3 月 22 日：10 & 15。

王德威（1993），〈原鄉神話的追逐者：沈從文、宋澤萊、莫言、李永平〉，《小說中國：晚清到當代的中文小說》。台北：麥田，1993年。249-77。

韋勒克（René Wellek）與華倫（Austin Warren）（1956），《文學論：文學研究方法論》，王夢鷗與許國衡譯。台北：志文，1976 年。

楊　棄（1992），〈黨國與猥褻：評李永平《海東青》（上卷）〉，《島嶼邊緣》，2.1（1992 年 10 月）：141-43。

余光中（1986），〈十二瓣的觀音蓮──我讀「吉陵春秋」〉。李永平，《吉陵春秋》，一至九頁。

張錦忠（2001），〈現代主義與六十年代台灣文學複系統：《現代文學》再探〉，《中外文學》30.3（2001 年 8 月）：93-113。

張誦聖（1988），〈現代主義與台灣現代派小說〉，張誦聖 2001a：7-36。

張誦聖（2001a），《文學場域的變遷：當代台灣小說論》。台北：聯合文學，2001 年。

張誦聖（2001b），〈現代主義文學在台灣當代文學生產場域裡的位置〉，「現代主義與台灣文學學術研討會」會議論文，國立政治大學中國文學系主辦，2001 年 6 月 2 日至 3 日。1-10。

張小虹與王志弘（1996），〈台北情慾地景：家／公園的影像移置〉，

《慾望新地圖：性別・同志學》，張小虹著。台北：聯合文學，
1996 年。78-107。

鍾　玲（1993），〈我去過李永平的吉陵〉，《聯合報・聯合副刊》，
1993 年 1 月 17 日：24。

Armstrong, Tim. *Modernism, Technology, and the Body : A Cultural Study.*
Cambridge : Cambridge UP 1998.

Ashley, David. "Habermas and the Completion of 'The Project of Modernity.' "
Theories of Modernity and Postmodernity. Ed. Bryan S. Turner. London,
Newbury Park, New Delhi : SAGE, 1990. 88-107.

Bazin, André. "Theater and Cinema : Part One." *What is Cinema?* 76-94.

Bazin, André. "Theater and Cinema : Part Two." *What is Cinema?* 95-124.

Bazin, André. *What is Cinema?* Trans. Hugh Gray. vol.1 Berkeley : U of California
P, 1967.

Bell, Michael. "The Metaphysics of Modernism." Levenson, *Modernism* 9-32.

Benhabid, Seyla. *The Reluctant Modernism of Hannah Arendt.* Thousand Oaks,
London, and New Dehli : SAGE, 1996.

Blair, Sara. "Modernism and the Politics of Culture." Levenson, *Modernism* 157-
73.

Bradbury, Malcolm, and James McFarlane, eds. *Modernism : 1890-1930.*
Harmondsworth, Middlsex : Penguin, 1976.

Chang, Sung-sheng Yvonne. *Modernism and the Nativist Resistance : Contemporary
Chinese Fiction from Taiwan.* Durham and London : Duke UP, 1993.

Delanty, Gerard. *Modernity and Postmodernity : Knowledge, Power and the Self.*

London, Thousand Oaks, CA, and New Delhi : Sage, 2000.

Derrida, Jacques. *Speech and Phenomena and Other Essays on Husserl's Theory of Signs.* Trans. David B. Allison. Evanston : Northwestern UP, 1973.

Filreis, Alan. *Modernism from Right to Left : Wallace Stevens, the Thirties, & Literary Radicalism.* Cambridge and New York : Cambridge UP, 1994.

Giddens, Anthony. *The Consequences of Modernity.* Stanford : Stanford UP, 1990.

Habermas, Jürgen.（1980）. "Modernity—An Incomplete Project." Trans. Seyla Ben-Habib. *Postmodern Culture.* Ed. Hal Foster. London and Sydney : Pluto, 1985. 3-15.

Habermas, Jürgen.（1985）. "The Entry into Postmodernity : Nietzsche as a Turning Point." *The Philosophical Discourse of Modernity : Twelve Lectures.* Trans. Frederick Lawrence. Cambridge, MA : MIT, 1987. 83-105.

Harrison, Charles. *Modernism.* London : Tate Gallery, 1997.

Heidegger, Martin. "Building Dwelling Thinking." Trans. Albert Hofstadter. *Basic Writings.* Ed. David Farrell Krell. New York : Harper, 1977. 323-39.

Hewitt, Andrew. *Fascist Modernism : Aesthetics, Politics, and the Avant-Garde.* Stanford : Stanford UP, 1993.

Lacan, Jacques.（1958）. "The Signification of the Phallus." *Écrits : A Selection.* Trans. Alan Sheridan. New York and London : Norton, 1977. 281-91.

Laplanche, Jean, and J.-B. Pontalis.（1967）. *The Language of Psycho-analysis.* Trans. Donald Nicholson-Smith. New York and London : Norton, 1973.

Lentricchia, Frank. *After the New Criticism.* Chicago : U of Chicago P, 1980.

Levenson, Michael, ed. *The Cambridge Companion to Modernism.* Cambridge : Cambridge UP, 1999.

Levenson, Michael, Introduction. Levenson, *Modernism* 1-8.

Lukács, György. "The Ideology of Modernism." *The Lukács Reader* 187-209.

Lukács, György. *The Lukács Reader.* Ed. Arpad Kadarkay. Oxford and Cambridge, MA : Blackwell, 1995.

Lukács, György. "Martin Heidegger." *The Lukács Reader* 266-82.

Magliola, Robert R. *Phenomenology and Literature : An Introduction.* West Lafayette, Indiana : Purdue UP, 1977.

Marx, Karl, and Friedrich Engels. (1846). *The German Ideology : Part One.* Ed. C. J. Arthur. New York : International, 1970.

McLennan, Georg. "The Enlightenment Project Revisited." *Modernity : An Introduction to Modern Societies.* Eds. Stuart Hall, David Held, Don Hubert, and Kenneth Thompson. Cambridge : Polity, 1995. 635-663.

Nehamas, Alexander. "Nietzsche, Modernity, Aestheticism." *The Cambridge Companion to Nietzsche.* Eds. Bernd Magnus and Kathleen M. Higgins. Cambridge : Cambridge UP, 1996. 223-51.

Nicholls, Peter. *Modernisms : A Literary Guide.* Berkeley and Los Angeles : U of California P, 1995.

Pinkney, Tony. "Editor's Introduction : Modernism and Cultural Theory." Williams, *Politics* 1-29.

Schwarz, Daniel R. *Reconfiguring Modernism : Explorations in the Relationship between Modern Art and Modern Literature.* New York : St. Martin's, 1997.

Weber, Samuel.（1988）. "The Foundering of Aesthetics : Thoughts on the Current State of Comparative Literature." *The Comparative Perspective on Literature : Approaches to Theory and Practice.* Eds. Clayton Koelb and Susan Noakes. Ithaca and London : Cornell UP, 1988. 57-72.

Weber, Samuel. （1991）. "Transferring the Heritage ： Psychoanalysis and Criticism." *Return to Freud : Jacques Lacan's Dislocation of Psychoanalysis.* Trans. Michael Levine. Cambridge and New York : Cambridge UP, 1991. 168-82.

Wellek, Renè. "Immanuel Kant's Aesthetics and Criticism." *Discriminations : Further Concepts of Criticism.* New Haven : Yale UP, 1970. 122-42.

Williams, Raymond. "Metropolitan Perceptions and the Emergence of Modernism." Williams, *Politics* 37-48.

Williams, Raymond. *The Politics of Modernism : Against the New Conformists.* Ed. Tony Pinkney. London and New York : Verso, 1989.

Williams, Raymond. "When Was Modernism?" [Text established by Fred Inglis.] Williams, *Politics* 31-35.

† 本文初稿宣讀於「新世紀華文文學發展國際學術研討會」，元智大學中語系主辦，2001 年 5 月 19 日。正式發表於《中外文學》第 30 卷第 10 期（2002 年 3 月）：42-74 頁。

理想詩人之路

一個理想的詩人是怎樣的詩人？詩的理想狀態我們知道，詩人的理想狀態呢？

閱讀辛金順的詩，這些問題自個浮起。可能因為看見詩人的詩，進入了一個理想的狀態。是怎麼開始的？或許可從一個不起眼的細節，一個詩人所關注着的「技藝」公案談起：格律。

[1]

辛金順在他〈現代詞八首〉的〈後記〉寫道：「新詩在五四時期，曾經歷了格律派的聲韻鍛鍊，也就是以中文特有的節奏韻律，……展現詩的音樂性美感。這些詩人提倡詩的格律，主要是為了反撥胡適等自由派的『話怎麼說就怎麼寫』的白話詩，……〔否則〕會造成口水氾濫，以致詩魂散逸。」

　　今天重提格律，顯然詩人認為，詩的音樂性還有努力空間。等於也在默認，胡適發動的白話新詩革命，大勢底定，否則今天格律這件事，不致如此低度開發。輕格律而重意象，是為胡適當年主打論調，靈感借自美國意象詩派。王潤華在他《中西文學關係研究》一書[1]，綜合梁實秋、方志彤、周策縱、夏志清等人所見，指出胡適的新詩典範，尤其他一九一六年的「八不主義」，受到了意象派詩人龐德（Ezra Pound）一九一三年〈幾種戒條〉（A Few Don'ts）和羅威爾（Amy Lowell）一九一五年的〈意像派宣言〉（Imagist Credo）等人的影響。這番理論周濟，胡適始終沒有承認，倒是他曾露出口風說：「凡是好詩，都能使我們腦子裡發生一種──或許多種──明顯逼人的影像。」王潤華論道：「這不是意象派的精神是甚麼？」如果新詩血統可以這麼認定，則一開始，中文新詩就是現代詩（modernist poetry）。後續發展，可視作美國現代詩在中文世界的開枝散葉。

　　雖此，胡適當年主張之激進，仍非比尋常。在他轉借意象派說法之際，意象派才剛在英美詩壇冒出小頭，未成主流意見。據王潤華，一干留美中國學者如梅光迪與胡先驌，對英語詩稍有涉略者，均大力反對胡適，認為意象派的所謂「自由體」實為自由落體，是在自取滅亡，這種白話詩大大不可。但胡適放棄格律的心意非常堅定，並且另有根由。王潤華從《胡適日記》還原事證，指出一九一五年初，胡適在康乃爾就學時寫過一首英文商籟體詩（sonnet），邀請

---

[1] 詳此書〈從「新潮」的內涵看中國新詩革命的起源〉一文，不再另行註明頁碼。

農學院院長裴立批評。裴立讀後,「勸胡適多試驗自由詩,並指出商籟體的格律限制太多,不易自由發揮。裴立這三言兩語似乎對胡適留下極深刻的印象」(王潤華語)。

事後的發展我們都知道了。中文新詩並非沒作格律嘗試,但一九四九年以後,傳往台灣的新詩,除了少數詩人的音聲努力,走的是英語現代詩的路徑。驚奇的意象、大膽的譬喻(conceit),理念上與意象派的龐德、新批評傳統的艾略特遙相呼應。中文新詩藉着這番現代詩洗禮,終在冷戰的年代裡開出自創的格局。浪漫詩常見的敘事體,動輒上達千行萬行之作,因飽受艾略特等人抨擊,在英語詩裡幾近絕跡。中文詩亦步亦趨,走的亦是短小精悍路線,不再經營的還有格律。

回到商籟體的問題。西方現代詩就不經營了嗎?幾個反證。文學現代主義一般認為發端自波特萊爾,他一八六一年版的詩集《惡之華》,計有三成五以上詩作是格律嚴謹的商籟體,佔的比率不小。最有名的一首〈應和〉(Correspondances),作為現代詩開山之作,就有戴望舒的中譯作了精緻的音聲實驗,細心保留了商籟體的格律,迄今未見有其他中譯足以匹敵。現代主義抵達顛峰的一九二二年,德語詩人里爾克寫有《致奧菲斯之商籟體》(*Sonette an Orpheus*);一九五九年智利詩人聶魯達出版了《一百首愛情商籟體》(*Cien sonetos de amor*)。回頭細讀葉慈、龐德、艾略特三家英語現代詩,同樣發現他們對於音聲的經營並不含糊,只是被他們的自由體詩藏得天衣無縫。三人還有一個共通源頭:莎劇。莎翁寫的商籟體自成一家;他的「話」劇雖不押韻(采無韻體詩寫作),但格律與商籟體同(採抑

揚五步格），人物對白偶爾還藏了一首兩首格律工整的商籟體，演出時聽不出來，如《羅密歐與茱麗葉》的開場，《李查三世》第三幕第六景。情形很像唐詩最上乘的絕句，最口語的又往往最符合格律。同樣地，波特萊爾、里爾克、聶魯達的商籟體，若用原文朗讀，聽來就跟說話一樣。令人啟疑，如果不是格律，詩恐怕還無法呈現如此的自由。

[2]

　　中文新詩的發端既為美國意象派，亦步亦趨的結果，可能以為意象就是詩的全部。鑒於特殊的意象有賴奇巧的修辭完成，詩人可能也就以為，修辭不夠驚人，就無「詩意」可言。這種寫詩途徑本無大錯，但西方文學史上，並非人人如此經營。首先這樣創作，求的是文字「經濟效益」，用上又緊又密的譬喻，希望達到最大視覺震撼，體現乃是「少就是多」（Less is more）一類主張。「少就是多」本屬建築現代主義口號，文學現代主義不盡適用，但與意象詩派，倒是若合符節。留意龐德〈幾種戒條〉，告誡什麼別作，訊息直指「少就是多」，胡適「八不主義」如法泡製。艾略特《荒原》原稿，當年交予龐德大筆一揮，除了意象鮮明部分，餘者刪成今天通行版本，奉行之修辭策略無非「少就是多」。艾略特的批評路徑，諄諄告誡什麼詩人別學（尤其浪漫詩人），可算「少就是多」思維在批評上的實踐。格律屬於「多」的部分，難免擠到邊緣。

　　如果格律不見了，不見的只是冰山一角，但英語世界老神在在。

究其原因，許是英語詩本身的傳統樹大根深，並不因為格律一時缺席而有所撼動。意象派以意象之名，在這座傳統山林裡修修剪剪，基本上傷不了森林本體。何況這些現代詩大詩人，告誡歸告誡，他們寫作一刻，不必然就恪守意象詩派的修辭策略：至少，從未認為寫詩只在經營修辭策略。反之，他們以意象之名另闢蹊徑，在詩的傳統森林裡作了另類散步。寫的是現代詩，繞來繞去還是同座山林。是以龐德雖號稱意象派祖師，終其一生寫作未完的《詩章》（*Cantos*），所架構者乃史詩格局。同屬現代詩巨匠的威廉・卡洛斯・威廉斯，也寫有未完成的史詩《派特森鎮》（*Paterson*）。葉慈與艾略特相繼投身長篇詩劇的創作，致力的除了格律，還有人物、情節與事件，宗法對象不無莎劇在內。「抒懷詩歌」（lyrics，通譯「抒情詩」）現代派並非沒有經營，但若將艾略特《四個四重奏》這種意境深遠的「冥想式抒懷詩」（meditative lyric）考慮在內，則「抒情」在現代詩的語境裡，絕非只有低吟淺唱一種（Beach 173）。所以如果認為現代詩只有傳統認知的「抒情」，本質只是「抒情」，是小看了現代詩。實情是，現代詩有泰半時間是在繼承古希臘羅馬以降詩的「祖業」，如史詩，如劇場，不只鍾愛跟西方文明一樣古老，於浪漫時期抵達峰頂的「抒情」。從這角度審視，現代主義作為一個文學斷代，與其他斷代（如浪漫主義）並無太大差異。差只差在彼此發生的年代，差在各有各的思潮，但各領風騷。

　　那麼現代詩的出現，就全然沒有意義了嗎？不妨回到「少就是多」的口號思考。「少就是多」奉行的思維是「減法」（「戒條」或是「八不」都是），得以成立，出在文學大傳統之在場壓陣，提供豐沛

的資源以供揮霍（「減法」是揮霍）。要召喚傳統到場，就得同時奉行「加法」，讓「減」在「加」的條件上成立。現代詩出現之前，英語詩的傳統山林早已神木林立。如此一座豐厚的巨肺，一方面取之不盡，一方面並也令人窒息。新世代詩人唯一出頭機會，就在另闢蹊徑。他們緊貼一戰時局，敏銳捕捉都會的意象（龐德的地鐵、艾略特的倫敦），並在當代口語急遽變化的推波助瀾下，顛覆詩的語調（變得更反諷更尖銳），從而翻新詩的語言。繼承傳統是加，另闢蹊徑是減。意象詩派的一些意見，是另闢蹊徑的結果，是減。但能夠成為有效意見之前，意象派懂的不只是減法。

　　中文新詩的淵源僅及於美國意象詩派，外加後來的象徵派等從法國輸入，「家世」並不如人。更久遠一點的西方詩體，諸如史詩、劇場，還有寓言、傳奇、田園詩，以及難以歸類的長篇敘事，並未真正繼承。連晚近一點的浪漫傳統，同樣不見深度移植。中國古典詩詞的傳統自成體系，新詩如何回頭焊接，一如辛金順〈現代詞八首〉所作努力，實驗還在進行，需要更多時間沉澱。這些都不是問題。問題在於中文新詩跟英美現代詩走得太近，可能作了自我設限，認為好詩、壞詩之分，須以意象詩派的戒條作依歸，以其「減法」為宗法。甚至新詩可能已把所有的詩，想成都是意象詩。試想，今天在中文世界寫詩，多少人敢寫華茲華斯那種分段的散文，而且一寫就寫上萬行？沒有隱喻，不用奇巧修辭，白如開水，在中文世界恐遭「非詩」之議。華茲華斯看似毫無技巧之作，召喚的是龐大的氣場，中文讀者很難想像。這點觀察如果正確，則是中文新詩被意象派制約之一例。

　　格律被忽視是另一例。辛金順會回頭重視格律，應是看見中文詩「輕格律而重意象」此一現代詩傳統的極限。我說「極限」而非「局限」，因為重視意象經營，畢竟成就了中文新詩不少佳構，包括金順自己的詩作。看見「極限」是另有所解：這是詩人欲求突破的自覺，視野不只落在格律。若我認知無誤，則辛金順切中的是某種「加法」思維。他想要完成的，不只是格律。

[3]

　　我想從辛金順最難的詩開始論證：最難在於這樣的詩最具野心，視域最為廣袤，需有廿年以上的詩齡錘鍊，心境上最為懷疑也最不懷疑。這個狀態並非每個詩人都能進入，但金順比我想得更早寫到這個境地。他二〇一二年完成的〈詩論〉，便屬這類難寫的詩。「詩論」（ars poetica）自羅馬詩人賀拉斯起，在西方即為小型文類，但難寫難工。下筆太輕，流於泛泛之談；太重，則陷細微末節之議。詩人如果不是沒有非寫不可的理由，不備有充分自信，通常不作嘗試。於是史上留名的「詩論」作品，僅寥寥數家。驚異的是，辛金順最好的幾首詩作，皆可歸作「詩論」一類——至少是「詩論」的延伸，〈注音〉（時報文學獎新詩首獎作品）與〈說話〉皆可舉作例子。

　　先從〈詩論〉談起。此詩雖長僅一百三十四行，行文優雅宛如行草，細緻的美學意向在詩中層層推進。詩從取材開始，先論方法（「偶爾必須試探新的路徑，以嗅覺辨認方向」），再論如何藉着音聲，通貫遠古（「如此大音，希聲，以古今寂寞相扣」），隨後進入地理（「在

南洋，詞的眼睛都在張望」），沿着歷史，抵達詩人的身世（「而童年已被歷史翻新，傳說被殖民」），直視令人無言以對的家國（「將馬來半島縮成三寸」，「詩崩潰到山水的邊緣」），以致憤極而怒，不能自己，決意以詩作終身職志（「吞吐萬噸憤怒，以中文回到／自己的神話」）。全詩情緒幾度轉折，承接莫大悲喜，不懷疑的是詩的終極意義。

〈詩論〉的命題是詩的大我，但之前詩人早有準備，寫過詩的小我，是為〈注音〉。在〈詩論〉裡，辛金順的馬華文學身世僅只點到為止。〈注音〉則直取這份私密，切入詩人的語言身世，尖銳問道：我是誰？「ㄨㄛˇ是我嗎？或是 wo3」，顯然「這是一生的逃亡啊！一生，都在別人的語言裡」。結果「我的舌頭靜靜學會瘖啞」，以致所有詠唱，都是「有點失語的故事」。馬華作家尷尬的語言身世，作為故事，往往不足為外人道。詩成以後，在境外接受文學獎的禮讚，很榮幸也很感傷，同樣不足為外人道。這樣失語的故事，金順在他散文〈破碎的話語〉解釋道：「當我的〔大馬〕華語變成了〔台灣〕『國語』，於是從注音符號裡，我開始學習了變聲／身的技藝」。「僑居於『國語』之中，我不斷將自己的身體，隱匿在一首首詩的意象裡，……企望把握住真實的自己」。同樣地，他在〈注音〉裡問道：「我還會找到我嗎？」一個正面回覆：「那裡，我是你，我們是他們」，因為「注音，我們都曾經住在一起」。既然有過「曾經」，或許就足以保證「未來」可藉「注音」安身立命。口音經過「注音」幾度轉換，「我」也成為「你」了，「我們」成為「他們」。前路依舊茫茫，但「存在」一事至少有了著落。這當然是妥協，但透過詩來完成，也

算有所安置。

　　非出身馬華文學的作者，恐難看出金順此處的掙扎如何千迴百轉。詩的大我、小我相互糾纏，微透歷史的無情與蒼涼。兩個問題考驗着詩人：一是「國語」，事關語言，一是「國家」，攸關政治。兩個問題，各還捲進倫理與美學的命題。有關前者語言部分，一如〈注音〉所示，「國語」的背後，並有一個巨大的體制撐腰。「純正中文」也者，承自前清官話系統，迄今依舊是當權者的治理名器；服還是不服，決定人在體制裡的位置。其「純正性」既是權力結果，便帶有幾分虛構。在英國其對應是 BBC 英語，在美國為北方白人的美語，法語則以巴黎所說為準，不會是魁北克法語。官定的馬來話，則為發源於廖內群島的商用通行語。然而，任何人都知道，這些國境之內的人們，說起話來南腔北調；連今天通訊發達的英美兩國（尤其英倫三島），依然南腔北調。法語在加勒比海更有重度的克里奧化（creolization）現象。星馬地區通行的華語，還不至於克里奧化，但面對「純正中文」，不時顯得難堪而又自卑。問題是，「華語」既是活生生的日常用語，通行那麼多人之中，面對坐擁龐大資源與權力一方的「中文」，又何必自形慚穢？

　　〈注音〉一詩寫的正是這種「去華文」的痛楚，以及「再中文」的非踏實感。詩人感到的是他生命的撕裂，是種華語在地生命的拔除，是「我們」在「他們」裡寄人籬下的孤寂。身為「讀中文系的人」，辛金順不避孤寂，願意守護「華文」，說明他的有情有義。然而，似乎「我們」又非進入「中文」不可。一如「國家」的問題，西方政治論述早有闡明，每個人都必須選擇進入，才能取得集體的保

護。但要接受國家統治，就得割讓部分的人身自由。回到「中文」問題，詩人想問的是：我還有多少自己可以割讓？我屬「南腔」的「華語」是我的身世，無從背離。「中文」則掌握無上資源，與之斷絕是自取絕路。問題是，加入「中文」宣誓效忠之後，「ㄨㄛˇ是我嗎？或是 wo3」？「我還會找到我嗎？」

　　詩人此處的倫理抉擇（誰可效忠？如何不作背離？），並是美學命題。曾經，馬華文學批評界有此一說，認為窳劣的「華文」須被剷除，從此改奉「中文」，否則文學質量無法拉抬。這也算一種意見，但自限於「減法」思維。〈注音〉一詩，呈現了更複雜的拉鋸。所以拉鋸，因為打從心底，詩人想要奉行的是加法。因為詩人知道，文字之外還有一個生命世界，不受「國家」或是「國語」保護，卻承受兩者魚肉宰制。宰制方式不外就是減法、鋸箭法，鍾愛的動詞包括剷除、拔除，燒芭外加霾害。「減法」若不克制，帶來就是這種生態浩劫。

　　辛金順的倫理立場，就在拒絕使用「減法」處置中文／華文兩相對立的美學命題。華文、華語是個在地生態，背後有個前清時期南來華人帶來的方言群，涵蓋了兩廣、閩南以及閩北所有方言。印巴移民在星馬落地生根超過百年，外加近期到岸的南亞各省移工，人口快逼近華人，可以想像當中豐富的語言生態。同時別忘了，大馬地處馬來群島心臟地帶，各種原住民的語系密集。華人如果有夠「在地」，除了掌握「國語」地位的馬來語，必因地緣關係，能操至少一種土話。加上前殖民宗主國留下的語言印記（英文），連同一樣強勢的「純正中文」，凡此種種，皆成馬華作家可以左右逢源的文化

資本。辛金順二〇〇八年詩作〈說話〉，便將這些層層語言的沉澱開挖提煉，鍛鑄為詩。詩裡，母語、粵語、華語、破爛的英文彼此「雜交」，同時不忘調侃具有「國語」權貴地位的馬來語。金順的馬來文好到足以寫詩，大有資格調侃。他的文學養成，深受馬來文學撫育，對於這種淪為政治工具的「國語」，大有理由不齒（〈說話〉第Ⅶ節即題作「然而不說馬來話，就不愛國了嗎？」）。然而，〈說話〉真正觸動我的是第一節裡如歌似詠的吉蘭丹土話，行與行之間穿插詩人用漢語寫下他對潮州母語的孺慕。其實這第一節裡藏的是兩首詩，彼此交織成一首，有如爵士配上重金屬，意外成為絕美的搭配。這一節詩並是兩組歌詞的交錯，訴說兩串不同的故事，但不是彼此的翻譯，只是兩種感情的對位，兩種愛以及兩種追懷。南來方言與在地土話交織出來的語言藤蔓，在此拒絕了「國語」的切割，一併排拒「減法」指染詩人如此藤蔓的身世。如果〈詩論〉是金順寫過最難的詩，〈注音〉最為擺盪，〈說話〉則最令我無言不能自己──說它是金順最好的詩作，無法貼切形容這首詩給詩本身帶來的衝擊。但對於詩人自己，此詩意義透明得很，就是無法割捨。

[4]

　　辛金順出版了八部詩集，《詩／畫：對話》是第九部[2]。如此漫

---

[2] 這些詩集，在大馬出版的依序是《風起的時候》（1992）、《詩圖誌》（2009）、《記憶書冊》（2010）、《說話》（2011）、《在遠方》（2013）、《時光》（2015）；在

長的詩齡裡，入詩題材多如恆河沙數，不只前述幾項。為了記錄自己身世，他寫過〈家族照相簿〉與〈記憶書冊〉等動人的組詩，歷史的厚度層層堆疊。他並為家鄉寫下〈吉蘭丹州圖誌〉[3]，也為台灣寫了〈雲林市鎮詩圖誌〉。既寫「愛情絮語」，也寫〈反戰詩五首〉。詩名如〈航向〉、〈遠逝〉、〈逃行〉，說明詩人不斷移動，留下眾多旅行印象，如〈閱讀北京〉、〈金門三品〉。出身中文系，嘗與古人遊，生出〈行／草五帖〉、〈心經〉、〈古詩變奏曲〉等璣珠之作。詩的風格多變，以致風向不可預測，許是詩人學習不懈，持續實驗，包括嘗試不再有人經營的格律，用〈現代詞八首〉打造宋詞的遺韻。瞬息萬變的詩風，翻來覆去的風景，證實詩人技藝爐火處在純青的熔點。辛金順看似沒有特定風格，其實是沒有被定型了的風格。難怪詩人在市場上的賣相很難討喜，少有抓住眼球的亮片。以致今日，他詩作上的成就，沒有受到廣泛的注意。

　　或許應該反問：成就如此，反被低估，是怎麼辦到的？這部《詩／畫：對話》裡或可尋得局部解答。書描摹的是陳琳在中南半島所繪的油畫素描，憑藉這些寫實畫作，金順的詩一同進入尋常生活，畫裡詩中隨着萬物回歸事物的恬靜。連書中各個詩題都顯得安靜，如〈紡紗〉、〈守候〉、〈甜美的沉睡〉。甚至詩題簡得不能再簡，八成以上僅用兩字，如〈負軛〉、〈洗禮〉、〈磨日〉。以致萬籟俱靜，與恆

台灣出版的則有《最後的家園》（1997）與《注音》（2013）兩種，《詩/畫：對話》（2016）為第三部。本文所引各詩出處，詳文末書目。

[3]　有關此詩解讀，詳陳大為二〇〇五年的詩評〈必經之路：評辛金順〈吉蘭丹州圖誌〉〉。

常廝守。之前詩人並非沒寫過華麗絢爛的詩——絢爛之外，更有忿怒的詩、抗議的詩，針對不公不義極盡嘲諷之能事。然而這本詩集裡，詩人卻歸隱到尋常百姓之家。是怎麼辦到的？

　　以詩論詩，集中各首並未超越詩人過去的技巧試驗。但速寫色彩更濃，更隨興，詩人厚實的情感更具體溫，更可親近。也因如此，各篇詩作皆閃耀着靈光，〈祭祀〉便寫道：

> 頂著一籃信仰，神的光
>
> 讓幸福，一階梯
>
> 一階梯
>
> 從山上搖晃到了人間
>
> 清晨的露珠卻沾滿法喜
>
> 如天地走在
>
> 虔誠的瞳孔裡面

神聖之外，詩人並不避諱大自然裡湧動的情色，如〈水聲〉：

> 終於妳讀懂了水的唇語
>
> 剝開時間
>
> 欲望叫出妳的名字
>
> 雲和雨
>
> 都流成波瀾壯闊的風景

更多時候，詩人真正不避諱的是平白的口語，直敘他的感傷和依戀：

> 貓都回家了
>
> 那些出走的影子
>
> 還會回來嗎？（〈還會回來嗎？〉）

這樣的詩句拙樸，幾無修飾，如被詩評界錯過，不會令人意外。然而整部集子帶來的感受，就是出奇地讓人溫暖安定。單從目錄閱讀詩題，就有鎮靜的效果。到底發生了什麼事？詩人看見了什麼？

傳統詩評，尤其功能止於分辨詩句好壞的一種，未必就能解開此處詩人寫作的動機。當詩人作了某種決定，造就安靜作為一種景致、一個美學效應，便已非出自單純審美經驗，而是某種植根於倫理的判斷。我們知道，能透過語言操作，翻新人的經驗與感受這種能力，不是詩的專利。「非詩」的廣告文案、政治宣傳等等，一樣可辦得到。如果詩的能力，在於透過語言「無中生有」，則政治語言同樣也在「無中生有」（階級對立、族群撕裂，都屬這類造業的「無中生有」）。怎麼分辨？答案就是進入倫理。《詩／畫：對話》的出現，提供了這個契機。

於是，傳統詩評如果錯過這部詩集，錯過的不會只有詩集本身。這類詩評，通常僅在意辨別好詩壞詩，並不考慮審美、倫理如何接縫。只要挑出詩句優劣，任務便算完成。其間，只要詩評位居主導地位，確認了自己作為詩評的重要，任務一樣可宣告結束。詩呢？詩不重要，詩沒有主權，詩的存在只為了詩評。但是我們能否轉換倫理立場（而非站在詩評的審美立場），想像一下：有些詩，並不寫給詩評，未必寫給詩評？像情詩，寫給情人；童詩，寫給小孩；讚美詩，寫給神；追悼詩，寫給亡故的人們。他們讀或不讀，沒人知道。就算他們願讀，並不排除，有的情詩寄不出去，有的童詩，小孩無法理解。詩評家此時願意接手閱讀，作其好壞批判，我們沒有意見，但不會改變一個事實：這些詩仍然不是為了詩評而寫。金順的《詩

／畫：對話》應作如是觀：他的情詩，寫給跟萬物一樣寂寞的生命，童詩，寫給清寒生活裡無法迴避的蒼茫。辛金順詩藝之精進，無人可以否認，但寫詩順手拈來，在意的是寫作對象甚於詩評，說明詩人的自信。並也說明詩人理解，對於詩本身，還有比評價更重要的事。而這些事遠為急迫，無法等候。作了如此決定，詩人也就涉入倫理的界域。

[5]

　　康德在《實踐理性的批判》這部論析倫理的著作書末，曾自信滿滿寫道，無論天上的星空（真理），還是心中的誡律（倫理），他均握有十足把握，可將二者統一。很快他發現，兩者鴻溝非常巨大，有待一番未完的哲學工作為兩者橋接。隨後完稿的《判斷力批判》，前半部論美與崇偉感的部分，便在建構這道橋樑[4]。然而，俯仰天地之間，距離如此之巨，審美怎會是橋樑？

　　康德自己在《判斷力批判》裡的解說非常複雜。但要化繁為簡作為本文之用，而又無傷原旨，容我借用拉康在《精神分析的倫理》對康德此書的解析。拉康論道，康德三大批判所言判斷，實為一種：對象在場時，判斷結果是真與善；對象不在時，效果是美。前者及物，後者不及物，如此而已（Lacan 261）。拉康當然作了極大簡化，但旨意清楚。簡言之，審美作為判斷，可與（1）辨明科學真理的判

---

[4] 詳康德專家 Paul Guyer 的解說（3-5 頁）。

斷（以自然界為對象），以及（2）辨明是非善惡的判斷（以人的日常
實踐為對象），作出分別之處，在於審美沒有對象。說花是美的，重
點不在花，而在說明「我有能力察覺到美」，花是否真的美（或是不
美）沒人知道，至少尋無客觀標準。康德一個有名的說法：審美是
「不帶目的」（沒有對象）的「合目的性」（判斷機制），大約便是此
意。但條件是，即便是美的判斷，本質上跟真與善的判斷同為一種。
儘管康德賦予此三種判斷不同專有名詞，但三者確可一塊思考。如
此這般，能作審美的人，必也具備真、善分辨的能力。審美實際運
作，便有科學、道德在背後支撐。

　　更重要的旨意在後頭。在康德體系裡，判斷能夠進行，尤其美
的判斷，在在說明人是自由的。審美的意思，指人能自在地運用判
斷；透過審美，人因而取得自由。當審美能讓人自己作主，審美便
是倫理的。天上的星空、心中的誡律，彼此得以橋接，便在人心靈
上這份自由自主。〈蘭亭集序〉有云，「仰觀宇宙之大，俯察品類之
盛，所以游目騁懷，足以極視聽之娛」：放在康德體系裡理解，應該
就在定義審美。如此心曠神怡，人自然變得完整。完整，因為除了
知道星子們運作有其軌跡，人的行為有其不可毀損的誡律，我還知
道真、善之外，儘管沒有特定對象（我僅只「游目騁懷」），我的判斷
運作並未停下。反而，天上星空與心中誡律之間這個巨大的空間，
被我的判斷力填得滿滿。我感受到的是美，且是無盡的美。

　　辛金順的《詩／畫：對話》所以令人深感恬美安適，就因為俯
仰天地之間，沒有一件事、一個人不受他的關注。他的詩，可以始
於任何一事、任何一人、任何一處，但每件事、每個人、每一處在他

詩裡都被賦予了特殊的意義。完整應是辛金順的詩所追求的，以致詩人呈現的世界沒有碎裂。個別題材入詩（婦孺、祭祀、狩獵），雖然透過不同詩篇呈現，但最終它們共同構成了世界的完整。《詩／畫：對話》甚至沒有遺漏任何一個對象：嚴格說它沒有對象，因此也就無所遺漏。

　　如此寫作的這部詩集，難免成為傳統詩評的挑戰。傳統詩評典範，既止於分辨詩句好壞，恐不在意詩人寫作的動機，以及動機裡的倫理考量。何況《詩／畫：對話》是詩人由絢爛回歸平淡之作，沒見有太多火花，詩評難保不會失望。說不定，政治語言、廣告文案還更精采；反正，佳句就是佳句，管他政治宣洩還是不實廣告。問題是，政治或是廣告的無中生有，乃安那其式的唬弄，其語言操作，對於真、善兩事，視而不見、見而不理，極其獨裁。另一方面，面對權力與商品，又變得莫名其妙的奴才。無論何者，一樣把人當笨蛋，又不負責任。這種語言操作，詩只有站在它的對立面。詩評呢？詩評必須選邊，不能事不關己，否則審美將淪為毫無價值的清談。

　　在此我無意忽視詩評工作的重要，只是一些傳統詩評寫得毫無感情，分析詩句，有如解剖大體，忘了詩是個活跳跳的生命體。而生命只能是個整體：一個生命體並非僅只局部活着，而是所有器官都必須活着。把握生命，等同把握一個完整的狀態，而這正是辛金順的詩所追尋的。這並意味，他詩的哲學裡沒有減法。詩寫得如此之多，抽絲剝繭之後，意思往往只有一個：就是不忍割捨。加的心法，讓他的詩作情緒飽滿。

　　儘管辛金順寫過不少他人難以超越的詩，《詩／畫：對話》是否

進入了詩的理想狀態，基於對詩評的尊重，我們應該容許辯論的空間。但對於詩人本身我沒有懷疑，他深深帶有理想詩人的身影。在我的想像裡，他已走在理想詩人的路上。

引用書目：

陳大為，〈必經之路：評辛金順〈吉蘭丹州圖誌〉〉（2005）。辛金順，《記憶書冊》，118-123 頁。

戴望舒譯，波特萊爾作，〈應和〉，《戴望舒卷》。瘂弦編。台北：洪範，1977。104-105 頁。

王潤華。〈從「新潮」的內涵看中國新詩革命的起源：中國新文學史中一個被遺漏的腳註〉。《中西文學關係研究》。台北市：東大圖書公司，1978年。227-245 頁。

辛吟松（辛金順），《風起的時候》。雪蘭莪：雨林小站，1992 年。

辛金順，《記憶書冊》。士古萊：南方學院馬華文學館，2010 年。

　　辛金順，〈家族照相簿〉。《記憶書冊》。10-23 頁。

　　辛金順，〈記憶書冊〉。《記憶書冊》。24-30 頁。

　　辛金順，〈吉蘭丹州圖誌〉。《記憶書冊》。40-50 頁。

　　辛金順，〈雲林市鎮詩圖誌〉。《記憶書冊》。40-50 頁。

　　辛金順，〈閱讀北京〉。《記憶書冊》。51-57 頁。

　　辛金順，〈行/草五帖〉。《記憶書冊》。64-70 頁。

　　辛金順，〈古詩變奏曲〉。《記憶書冊》。71-74 頁。

辛金順，〈反戰詩五首〉。《記憶書冊》。110-116 頁。

辛金順，《說話》。八打靈：有人出版社，2011 年。

辛金順，〈注音〉。《說話》。10-11 頁。

辛金順，〈說話〉。《說話》。116-135 頁。

辛金順，〈現代詞八首〉。《說話》。150-157 頁。

辛金順，〈詩論〉。《時光》。八打靈：有人出版社，2015 年。13-20 頁。

辛金順，《詩／畫:對話》。台北市：釀出版，2016 年。

辛金順，〈紡紗〉。《詩／畫：對話》。34-35 頁。

辛金順，〈祭祀〉。《詩／畫：對話》。61 頁。

辛金順，〈守候〉。《詩／畫：對話》。65-67 頁。

辛金順，〈水聲〉。《詩／畫：對話》。105 頁。

辛金順，〈甜美的沉睡〉。《詩／畫：對話》。111-112 頁。

辛金順，〈負軛〉。《詩／畫：對話》。113-115 頁。

辛金順，〈洗禮〉。《詩／畫：對話》。136-138 頁。

辛金順，〈磨日〉。《詩／畫：對話》。163-164 頁。

辛金順，〈還會回來嗎?〉。《詩／畫：對話》。102 頁。

辛金順，〈心經〉。《詩圖誌》。士古萊：南方學院馬華文學館，2009 年。132-140 頁。

辛金順，〈破碎的話語〉。《月光照不回的路》。台北市：九歌出版社，2008 年。19-36 頁。

辛金順，《在遠方》。八打靈：有人出版社，2013 年。

辛金順，《注音》。台北市：釀出版，2013 年。

辛金順，〈注音〉。《注音》。30-32 頁。

辛金順，〈航向〉。《注音》。68-70 頁。

辛金順，〈遠逝〉。《注音》。95-96 頁。

辛金順，〈金門三品〉。《注音》。136-138 頁。

辛金順，〈逃行〉。《注音》。158-161 頁。

辛金順，〈心經〉。《注音》。175-185 頁。

辛金順，〈古詩變奏曲〉。《注音》。186 頁。

辛金順，〈反戰詩五首〉。《注音》。237-247 頁。

辛金順，〈現代詞八首〉。《注音》。248-253 頁。

辛金順，〈後記〉。《注音》。254-257 頁。

辛金順，《最後的家園》。台北市：文史哲出版社，1997 年。

Baudelaire, Charles. "Correspondances." *Les Fleurs du Mal.* Édition de 1861. Texte présenté, établi et annoté par Claude Pichois. Deuxième edition revue. Paris: Gallimard, 1972 et 1996. P. 40.

Beach, Christopher. *The Cambridge Introduction to Twentieth-Century American Poetry.* Cambridge : Cambridge University Press, 2003.

Guyer, Paul. *Kant.* London and New York : Routledge, 2006.

Lacan, Jacques. *The Seminar of Jacques Lacan. Book VII. The Ethics of Psychoanalysis 1959-1960.* Edited by Jacques-Alain Miller. Translated by Dennis Porter. New York and London : Norton, 1992.

Neruda, Pablo. *100 Love Sonnets/Cien sonetos de amor.* 1959. Translated by Stephen Tapscott. Austin : University of Texas Press, 1986.

Pound, Ezra. *The Cantos of Ezra Pound.* New Directions, 1996.

Rilke, Rainer Maria. *Sonnets to Orpheus* [*Sonette an Orpheus*]. 1922. Translated by

M.D. Herter Norton. New York : Norton, 1992.

Williams, William Carlos. *Paterson*. New Directions, 1992.

† 本文為辛金順詩集《詩／畫：對話》之序文。台北市：釀出版，2016
年，3-20 頁。後來發表於《南洋商報·南洋文藝》，2016/8/23, 8/30,
9/6, 9/13。

大山腳學起手式[1]

　　大山腳（Bukit Mertajam）作為文學地景是一椿奇特的事件。文學史上，以一地一鎮作為小說虛構場景，所見多有。近代中文世界，便有魯迅的魯鎮、未莊與莫言的山東高密。法語世界裡普魯斯特的貢布雷，美國文學中福克納的約克納帕塔法郡，都是有名例子。然而這些地景，概由個別小說家承攬，是他們個人的文學迷宮，都和作家群聚的大山腳斷然不同。自一九五〇年代起，此地湧現一群寫手，前仆後繼，小說、詩歌、散文海量泉湧，本次大會手冊上就列有他們作品超過一百六十種，實際可能不止此數。我們從未在任何一支文學傳統中，見過有何等小鎮，足以媲美大山腳的典範。大山腳到底發生了什麼事？

---

[1] 本文為「2018 大山腳文學國際學術研討會」的總結論文，所引述之會議（宣讀版）論文內容，即將於會後正式結集出版，在此且省略宣讀版論文之頁碼。

　　出身馬華文學的我們，遙遙聽聞大山腳，彷彿自家後院。然而過去學術資源匱乏，使得一切止於聽聞，相關深度思考沒有發生。兼治小說出身的詩人學者辛金順，憑其敏銳的學理嗅覺，接續文學運動（現代主義）與刊物（《蕉風》）兩個議題的拓點之後，終將視線落在大山腳。長年在此地立傳，寫出《文學的武吉》的小說家陳政欣（1948-），與辛金順一拍即合，終於開辦此會，相約在文學的大山腳進行地景測繪與照相。在馬華文學成為一門國際小顯學的今天，走出這一步尤其重要。因為再不自行開發論述，大山腳就算還在國境之內，「大山腳學」仍可能遠走他鄉，寄人籬下。

　　於是，一場學術會議之重要，關乎話語權的建立，甚至搶奪。就這點馬華文學一直處於劣勢；更遑論大山腳文學，根本沒有學院就近支援。其實傷害早已造成，二〇一六年黃錦樹論大山腳小說家菊凡（游亞桑，1939-）即說：「四十年來的馬華文學評論顯然是對他有所虧欠的。當年我們編《回到馬來亞》沒給菊凡一個位置，也有過錯」[2]，具體而微道出學術如何遲到。遂有小說家小黑（陳奇杰，1951-），貴為大山腳日新獨立中學校長，以一所私立中等學校之力，帶領一群在地寫作人，共同扛起高等學府所怠忽的職守，推出這場國際研討會。這種眼光，只發生在馬華文學。而在馬華文學，似乎又只能發生在大山腳。這種眼光，是一片黑暗迷茫之中，蒼涼而又銳利的視線。到底他們看見什麼？我們這群外來人口又從中看見什

---

[2] 黃錦樹，〈暮色與午空：讀菊凡《暮色中》〉。菊凡，《暮色中》（居鑾：大河文化出版社，2016年），17頁。

麼？真的有看到嗎？兩種眼光，在大會進行的兩個整天之中試着磨合[3]。以下不成系統的記錄，希望能為這場兩種眼神的交會，留下吉光片羽。

[1]

　　理想的歷史書寫，除了文物證據，最好還有人證，文學史亦同。出生吉打州的詩人學者李有成（李蒼）、陳鵬翔（陳慧樺），寫作史幾與大山腳文學同齡，並與國家的誕生幾近同步。李有成集中討論與他同期寫作的蕭艾（賴南光，1936-）、憂草（佘榮坤，1940-2011）、艾文（鄭乃吉，1943-）等人詩文，尤其他們對於這個新興國家的期待。（相隨的失望，則如高嘉謙在他演講時說的，發生在憂草所經歷過的鄉土愛的 1.0、2.0 到 3.0 版的轉變。）李有成於是認為，憂草等人取材、語彙、詩風，皆傾向浪漫主義。一般我們討論大山腳文學，尤其小說，重心都往現代主義傾斜。李有成憑其西洋文學厚實訓練，帶着更悠遠的文學史目光，穿透現代主義，看見大山腳文學底下閃耀着的浪漫精神。至少在英語世界，浪漫詩不只滋養着現代詩[4]，還是一個比現代詩難上百倍的詩種，其思想之深邃，不用上十年讀詩功力別想掌握。暫將作品評價一事擱置，並將大山腳詩拉抬到浪漫主義的高度看待，我想是李有成最大的貢獻。也在這基礎上，我以

---

[3]　2018 年 3 月 10-11 日。

[4]　M. H. Abrams, *Natural Supernaturalism: Tradition and Revolution in Romantic Literature*. New York and London: Norton, 1973. P. 427.

為才能理解他何以提出 Worlding 的概念：怎麼把作品「世界化」，把這些詩帶離大山腳，進入世界。按 Worlding 一詞發源自海德格的存在論（尤詳他一九二七年的《存在與時間》）。二戰之後他持此議時，總說「有詩為證」，所舉之作，悉出德國浪漫詩人賀德麟之手。如果大山腳是一個世界、能夠自成世界，這份浪漫想像──與任何「存在」的可能產生千絲萬縷關係的想像──正是李有成詩意的饋贈。

然而文學精神要能凝聚，再而流傳，則有賴結社。有着諸多大山腳作者參與的海天社便是例子。陳慧樺當年即為海天社台柱，一九六四年赴台留學之前，發表過一兩百首以上的詩，足見當年海天同仁散發的能量何等巨大。林春美寫道，海天社一度是北馬作家雲集之地；解散之後，被一九七一年在大山腳設立的棕櫚出版社取代，「『文學重鎮』，由是從居林轉向了大山腳。」海天從此隱去。然而這些人後來又去了哪裡？沒有說出的故事，部分就發生在李有成與陳慧樺身上。江寶釵論文作了詳述，兩位詩人後來晉身成為學院中人，在台灣學界立足立言，親手調教出一批青壯文學博士，目前各居台灣學界要津，對着整個中文世界散發他們的影響力。陳慧樺早年與古添洪大力發揚比較文學中國學派，個人並早於史書美十年，首在馬、台兩地推出他用英文「杜撰」的 Sinophone（「華語風」）一詞[5]，大開風氣之先。今天我們對於馬華文學受到台灣影響之說習以為常，但其實影響應是雙向，只是我們從來不知如何言說。李、陳

---

[5] 許維賢，《華語電影在後馬來西亞：土腔風格、華夷風與作者論》（台北：聯經出版事業股份有限公司，2018 年），47-48 頁。

二人既屬廣義上的北馬詩人，地緣上與大山腳屢有交集。他們在台灣發光發熱五十年，能不能說有一股源自北馬的文學火種，當年就被他們帶往寶島？所以台灣文壇，若細加追索，其實也有大山腳的影子。

[2]

　　然而，沒有回答的問題還在：大山腳發生了什麼事？為什麼那麼多人聚在這裡一起寫作？

　　我們知道，作文、寫信，人人都會，但使用文字創作，尤其虛構一段情節，捏造沒有的人物，再生成一個故事，則是不同的事。從作文到創作，思考需要幾經轉折，是否轉得到位，往往又不在個人的意志或是選擇。有人問過美國詩人金斯堡（Allen Ginsberg），當年他如何選擇成為詩人。他回說，那不是選擇，而是某種理解與自覺（realization）[6]。有此自覺，寫作就成為 calling（召喚，或是志業），有如某種神聖使命到臨。但在大山腳這個聚落，寫作卻是日常，仿若禮俗、習慣、信仰一類家常之事。過去原始部落編織神話，今天大山腳的聚落編寫故事，全然出於一份自覺，如此而已。

　　我是以這樣的人類學眼光，看待辛金順與魏月萍有關大山腳地誌學的巨觀論述。辛金順的提問是：「大山腳作家／詩人是如何去想像和建構『大山腳』？」他動用了幾位重要的理論家，說明地景、

---

[6] William Zinsser, *On Writing Well*. New York: Collins, 2006. P. 244.

建築、書寫皆為記憶載體，使得個人記憶，有了集體與公共的價位。不僅如此，記憶還因為文學的緣故成為傳奇，一如陳政欣《文學的武吉》，「以創造性的記憶，搬演著一座市鎮」。雖此，陳政欣傳奇所本，仍不脫說書人的個人生命史。連同憂草、方路，「他們在敘述大山腳身世的同時，其實也是在敘述著自己的身世」，並且「存在著一份自我的身分追尋、探索、認定與文化認同的意識。」

　　辛金順是藉著個人與集體之間的來回辯證，推展他的論述。首先，個人記憶透過（作為公共載體的）文學中介之後，成為傳奇。雖然使用的是公共媒材（文學），但訴說的卻是一己身世。現在，這個寫出來的（個人）身世，又被用來丈量大馬華人（集體）的文化認同。正是這種來回辯證（辯證是我的用語），形成了大山腳文學的特性，使辛金順認為「更能凸顯『馬華性』的書寫特質。」若是如此，則所謂的「馬華性」，內容既是「在地」特質，暗暗指向馬華作家對於個別城鎮的認同，大於國家。不是馬華文學不愛國，而是「國家」在大馬語境內擁有的是無上權力，對於大馬華人的「文化認同」沒有停過施壓，不會因為政黨輪替而知所收斂。這是辛金順動用史書美的「在地性」去把握大山腳文學之後，讓我們看見的「馬華性」，卻是「城鎮」與「國家」在馬華文學裡的斷裂。

　　魏月萍也論及「馬華性」，但使用的詞彙是「『馬華』特質」。從中她也看見相同的「個人」與「集體」之間的緊張關係。首先她寫道，「『馬華（文學）』涉及的是一個整體性的概念」，然而一旦進入實務操作（寫作），素材對象，幾乎只剩個人地景。就像她舉的英語詩人林玉玲，寫來寫去只有馬六甲，她的故鄉以及出身之地，並非

抽象的「國家」。到頭來，想要巨觀地提問——如問何謂「馬華性」
或是「『馬華』特質」？——取得的答案線索卻藏在微觀的地景裡，
如大山腳一類的個別城鎮。

　　當然事涉文學，大山腳自然不能指涉沒有生命的地理空間。魏
月萍的作法是將大山腳視作「文學社群」，極具野心地「考察與反思
一個文學社群的認同發生與建構，如何從地景、地方，延伸至共同
的地域意識，探索其中蘊含的問題與困境。」她拋棄「方言群」的概
念，改依白永瑞將「地域」作為「人際活動所創造的結果」一義，回
頭推動她將大山腳視為一個以「文學社群」作為內容的「地域」。透
過大山腳的「人際活動」，她又拉出一條時間軸線，從過去到現在展
示出的「『過番南渡』、『反殖與馬共』以及『武吉地誌』三個面
向」。前兩者是大馬華人社會共享的「人民記憶」（對立面是「官方
記憶」）[7]；「武吉地誌」則是前二者的收割。無論「過番」還是「馬
共」，都是不受國家保護的移動、流徙、反抗、困頓；「地誌」則是停
下來在家園裡書寫。無論是動是靜，三個面向三位一體，都在明中
暗裡跟國家對抗。三者最後拉成一條直線，「彷彿是從馬來亞到馬來
西亞的演進過程」。原來國家是如此誕生！在大山腳文學裡，甚至整
個馬華文學，國家的誕生與官方認知，竟是如此地兜不攏。

　　官方說法冷冰冰自不待言，相較之下，魏月萍筆下的「『大山
腳文學』作為一個『地域空間』，在歷史共感、情感聯繫以及常民生

---

[7] 林建國，〈為什麼馬華文學？〉（1993 年）。《赤道回聲：馬華文學讀本 II》。陳
大為、鍾怡雯、胡金倫主編（台北市：萬卷樓，2004 年），20 頁。

活互動等方面」，無疑是充滿生命力而又有溫度的。除了有「鄉」有「故土」，大山腳文學更有飽滿的「精神依戀」。當然那是對生者而言，死者又是如何？從「過番南渡」到「反殖與馬共」，沒有一項不捲入分離、挫敗、慘勝、死無葬身之地，連骨灰都不許運回。直到「武吉地誌」的書寫才發現，看似永恆不變的大山腳，鎮裡鎮外其實住着的是無常。只有文學才能鎮住種種這裡的無常。此時，若要談「文學作品背後具有的『共感』因素和動力」，生者死者都須一起考慮，否則奢談在大山腳「群體認同的建構」。當魏月萍寫道，「大山腳宗教氛圍濃厚，廟宇林立，鎮民日常生活中，不時有機會進入神聖的宗教空間氛圍」，我們必須把宗教並也視作文學的「共感」因素。相形之下，「國家」哪需要文學？「國家」只要官方說法，說法中所有馬共都活該去死。「國家」之缺乏想像力，欠缺「『共感』因素和動力」，反倒說明文學是一種能力。要能習得，必須來到大山腳。

大山腳文學能走到這一步，算不算也是「馬華性」，或是「『馬華』特質」？

顯然大山腳作家們比我們想像之中刁鑽多了。面對「國家」論述這種正規軍隊，他們很早便師從馬共，採其靈活的游擊路線，來去無蹤、真假莫辨、難以捉摸。魏月萍即發現：「陳政欣曾揭示自己是採取虛構、魔幻與推理方式，以虛實相間文學形式構思、書寫武吉。」但無論如何魔幻，陳政欣依舊以虛擊實、有的放矢，以致朱崇科認為陳的寫作路線「仍屬於現實主義創作範疇」。關於寫實或是現代的分野，後頭另有申論。但若說陳政欣看似魔幻的「馬華性操練」，一切均有所本，就因這點認定他屬「現實主義創作範疇」，應無爭議。

何況朱崇科的「馬華性」所指，涵蓋大馬現實世界裡的華社歷史以及政治現狀，指涉非常明確。

　　然而如果沒有自覺需要寫作，以上種種不會發生。大山腳的一切，終將只停在「過番南渡」、「反殖與馬共」，不會有其「武吉地誌」。正是因為有所自覺，寫作才能變成志業，成為大山腳這個聚落裡神聖而又神秘的召喚。「大山腳宗教氛圍濃厚」須與「大山腳文學氛圍濃厚」視作相同命題，不然寫作不會仿若禮俗、習慣、信仰一般家常。這是因為在大山腳，寫作有如祭祀，既祭生也祭死，只因生時疲勞、死後無常，生者死者均皆無所適從。這時文學恰如其分地到來，鎮痛安神。我且以如此微觀之見，響應辛金順與魏月萍兩位的巨觀思索。

[3]

　　微觀，並不止於是日常生活上的幽微、「共感」或是「精神依戀」。大山腳作為「地域」，既如魏月萍所言是「人際活動」的結果，則微觀聚焦所在，便必須是人了。能夠書寫種種這些幽微並產生共感的人們，即為群聚此地眾多寫手。這次會議，為他們量身打造的微觀論述之中，除了前述朱崇科之論陳政欣，並有張光達之談方路（李成友，1964-），高嘉謙之寫憂草。三篇都是鉅細靡遺的大山腳「作者論」，鋪陳的是三個意趣不同的生命史。

　　然而，即便是微觀層面，集體記憶的問題仍然揮之不去。辛金順就曾在巨觀層面提問：「『大山腳』的記憶建構，又將會展現出一

種怎樣的馬華文學書寫姿態？」往方路身上尋找，忽然就有了答案。張光達寫道：「陳雪風或許是評論方路的詩作的第一人，他在〈方路的詩路〉一文中指出：『詩人的記憶，也是歷史的記憶。』然後他以較爲隨意的口氣，對這一句話作出簡短的解釋：『寫的都是記憶中的往事與見識。』」張光達雖然用了陳慧樺的「寫實兼寫意」二分概念解析方路，但兩者最終還是要在方路繁複的記憶書寫中合體。所以繁複，因為一般我們慣見的記憶理解無法探其究竟，需要張光達借用賀栩（Marianne Hirsch）的「後記憶」（postmemory）概念來作詮解。所謂的「後記憶」，概指「作爲猶太大屠殺災難者後代〔，〕面對和紀念這個既遙遠又息息相關的災難性創傷記憶。」子孫後代或許沒親身經歷這場災難，但他們受到影響，生活在這記憶裡。有如無法泯滅的家族記憶，透過隔代來遺傳。諸如馬共鬥爭，就是大馬華人集體的「後記憶」。尤其住在華人新村裡的人們，通通記得，雖然他們可能沒見過英軍或是馬共。

　　若我這番理解正確，則方路的作品，可用三個字概括：「我記得」。我可能看過，也可能沒看過，但我通通記得，所以我傷感、我哀悼。張光達寫道：「對方路來說，或許書寫記憶的目的主要是爲了捍衛、保存與延續前代人的記憶，透過文字的情感結構，或一種獨特的『情感修辭』（emotional rhetoric），來達到一種紀念或傷悼的方式。」方路離不開大山腳，一如有的人離不開華人新村。不管新村生活條件多麼惡劣，惡劣到令人絕望，他們就是走不開。新村不正是英國殖民手段，某種集中營的翻版嗎？一如二戰時期歐洲的猶太人集中營，今天全解放了，但倖存的人們有的一輩子離不開，走不

出去，包括他們子嗣，依舊無法跟家族裡這個痛苦的記憶離異。這正是賀栩「後記憶」最為關鍵的定義。「後記憶」之離不開、不離開，就像廖克發的家族紀錄片《不即不離》。方路之於大山腳，同樣也是不即不離。

　　曾經有一度國家是有希望的，這般想法，發生在同為大山腳作家的憂草。在高嘉謙溫潤的筆觸之下，憂草寫作目的，有一度是為了「祝福青春」。「憂草從《風雨中的太平》、《鄉土‧愛情‧歌》到《大樹魂》的抒情文所呈現的鄉土感性」，充滿「趙戎推崇的愛國熱情」。但是「在五〇年代末期第一波現代主義掀起風潮之際」，憂草開始改變。「一九五五年十一月《蕉風》創刊後，徹底改變了馬華文壇的生態。」連同《學生週報》的推波助瀾，憂草等一批年輕作者「筆下重新鑄造的鄉土感性，以及感受〔到〕的政治時空變遷，促成了他們試圖走向不同的鄉土抒情趨向。」高嘉謙細膩地解釋了憂草文風轉換的多因複果：轉換，不全然是現代主義透過《蕉風》的輸入，也不全然是「政治時空變遷」帶來的壓迫感。應是兩者都是，兩者都不全然是。高嘉謙這裡所嘗試的，毋寧是日本文化中極其幽微而又困難的「閱讀空氣」——意義總在表象之外，只能感覺；更確切說，只能「共感」。這種幽微，高嘉謙透過引述憂草〈網之囚〉一文片段如此描述：「帶有音樂性的悠揚，連綿的情思轉折，憂草看到鄉土殘酷世界的內部，但迷戀詩語言的轉化。」一方面，憂草看見外在世界的「殘酷」，另一方面又「迷戀」詩的語言。面對外界如此受傷，他開始耽溺於一個內部世界（詩語言）。這不盡然是作家對於現實世界的逃避，因為就算是逃避，也是另一種面對。真正發生的，

是作家某種新的感性的生發，某種理解世界的開始。所以，憂草「稍後的《鄉土‧愛情‧歌》，抒情的不僅是內部情思，也擴及了外部情境的流轉，以及人事。」高嘉謙說得隱晦，何謂「外部情境的流轉」，有賴我們的大馬六〇年代記憶來補足，尤指當時政治大環境的變動，最後爆發成為一九六九年無法收拾的局面。至於「人事」，應與年歲增長有關。年紀老大之後，驀然回首，原來所有「青春」紀事，只是「這群馬華青年作家的起手式，預見了往後他們走向的抒情實踐和轉折。」

[4]

告別青春之後，大山腳作者們又去了哪裡？他們身分，從此不再是高嘉謙筆下的憂草、慧適、魯莽，而是幾經變體，蛻化而成林春美筆下眼神犀利而又絕望的宋子衡（黃良能或黃光佑，1939-2012）、菊凡、陳政欣、小黑。他們都在不安的一九六九年之後開始寫作。乘着《蕉風》，將現代主義大刺刺地吹進了大山腳。

大山腳作為現代主義重鎮的印象，肇始自此四人。然而他們不長於批評，以致馬華文學的現代主義系譜中，不見他們具體位置。最多置身《蕉風》旗下，一如林春美論題所示〈蕉風吹到大山腳〉。相形之下，天狼星詩社就有溫任平超凡的論述能力引領，儼然成為現代派最具代表的「集團」[8]。在無意否定此詩社總體成就的前提下，

---

[8] 尤詳溫任平主編的《憤怒的回顧》及他的論文集《文學觀察》，兩書同於一九

仍需指出，其成員早年的一些詩作，過度沉湎於中國意象。沒有寫得不好，而是流於唯美的耽溺。與此同時，開拓了「中文現代主義」（黃錦樹語）新境地的在台馬華小說作家，尤其李永平、張貴興、黃錦樹，總體藝術成就或許最高，但若強加挑剔，則差在「雨林」一詞被過度消費，文字總給人炫技的印象（不必就有貶意：李斯特不少譜曲便刻意要鋼琴家們炫技）。相形之下，大山腳這四位作者，走的是不同路線。或說，他們根本無路可走──既不能躲起來耽溺，又無資源可供揮霍炫技。無路可走，在於他們世界困在一個難堪的事實：貧窮。

在批評極其重視技藝表演兼文字如何俏麗賣萌的今天，我們焦點忽地轉向題材，談的又是貧窮，還算文學批評嗎？結果，我們往往不知道馬華文學在寫什麼。好不容易拉出一個省視距離──例如透過翻譯，方才驚覺，很多時候我們寫的是貧窮。一九八八年，馬來批評家 Hamzah Hamdani 在他給馬華小說選集《這一代》（*Angkatan Ini*）寫的序文發現，書中所收十六個短篇（菊凡為唯一入選的大山腳作者），就有十一篇的題材關乎貧窮（xii 頁）[9]。編者楊貴誼不是方修，當初選文，應無「左翼」思維，作此刻意安排。若是如此，貧窮書寫在十六篇裡占了十一篇，就有了統計學上的意義。進入富庶的廿一世紀，回望一九七〇年代，林春美也找到一個距離，看見大

─────────────

八〇年由天狼星出版社。

[9] Hamzah Hamdani, "Kata Pengantar." *Angkatan Ini: Cerpen Pilihan Sastera Mahua*. Disunting oleh Yang Quee Yee. Kuala Lumpur: Dewan Bahasa dan Pustaka, 1988. Pp. xi-xxiii.

山腳小說家們寫的是貧窮。她論道，他們小說裡「主觀感受上的昏暗與陰鬱，在最常見的情況中，與經濟的困窘相關。」並說：「貧困是個巨大而堅固的牢籠。」若說這些小說人物「疏懶怠惰」，並不公平，因為「小說敘事中也可以看到許多費盡心力、甚至拼了性命，也衝不破牢籠的不幸的人。這種人在宋子衡的小說中比比皆是。」

　　貧困如此——貧窮，外加困頓——決定了大山腳文學的色澤。林春美以下這段話，具體而微道出大山腳版的現代主義，何以須與天狼星詩社、在台馬華小說有所切割：

> 一九七〇年代的大山腳小說敘事若說有個色澤，那必定是昏暗的、陰鬱的。體現在菊凡的小說題目上，那是「暮色中」。體現在小黑的小說題目上，那是「黑」。此二單篇之題較後不約而同被選作這兩個作者第一本小說集的書名，竟仿佛更被凸顯成了七〇年代的「本色」。宋子衡小說也多是「永遠在黑夜中走路」的人；而在陳政欣的小說中，無論是「那人，無法開窗……」，還是最後的窗打開了，結果都一樣，「黑，還是一樣的黑，無邊無際的黑。」

「貧困又兼多子，則是菊凡七〇年代小說頗為關注的課題。」林春美引述了菊凡的話，解釋這時期小說「所着重表現的，是在國家新經濟政策下的新政治環境所產生的市井小人物，他們的精神上的問題、生活狀況、心理上的感受。」菊凡的話說得委婉，直接了當的意思是：占國家人口三成以上的非土著，並沒有從打着扶貧旗號的「新經濟政策」中得益。國家積極的不作為，使他們持續貧困。甚至，在這種「新政治環境」中，階級流動開始種族化。巫統主導的制度加

持下，階級流動在非土著之間——尤其底層華人與廣大的南亞後裔——更形停滯。為了改善生活，他們只有湧向都會。但那又能怎麼樣？陳政欣敏銳地看見其中問題。林春美寫道：「因現代化導致的困境，是七〇年代陳政欣小說的重要命題。」尤其「現代都市人這種既孤獨、又害怕孤獨的心理」是陳氏的拿手好戲。他筆下的人們害怕孤獨，又因時間加劇了孤獨的恐怖，他們同時還懼怕時間：「在以現代化為現代人最大困境的陳政欣小說裡，『現在』作為一個時間點，也是『空白』的。」甚至，「在現代人的生活裡，時間既是一種匱乏，亦是一種剩餘。兩者都同樣令人無所適從」，以致「對陳政欣的現代人來說，『過去』可能才是最具救贖意義的時間。〈鬧鐘〉裡那個魔幻的鬧鐘，分秒倒退」，就是例子。

同樣的無所適從，亦見諸小黑作品。「小黑早期許多小說都隱約流露一種生命的虛無感」，「深深感知人在面對命運嘲弄時除自卑無助之外亦別無他法」。相較於陳政欣，宋子衡的「虛無感恐怕有過之而無不及」。尤有進者，壓迫着宋子衡的虛無感，可能還是一個皮蘭德婁的問題。林春美寫道：「宋子衡在七〇年代創作了一系列對人的『位置』進行探索的小說，其中多是一些覺得自己『不曾真正活過』的人。」她轉述宋子衡想解決的問題：「在自己的人生裡扮演『客串』的角色，究竟是人的實存呢，還是無存？又或者，在宋子衡的小說裡，其實根本就沒有什麼是實存的呢？」如果窗打不打開，都是同樣的「無邊無際的黑」，如果人「永遠在黑夜中走路」，如果時間既是匱乏也是剩餘，如果面對「命運嘲弄」只能「自卑無助」，如果連自己是否在「客串」自己的人生都不能確定，而如果存在只是虛無，

則走與不走都同樣是在等待果陀了，是否歷經蛻變都早已是卡夫卡那隻昆蟲。

　　就在這裡，大山腳文學與西方現代主義，遙遙地作了精神上的契合。前引的皮蘭德婁、卡夫卡、山謬‧貝克特，外加沙特的《存在與虛無》，在大山腳文學這裡或那裡，都尋有蛛絲馬跡。現代詩宗師波特萊爾，就有一首散文詩〈窗口〉，同樣在探索窗的意義，說窗無論打不打開，都「最深邃、最神秘、最豐富、最陰鬱」，「窗洞裡，生命在生長、夢想、受難」[10]。種種這些精神上的遙相應和與相應的折磨，憑着唯美耽溺或是炫技無法抵達。然而別忘了，大山腳文學能走到這一步，肇始點在貧困。所以，就算是現代主義又怎麼樣？有什麼好值得高興？這支文學其實一無所有，寫的是沒有資源，毫無意義，無奈，無常。

　　論及現代主義，林春美也就沒有耽溺在任何炫技話術。反而她警醒地寫道：「大山腳小說家對於現代主義文學思潮與技巧的熱情擁抱」，「折射了一個年代集體心靈氛圍，在某個程度上建構了那個年代馬華文學的某個重要面向」。這段話至少有三處值得注意。首先，大山腳文學的「馬華性」或是「『馬華』特質」，說不定現代主義更能準確定調。然而（這是第二點），現代主義不能望文生義，而應指某個時間點上的「集體心靈」，甚至某種「時代精神」（Zeitgeist），不能停在「技巧」的層面作解。其三，「大山腳」被賦予了「時間」的

---

[10]　沙爾‧波特萊爾。《巴黎的憂鬱 _Le Spleen de Paris_》。亞丁譯。新北市：大牌出版，2012 年。151-52 頁。

概念，自其地理上的「空間」意義抽離。林春美另一段話說得更清楚：「一九七〇年代的大山腳小說敘事，其實並不等同於『大山腳敘事』」，「他們的小說才更具一種概括性——那是一九七〇年代的故事。」易言之，「大山腳小說敘事」（作為大山腳文學），並不等同於「有關大山腳的故事」，反而須從大山腳這個地方剝離。剝離到一個抽象程度，才能體會大山腳文學如何作為馬華文學一個具體的「集體心靈」。現代主義要被討論，必須建立在這個認知上。

　　然而這還不是全部。大山腳版現代主義仍有一個未知的面向，比我們想像之中更具殺傷力。

[5]

　　現代主義有個廣受西方學界接受的定義，認為它是對現代性的批判。例如哈伯瑪斯的宏文〈現代性———一個未完成的計畫〉，便有相近的說法[11]。江寶釵論文題目〈大山腳的華語系書寫場域暨其現代性反思〉，雖未提現代主義，但點出「現代性」為問題所繫，需作「反思」。大山腳人的無奈，與「現代性」之間的藤蔓瓜葛，根本說不清楚。首先「過番南渡」，實際是一頭栽進西方現代性，南來接受英國殖民統治。二戰時日寇南侵，這是跨國施暴。戰後英國人回巢，宣佈緊急狀態，傾全帝國之力大肆鎮壓。大山腳人起而反抗（「反殖

---

[11] 林建國，〈蓋一座房子〉，《中外文學》，第30卷，第10期（2002年3月）：55頁。

與馬共」就是），不是慘勝便是失敗收場。國家脫殖民而獨立後，一如李有成指出，是馬來青年沙烈（不是大山腳華人）在蕭艾的詩裡回答「誰是國家真正的公民」。無論答案是什麼，他們心裡有數，自己從來不是國家的主人。一九七一年開始實施的「新經濟政策」，所有好處都跟他們無關。國家撒手不管，放任大山腳人自生自滅。以上種種，沒有一項不是「現代性」在從中作梗。

　　什麼都能熬，最難熬的是貧困。那是「現代性」最惡毒的果實。其結果是「昏暗與陰鬱」，形成了大山腳現代主義最深刻的「本色」。

　　然而大山腳人的文學進擊沒有就此停下。江寶釵的「現代性反思」還有一番見所未見，值得全段抄錄。她寫道：

> 在瀏覽大山腳的書寫時，有一些不斷出現的意象吸引我的注意，如：陳政欣《做臉》、邱琲筠散文集《卸妝之後》、陳強華詩集《化裝舞會》，游牧小說集《演劇者》；也就是說，以上的這幾本作品集的命名都隱含著一個「面具」的概念。尤有甚者，陳政欣小說集《山有陰影》，陳政欣《窺視》、邱琲鈞詩集《邀你私奔》；陳強華詩集《幸福地下道》、宋子衡《裸魂》等等，這些大山腳書寫呈現出來的，是「山有陰影」一種「窺視」、「裸」魂彷彿預約一種不裸則無艮的靈魂嗎？邀你「私」奔，「地下道」才得幸福？以上，都展現出一種對公共領域的逃避，或是隱遁的心態。而面具與本真的匱乏，與紅塵俗忮的對立，似乎顯現了馬華文人共同對於現實的某一種無奈。

其實可以補上的書名，還有宋子衡的《冷場》（1987 年《蕉風》月刊

出版）。相較於「昏暗與陰鬱」所帶有的無奈「本色」，以上種種書名一反其道，全數棉裡藏針，冷到不行。冷眼之餘，就是對人不信任，只相信幸福藏在地下道。每個人都戴上面具，不是做臉、演劇，就是化妝、卸妝。而舞會中所有的過場都是冷場。私底下各懷陰影，作盡不可告人之事：窺視，邀你私奔，裸。

這些書名採行的修辭策略，玩世意味很濃。字面意義似是而非，連帶說話姿態也似是而非，超乎文字遊戲，不像玩笑，但就是帶着刺。這種修辭方法，西方文學批評早已備好術語伺候：反諷（irony）。反諷作為主導的表現手法與內容，使得大山腳與麻坡、金寶、古晉等作者群聚之地有了區別。甚至可從天狼星詩社、在台馬華小說作出進一步的切割。

反諷何解？顯然不能停在字面按圖索驥。因為所謂意義似是而非，牽涉訊息收發兩端，是否領略話中意思是落在言外。兩個隨機例子：「張有錢餓死了。」「交通部長座車卡在高速公路上，動彈不得。」兩句話都有打擊對象，打擊方式是把重大的事（人死了、車動不了）說得若無其事，任聽的人自行領略話裡機鋒。說得若無其事，出在說的人態度抽離；抽離，又因為面對打擊對象，自己深感無力。不如就用高人一等的姿態，把話說得似是而非，懂就懂，不懂就不懂，考驗着聽的人。聽懂了，等於找到同謀，聯手毀掉要打擊的對象。然而所謂打擊，無非是在耍嘴砲，現實不會有所改變。於是，無論聽懂還是不懂，說的人、聽的人一樣痛苦，近乎是瞎折騰。

但不排除，反諷可以刺破現實一些假象，騰出一個倫理位置，給人反思空間。西方思想史上，反諷是個唯一具有哲學地位的修辭；

是否空洞話術，蘇格拉底、亞理士多德、黑格爾、施萊格爾兄弟、祁
克果等人，都有過辯論[12]。反諷這番地位，大大影響了西方文學批
評的操作。例如一九九五年推出的《現代主義：一個文學導覽》[13]，
開卷第一章題作〈現代人之反諷〉（Ironies of the Modern），便對波特
萊爾的一番話作了轉述：「反諷是一個對於現代性必要的防衛」（irony
is a necessary defence against modernity）（5頁）。之前，我們有過定義：
「現代主義是對現代性的批判。」現在，循着波特萊爾到大山腳文
學的例子，似乎也可以說：「現代主義是對現代性的反諷。」

　　如果這樣命題成立，則我們既有的現代主義認識必須翻轉。首
先，如前所述，反諷這個古老修辭，今天被用作武器，對付一宗新
近時局（現代性），其結果是碰撞出了現代主義。過程中最重要的事
件是「修辭」與「時局」的對抗，發生在「反諷」與「現代性」之間。
邏輯上，兩造碰撞的結果可有多種，「現代主義」只是一種，所以最
不重要。如果大山腳文學裡發生的就是這種碰撞，則「現代主義」
與否，同樣次要。所以，我們不必太在意大山腳文學是否「隸屬」現
代主義，因為這麼想搞錯了主從關係。反而該問：現代主義是否「隸
屬」大山腳？這麼提問依然次要，因為真正該問的是：「反諷」如何
被大山腳文學當作修辭武器，進行其「現代性反思」？

---

[12] 尤詳丹麥哲學家祁克果（克爾凱郭爾，1813-1855），可能是近現代西方哲學
家中，對反諷在西方思想史上的爭議，作出最詳盡梳裡的一位。他一八四一年
答辯的博士論文，探討的就是反諷。

[13] Peter Nicholls, *Modernisms : A Literary Guide*. Berkeley: University of California
Press, 1995.

　　如此突出修辭（反諷），而非斷代（現代主義），在西方文學批評史上早有先例。江寶釵論文同有引述的加拿大學者弗萊《批評的剖析》[14]，書中便不使用「現代主義」一詞，只用「反諷」，定義學界眼中的現代主義作家。我們知道，連同馬拉美在內的法國象徵派詩人，是現代主義的先驅。弗萊寫道，他們與浪漫主義的決裂，在於前者是以反諷的姿態創作，以致「詩作的聲音是朦朧的，含義是不明確的」（46頁），並說「這種反諷的方式同馬拉美的關於避免直接陳述的教義相吻合」（47頁）。反諷就是避免寫出直述句，反而越朦朧越好。然而弗萊「反諷」用法超越單純的修辭理解，跟祁克果一樣（弗萊沒引述祁克果），牽涉到了文類，與「喜劇」、「悲劇」、「高模仿」、「低模仿」一類詩學語彙連用。這些詩學概念，一如反諷作為概念，彼此有了一番組合之後，可以用來解釋西方文學史上種種流變，以及其間文類的遞嬗。這些詩學概念可供穿越時空，但是「現代主義」（作為概念）卻不行，因為它是文學斷代，過了就結束了。不然，依林春美用法，將「現代主義」視作文學思潮，是某個時間點上的「集體心靈」。無論如何，現代主義不是大山腳文學的「本質」，亦非這支文學的肇因，而是與「現代性」遭遇後其中一個效應（結果）。所以有關這支文學的討論，就算要談現代主義，至少須回到修辭，例如「反諷」。

　　這時當我們說，大山腳文學與西方現代主義作了精神上的契合，

---

[14] 諾斯洛普·弗萊，《批評的剖析》。陳慧、袁憲軍、吳偉仁合譯。天津市：百花文藝出版社，1998年。

我們的意思是：這支文學採行了一個具有思想重量的修辭態度（反諷），承受、反思、抵禦着現代性。從中形成的「集體心靈」，與西方當代文學裡某些精神面向有所呼應。「現代主義」則是一個權宜術語、方便手段，用以命名這些作品中呈現的「空氣」，作為「修辭」與「時局」在某個時間點上（如一九七〇年代）遭遇的結果。

　　或許可舉一個小說實例，說明「反諷」與「現代性」如何在大山腳遭遇。游牧（游祿輝，1936-2002）的短篇〈龍山鎮〉[15]，寫的是主人翁阿堅伯一輩子的掙扎與懸念。首先他和眾多鎮上父老一樣，抱怨「洋人不懂堪輿之學，在這福地之上，建了一條鐵路，把龍尾給切斷了，以致靈氣散盡，大大影響了龍山鎮的風水」（16頁）。按大山腳為龍山鎮的藍本，游牧取的地名已是反諷。堅信這是福地，堅守堪輿之學，阿堅伯的名字沒有白取，就是一個「堅」字，堅決、堅定要跟統治此地的殖民當局（洋人）周旋到底。然而，跟權力當局對抗是不自量力，說明他與現實脫節。獨立建國之後，「政府要實施彩色電視，因此在全國各地建立了許多轉播站。龍山鎮的龍山山脊，也被政府選為建立彩色轉播站的地點」（24頁）。這項工程非同小可，因為之前有鐵路斷了龍脈，好不容易眾人靠着修築龍山寺方得保住小鎮靈氣。現在有此一塔，「他們費盡心血建成的龍山寺，不是變成廢物了嗎？」（25頁）阿堅伯一氣之下急火攻心，倒地不起，掛了。孫兒輩哀嘆道，他再也「無法看到彩色電視了！」（26頁）

---

[15] 游牧，〈龍山鎮〉。《母音階：大山腳作家文學作品選集（1957-2016）》。辛金順主編。有人出版社，2017年。16-26頁。

　　雖曰龍山鎮，那是華人說法，但是洋人與脫殖民後成立的政府，都沒在此地看見有龍。他們先是鋪了鐵路，再是立起彩色電視轉播塔，通通是「現代性」的植入行銷。阿堅伯以一人意志抵抗到底，卻因為搞不清楚狀況，無意中也就充滿喜感。孫兒輩也沒弄清楚，喜劇跟着加倍。之所以是喜劇，在於無甚大害的誤會在可愛的家人之間發生了。游牧犀利之處，是將故事中層層堆疊的誤會，用了反諷筆法收尾：孫兒輩對於阿堅伯辭世感到惋惜，在於認為他再也「無法看到彩色電視」。事實上他被氣死，因為很快就要看到彩色電視。故事本來可以很悲壯——老人與塔，有如老人與海——但是游牧輕拿輕放，用了一個包容的喜劇結構，為老人與「現代性」之間的勢不兩立，找到一個敘事出口，作出喜劇了斷。

　　即便如此，直到阿堅伯氣絕一刻，生者死者之間的誤會依然未曾消解。阿堅伯的遭遇早有類似，許多大山腳小說家的故事中，人物自始至終互不理解。結果大家白忙一場，故事還沒開始就已經結束。所以即便是喜劇，我們看到的是無奈、孤立、憤怒，以及不敢憤怒。喜劇結局掩不住的是濃濃反諷，與悲劇幾無差異。

　　西方文評界很早就知道，喜劇、悲劇僅只一線之隔。就像祁克果所說，悲劇發生，因為兩個相愛的人互不理解；喜劇，因為兩個互不理解的人相愛[16]。又說，悲劇是出於受苦的矛盾，喜劇來自無

---

[16]　George Pattison, "Art in an Age of Reflection." *The Cambridge Companion to Kierkegaard*. Edited by Alastair Hannay and Gordon D. Marino. Cambridge University Press, 1998. P. 89.

痛的矛盾[17]，反正都是矛盾。顯見故事本身無關悲喜，結局不同，純在各種故事元素如何被人重組。回到大山腳文學，阿堅伯的「現代性及其不滿」，並也見諸其他小說人物。悲劇或是喜劇作收，隨時可以翻轉，在在說明他們命運的無常，以及他們如此堅持拼命的無奈。當「現代性」湧向大山腳，排山倒海而來時，他們通通變成了阿堅伯。雖千萬人吾往矣，彷彿在共同實現一個福婁拜的命題：阿堅伯，我就是（Madame Bovary, c'est moi）。最終下場，悲劇還是喜劇已經無差，除了留下反諷話鋒裡的遺憾，就是揮之不去的剝奪感。

當大山腳青年作家，如早年的憂草，在高嘉謙筆下面對「外部情境的流轉，以及人事」，開始有了新的「抒情實踐和轉折」，告別青春也就成為他們的文學「起手式」。高嘉謙未及說明，但由林春美補上的是，他們從此遭逢現實世界的「昏暗與陰鬱」，理解到原來世界不是想像的樣子，連新成立的國家也不是。現代性的到來，國家的隨後出現，又怎麼樣？到頭來，尾隨每個人的還是剝奪感。這是何以幾位大山腳小說家的眼神如此犀利而又絕望，修辭處置又是如此反諷。

閱讀他們小說需要這種眼神；大山腳學要成立，這是起手式。

---

[17] Andrew Cross, "Neither Either nor Or : The Perils of Reflexive Irony." *The Cambridge Companion to Kierkegaard*. Edited by Alastair Hannay and Gordon D. Marino. Cambridge University Press, 1998. P. 150.

[6]

石黑一雄早年一個短篇〈家族晚餐〉[18]，寫一對成年兄妹，在母親辭世後返回東京老家，與父親一起用餐。晚餐前暮色中，兄妹兩人在院子裡溜達，圍在童年伴他們長大的一口枯井旁，有一搭沒一搭說着話。母親生前曾說那口井鬧鬼，因為早年有個女人在那裡投井。父親的公司剛剛垮掉，他的合夥人切腹自殺。他沒有說，但由妹妹告訴哥哥的是，父親這位同事，死前把妻女用瓦斯毒死，一起帶走。身為哥哥的第一人稱主角，端坐在屋裡用餐，思緒不能集中，不停被後院那口枯井打斷，想着井裡那個女人，還有亡母的容顏。吃一頓飯，死亡環伺，後院則謎一般拉扯着他的思緒。

我們遙遙聽聞大山腳，彷彿自家後院。那裡似乎也有一口深井。往裡頭一看，昏暗而又陰鬱，映照着我們犀利而又絕望的眼神。暮色中，隱然感覺井裡有人拼了老命，仍舊衝不破貧困的牢籠。他們滅頂，看着自己失敗，「黑，還是一樣的黑，無邊無際的黑」。圍在這口井邊，一股集體心靈在游移；井所座落的這個後院，不再只是具體的一地一鎮。提起馬華文學，我們的思緒總被它打斷。某種不即不離，很多的我記得，以及一股強烈的剝奪感在環伺。徘徊在悲喜之間，任由反諷的修辭及其虛無擺弄，然後遺棄。青春早已告別，永遠失去的是美麗年華與天真爛漫，以及所有關於國家浪漫的想像。

---

[18] Kazuo Ishiguro, "A Family Supper" (1982). *Literature: An Introduction to Fiction, Poetry, Drama, and Writing.* Edited by X. J. Kennedy and Dana Gioia. 10th ed. New York: Longman, 2007. Pp. 566-73.

那些美好的事物去了哪裡？藏在誰家的後院？如果後院在我們的大山腳，大山腳文學就是那口謎樣的深井。

引用書目：

沙爾·波特萊爾。《巴黎的憂鬱 Le Spleen de Paris》。亞丁譯。新北市：大牌出版，2012 年。

諾斯洛普·弗萊，《批評的剖析》。陳慧、袁憲軍、吳偉仁合譯。天津市：百花文藝出版社，1998 年。

黃錦樹，〈暮色與午空：讀菊凡《暮色中》〉。菊凡，《暮色中》。居鑾：大河文化出版社，2016 年。11-17 頁。

林建國，〈為什麼馬華文學？〉（1993 年）。《赤道回聲：馬華文學讀本 II》。陳大為、鍾怡雯、胡金倫主編。台北市：萬卷樓，2004 年。3-32 頁。

林建國，〈蓋一座房子〉，《中外文學》，第 30 卷，第 10 期（2002 年 3 月）：42-74 頁。

溫任平主編，《憤怒的回顧》。天狼星出版社，1980 年。

溫任平，《文學觀察》。天狼星出版社，1980 年。

許維賢，《華語電影在後馬來西亞：土腔風格、華夷風與作者論》。台北市：聯經出版事業股份有限公司，2018 年。

游牧，〈龍山鎮〉。《母音階：大山腳作家文學作品選集（1957-2016）》。辛金順主編。有人出版社，2017 年。16-26 頁。

Abrams, M. H. *Natural Supernaturalism: Tradition and Revolution in Romantic*

Literature. New York and London : Norton, 1973.

Cross, Andrew. "Neither Either nor Or : The Perils of Reflexive Irony." Hannay and Marino, pp.125-53.

Hamzah Hamdani. "Kata Pengantar." *Angkatan Ini: Cerpen Pilihan Sastera Mahua*. Disunting oleh Yang Quee Yee. Kuala Lumpur : Dewan Bahasa dan Pustaka, 1988. pp. xi-xxiii.

Hannay, Alastair, and Gordon D. Marino, editors. *The Cambridge Companion to Kierkegaard*. Cambridge University Press, 1998.

Ishiguro, Kazuo. "A Family Supper" (1982). *Literature : An Introduction to Fiction, Poetry, Drama, and Writing*. Edited by X. J. Kennedy and Dana Gioia. 10th ed. New York : Longman, 2007. pp.566-73.

Nicholls, Peter. *Modernisms : A Literary Guide*. Berkeley : University of California Press, 1995.

Pattison, George. "Art in an Age of Reflection." Hannay and Marino, pp.76-100.

Zinsser, William. *On Writing Well*. New York : Collins, 2006.

† 本文宣讀於「大山腳文學國際學術研討會」，大山腳日新中學主辦，2018 年 3 月 10-11 日。後發表於《南洋商報・南洋文藝》網路版（http://www.enanyang.my/），2018/7/19, 7/26, 8/2。

等待大系

一

　　我期待一部當代馬華文學大系已久,可是不能確定理由是否和他人相同。對我而言,沒有這部大系使我對馬華文學常有思考上的困難,在討論某個作者或作品時,沒有足夠的歷史參照可以進行貼切的分析。缺乏這份參照,我也無從掌握馬華文學過去三四十年的努力和變化。這是詮釋循環上的問題:由於沒有掌握全部,我不能充份理解局部;既然得懷疑自認掌握了的局部,我對全部的瞭解也就難以開始。立足點如此先天失調,我可能還不知道我不知道甚麼。於是我期待大系,也等於期待它協助我完成這個詮釋循環。當然為了使編輯工作可以開始,大系編者們首先得自己解決這個循環。大系工作之困難,可想而知。

　　其實方修兩部《馬華新文學大系》之編纂,以及其他前行代研

究者的努力，已多少建立這個詮釋循環，為我們立下重要的典範。從這角度看，方修等前輩的貢獻還沒有得到夠份量的評價。這評價應該是這樣：是他們的努力，使我們今天對馬華文學的一切思考成為可能。方修等人的文學史觀和美學成見誠然有過時和不足之處，可是這些批評都是後見，是我們在巨人肩膀上思考的結果。切入晚進引起紛爭的「馬華文學經典缺席」的議題，我們發現這項「指控」（如果算指控）所揭示的，其實只是沒有「巨人肩膀」可站的思考困頓。在無人擁有足夠的參照可以否定或肯定這項「指控」的前提下，它本身只能結構性地成為沒有結果的「指控」。結果「指控」最有意義的地方，反在說明我們需要一部當代大系。在大系出現之前，有關馬華文學是否「經典缺席」的判斷只能暫緩，因為目前它還卡在它詮釋循環的問題上。

　　如果大系的工作是讓日後相關思考成為可能，則其編纂目的便不在肯定或否定「經典缺席」的「指控」。其中理由還得解釋，可是眼前我們即面對這樣認知上的矛盾：如果大系的工作不在肯定我們擁有「經典」，或者所收集的不是馬華文學的「經典」，大系就沒甚麼好編了。不幸這命題另一個意思是：如果馬華文學找不到自己的「經典」，大系大概也不必編了。這裡的思考困頓出在大系是依附「經典」而生的假設上，其中不被懷疑的是「經典」的概念。然而此處我們也看到「經典」本身的飄渺性格（「經典」不見得找得到），其間隱然的負面效應（大系可能沒有編的理由），多少顯示它在思辨上自我終結的宿命：即「經典」概念如果可能，「經典缺席」會是必然的結論。再說「經典」之作為「經典」，本質上還

得有不可重複的性格，就像一樁有著「經典」地位的事件，只在一時一地發生，記得它也等於預期它在未來「缺席」。我們誠然有很多「經典作品」，可是在概念的層次上，「經典」只以絕對性（對「獨一無二」的堅持）為思考前提，所貫徹的是它（其實是我們）偏執的慾望法則。也就是說，如果可以把「經典」比作感情，必是「曾經有過」的那種，已經擁有，但是也永遠失去，相同的激情不再，這段感情只有成為「經典」。任何人如果努力尋找，這份「經典」（或感情）必定可以找到，因為已經不再找到；找不著的話，一定是已經找到的緣故。於是「經典」假設的提出，只讓「經典」毫無選擇地「缺席」。

這裡對「經典」概念的批判看似嚴厲，其實想點出的是，只有在「經典」概念裡具現的思考困頓才是它本身最有力的批判。如果大系的編纂目的在肯定或否定「經典缺席」的「指控」，等於草率捲入隨「經典」概念而來的種種糾葛，從而錯過隱含其間的自我批判。如此這般，要看到固有「經典」美學成見之外的「經典」乃不可能。後面這種「經典」在最極致的情況下，會違反所有已知「經典」生成的條件。這有兩層意思：這類作品會使「經典」成為不可能的事件；但是因為在我們的慾望法則裡，一個沒有所謂「經典」的（文學史）世界是無法想像的，這類作品會在我們的後見裡反諷地升格為「經典」。我們遂看見「經典」概念自我批判之後的曖昧性格：首先「經典」概念露出破綻（偏執的慾望法則），使得其美學成見之內之外的「經典」都必須「缺席」，說明這概念只要運作必定崩潰；另一方面，又因為我們的慾望法則，「經典」概念又完

全失去崩潰的條件。唯一不曖昧的是這概念裡頭激烈的變動，顯示它既由自我批判摧毀，又由慾望法則還魂。我們看不出有些甚麼解決的條件，似乎也沒有解決的必要，因為基本上慾望法則不屬於可以「解決」事物的範疇。於是「經典」概念的存在，只有顯示我們種種無以名狀的不安與不滿，是我們的存在在面對著它的本質。

我覺得正是因為這個存在本質的問題被錯過了，「馬華文學經典缺席」的命題才被當作「指控」來理解。說實在，如果這項「指控」是正確的，我們在寫作上只有多加努力；就算是錯誤的，我們也要努力，我實在看不出有甚麼可以引起爭議的地方。甚至這「指控」只有不公平（「錯誤」）才體現它的價值：因為它逼迫我們面對和我們存在本質攸關的慾望法則，為了克服其間的不安與焦慮（我們「經典缺席」！），我們只有毫無止境地書寫，寫到「經典」出現為止，不然就得寫到死。由於「經典」概念的邏輯不足以支撐如此需索無度的慾望法則──一個以死亡為慾望的法則，「經典」概念必須崩潰，並在崩潰後的困頓裡顯示其實並沒有甚麼「經典」可以滿足這項法則。這也意味著慾望本身將往下衝瀉，失去法則的羈絆，存在於是必須覆沒。為了避開這樣的滅絕，慾望法則只有讓「經典」概念再度復活，把死亡延宕。由於「經典」概念無從崩潰，我們乃得以茫然活著，在焦燥的書寫之中有所等待。只是我們知道「經典」不再是我們等待的對象，因為它不過是慾望法則操縱的概念；我們所等待的只能是不被這法則「操縱」的「經典」、不能被如此指認的「經典」。既然不能指認，我們便無從稱呼我們等待的作品為「經典」。至於已被如此指認的「經典」，也因此而和自己疏離。

既然「經典」在本質上必須「缺席」，在「經典」概念裡「缺席」（疏離），在之外「缺席」（不能指認），那麼慾望法則便沒有甚麼選擇，只能在全面的挫敗下變得嚴厲。而除非我們能在等待中領會這份疏離，我們也將無從理解我們何以活得如此偏執。

我們要問：那些不能指認的「經典」在哪裡？它們會在何時何地出現？一個可能的答案是：我們不指認的時候它們就出現，在我們不知道的時候，在有所等待的時候。所出現的地方將是慾望法則與疏離之間的縫隙，被這法則用過力氣可是無法佔據的地方，在「經典」概念再度復活以宣告自己全面挫敗之地，在「經典」被命名為「經典」而與自己疏離之處。我們知道不能指認的「經典」存在，因為我們看著慾望法則捲進一場失敗的辯證，它以為可以透過這樣的運作（辯證）來貫徹自己（法則），而未想自己只是辯證失敗的替代。誰讓辯證失敗，誰就是慾望法則的原由；而作為「結果」的慾望法則必須瞭解，它只能建基於這樣的挫敗上。不能被指認的「經典」，正是這些種種挫敗的生成條件。

我們於是要問：究竟是甚麼讓我們這樣的瞭解成為可能？答案當然不會是等待本身，可是卻維繫在等待那裡。也就是說，如果大系可以等待，那必是因為大系作為一切瞭解的可能，將讓我們領會不被指認的疏離，鑿出慾望法則生成與挫敗的種種條件。換言之，大系的工作不能是場自我挫敗的計畫，「經典」與否只能是次要的關懷。可是我們又要問：這怎麼可能？我們怎麼可能在挫敗之餘還有別的選擇？因為除了慾望法則之外，我們甚麼都未曾擁有。

二

　　這些問題所追究的仍然圍繞在「經典」生成和存在的理由。或許「經典」概念的歷史原由可以提供不一樣的思考途徑。「經典」（canon）一詞來自希臘文 ，原意指「竿尺」或「規矩」（圓規方矩），因此「經典」更好的中譯恐怕是「典律」。在西方，「典律」是宗教（基督教）和律法的中心概念；引申開去，任何源流的宗教和律法都得以「典律」為終極關懷，這般情形並不盡然可以推及到哲學、文學或其他人文學科與精神活動去，至少「典律」概念不是後者成立的必要條件。我們大概不能想像沒有「典律」的宗教和律法，可是缺乏所謂「典律」的思想體系和文學源流卻有其可能。這說明了「典律」之於後者是借來的隱喻概念，並沒有本質上的地位。在後設的層面，其中差別更看得清楚：在宗教和律法那裡，詮釋學（hermeneutics）多少得侷限於其古老原意：解經學，使詮釋在理論上不能無限，不能逾越「典律」所設下的「規矩」。對於哲學和文學，詮釋本身容許作最激進的懷疑，包括對哲學、文學是否存在的懷疑，更遑論對「經典」或「典律」本身的懷疑。當然此處有關宗教／律法和哲學／文學兩套系統之間的差異，是解釋得極其簡略，只求說明彼此對「經典」（典律）概念在理念上的基本落差，無意解釋掉兩套體系之間困難的藤蔓關係。

　　從事文學批評我們更可看出此權宜解釋的依據，可以舉幾個我較有把握的西洋文學例子說明。美國女詩人普拉絲（Sylvia Plath, 1932-63）是戰後英語詩祭酒，耶魯批評學派頭頭布魯姆（Harold

Bloom）　在他主編的普拉絲研究論文選的序言裡說，普拉絲的詩作是他無法談論的作品，他完全不知道該怎麼閱讀。言下之意是他看不出普拉絲詩作何以是「經典」，卻又找不到反對的理由。我們這裡看到布魯姆「經典」價值體系的動搖兼自我保護，這一來一往只揭示普拉絲如何被這套體系進行辯證揚棄的命運，使得布魯姆此處遭遇到的疏離，將因普拉絲可以被指認為「經典」而放逐。布魯姆的不安與誠實是罕見的，可是隨後而來「經典化」過程的專斷卻更是常見。

　　打開西方文學「經典」的出版史，從梅爾維爾的《白鯨記》、福婁拜的《波法利夫人》到喬哀思的《尤里西斯》，我們都看到相同的粗暴對待，始作俑者乃是各時代的「經典」價值體系，以致真正的「經典」出現時無法指認。這何以我們要說，如果有所謂「真正」的經典，必是不可指認的那種。於是要「解決」布魯姆——作為西方詩學理論的一代宗師——面對普拉絲時的思考困頓，便是要他放棄他自己數十年來建立起來的「經典」價值體系，在思辨的層面把自己「廢功」。有經驗的讀者必定理解，亞里思多德《詩學》裡所謂在觀賞悲劇時——或閱讀文學作品時——領受到的「洗滌」經驗，不僅僅屬於美學層面，也應是學理上的「洗滌」經驗。意即我們固有的「經典」價值體系，亦將在美感層面的「洗滌」時遭受徹底的「洗滌」。這也意味，在我們讀到下一部可以如此把我們「洗滌」的（已寫出或未寫出的）作品之前，我們其實還未讀過真正的「經典」。由此，如果「經典」可以成立，必是在未來，並尤待指認。如果同一部作品重讀時仍給予我們學理上的「洗滌」，那只表

示它還未被指認。反之若類似的「洗滌」經驗在我們的閱讀裡越來越匱乏，表示我們離必要的疏離越來越遠，專斷與粗暴將是我們價值運作的一部分。

於是文學研究如果可以成立，那必是因為它允許我們作最徹底的懷疑。當今各種「經典」價值體系有各種現實上存在的理由，如文學與文學史教學、研究和思考上的需要，而說實在，沒有這套體系，我們還看不出「真正」的「經典」是不可指認的，甚至永遠不能指認。換言之，沒有這套體系，我們不會知道我們的侷限在哪裡，不會知道我們不知道甚麼。懷疑的價值也就在這裡：我們只能從固有的美學判斷出發，同時也知道任何美學範疇都各有問題，永遠有「經典」作品違反我們最顛撲不破的美學圭臬。於是「經典」最大的效用是在違反任何一種想得到的「經典」價值體系；這套體系固然可以進行其辯證揚棄的收編工作，不過其目的是展示挫敗，展示何以收編在本質上並不可能，疏離何以是最終的結局。

如果容許我們這麼說，則每部真正的「經典」都必須是一部醜聞（這當然不意味每件醜聞都是「經典」），讓我們有關所謂「內容」與「形式」的種種禁忌引起物議。於是當代馬華文學大系的編纂必須能警覺到這些種種禁忌的陷阱，瞭解編纂過程也是自我「廢功」的過程。方修戰前《馬華新文學大系》的編纂，由於對批判寫實主義的堅持，所收錄詩作無法讓我們看到象徵主義和其他流派詩作在馬華文學史上的試驗、流傳與傳承，對我們是不小的損失，使得相關整理和研究的工作必須從頭來過。我們這個在巨人肩膀上所得的後見，不在「重塑經典」或扳倒巨人，而在使我們對馬華文學

史的認識更為完整，而「完整」又是永遠不能企及的計畫，因為走進不可指認的領地正是它的計畫。

引用書目：

Harold Bloom.　Introduction. *Sylvia Plath*. Ed. Harold Bloom. New York and Philadelphia: Chelsea House, 1989. 1-4.

† 本文發表於《南洋商報·南洋文藝》，1997 年 4 月 18 日。

文學與非文學的距離

　　〈為什麼馬華文學？〉是二十年前舊文，最近新紀元文學理論營黃錦樹「重返」閱讀，算是歷史文件回收再用。所啟辯論，若讓學界受益，我樂觀其成。當年提出「為什麼馬華文學？」的命題，就是為了建立學術人的獨立人格。辯論如讓獨立的第三者意見出頭，而未附庸某個主義或是個人，獲益最大的人將會是我。

　　但黃錦樹〈重返「為什麼馬華文學」〉一文（《南洋文藝》2013/06/25）說「重返」與文學／非文學區分有關，顯得費解。這個區分爭論（如有爭論），應是發生在我更晚論文〈方修論〉發表之後。對此區分我一直興味索然，因為理論上非屬必要，並且也窒礙難行。例如，《莊子》、《史記》是文學還是非文學？是也不是，而又兩者都是，作此提問不知何益？再看歷代詩人寫詩酬賓、送行、寄友、遣懷，各具社會功能，寫壞了（成為「非文學」）還是無損這類功能，

但又不能否認它們還是文學創作。莎劇一直都是（現在還是）娛樂商品，迄今仍為英國貢獻國民所得。所謂文學／非文學，最後就變成學術究竟上的需要。即便如此，各文學作品的「非文學」性格仍無法去除。

文學／非文學區分在中文世界根深蒂固，恐怕不在學理需要，而在更深層的文化理由。書店排行榜上的「文學類」與「非文學類」區分，譯自英文 Fiction 與 Non-fiction，意義早有移動。英文原指「虛構類」與「非虛構類」，或是「小說類」與「非小說類」。「小說類」就只小說，但「非小說類」舉凡傳記、回憶錄、詩、劇本、評論等等無所不包。問題來了：「文學」呢？又該置身何處？兩種看法：「小說類」與「非小說類」同屬文學，意味文學無所不在；不然，「小說類」與「非小說類」足夠作品分類所需，「文學」概念便屬多餘。要不文學無所不包，要不文學沒立錐之地。結果回到原點：所有種種作品，既可認作文學，且也非關文學，西方讀書界顯得無所謂。如仍堅持「文學」概念的使用，除非退居學院的習慣用法，就得忍受這個悖論。在西方思想界，悖論是家常便飯。康德三大批判就充滿各式悖論。黑格爾變本加厲說，悖論哪是康德說的那幾種？根本俯拾即是，所以沒有悖論：這個說法還是悖論。德希達照表抄課，嘗問結構的中心在哪裡？答案是在結構之中，在結構之外，也是悖論。

如果我持的文化理由屬實，表示西方文化情境下的「小說類」與「非小說類」的分野，因維持著某種悖論張力，反而更能接近「文學」的本真面貌。相形之下，黃錦樹所作文學／非文學的區分就缺了這道理論張力。他的本意應與評價有關，停在好作品／壞作品區

分的堅持。這樣理解，反而較好處理。特別是他的不滿，可如此表述：為何談論馬華文學作品，人們（尤其是林建國）可以不做作品好壞的判斷？壞的作品何以視而不見？我的答覆是：黃錦樹過慮了。我的康德理由：反思性判斷（俗稱美學判斷）是人的根本能力，不受意志羈絆，自然就會發生。我們作為文學專業讀者，本就對於文字格外敏銳，遭逢任何作品（詩、散文、小說），在我們有所意識之前，早就作了好壞判斷。文學批評隨之而來，是個很自然的審美事件。接下就是倫理問題：作品好壞，到底該說還是不說？如果不說，不表示我們沒有判斷，而在我們選擇不作表態。

問題是每個人品味不同；不同年紀，同個人的品味亦有所變化。這是反思性判斷作為主觀判斷一個無法解決的問題。要產生客觀判斷，只能透過時間去累積共識。壞作品的判斷，共識容易建立；經典認定，則時間稍長。透過時間累積的共識便是文學史知識，由我們每個文學人繼承。有意思是，這共識裡我們只記得好作品，沒被要求記誦壞作品。李、杜好詩篇名我們大體知道，他們寫壞的詩我們一概不知。說明文學史——任何文學史——都受制於一個悖論：好作品才是硬道理，但面對壞作品、爛作家，文學史始終保持緘默。

可舉一個例子。中國文學史上作品最多的詩人是誰？據說是乾隆皇帝。然而因無佳作，甚至佳句也無，我們習得的文學史，對於這位詩人的存在始終保持緘默。反之詩人如有佳構，就算得詩一首，文學史就載就傳，如張繼、杜秋娘。好作品才是硬道理，說明文學史作為「嘉獎」體制的嚴厲。然而它也很自制，不作懲罰、仇視、批鬥之舉，只保持緘默，展現對壞作品的寬容。「選集」編撰依附的就

是文學史原則：編選目的不在鄙視壞作品，而在頌揚好作品；「壞詩選集」幾乎從未聽聞。就這點文學史的運作，不等同於批評。前面說過，批評是審美能力的延伸，但如果批評未被文學史知識滲透——如果批評仍停在最純粹的審美階段，這批評就沒有客觀基礎。康德說得斬鐵截釘：由於審美的主觀性格，審美不能產生知識。所幸批評實際運作時，早和文學史發生辯證；批評的依歸（或是最終發展路徑）只能是文學史共識。一旦走入文學史界域，我們受到最大的限定不是審美，而是倫理。若說文學史給了審美客觀基礎，使審美結果成為知識，等於也給審美作出倫理限定（「不能只顧主觀想法，還得參較他人意見」，就是倫理限定）。批評所作乃作品好壞的判斷，是好是壞都說；文學史必須自制，在收刮批評成果同時，刻意對壞作品保持緘默。

　　注意，文學史沒在「縱容」壞作品的出現，只是默認它們存在。默認不致讓文學史「崩壞」，因為文學史並受「好作品才是硬道理」命題的支配。日常生活裡，類似悖論帶來的限制很常見。例如，人格健全的金錢定義必然是個悖論：錢很有用，錢沒有用。兩道命題缺了一道，財務必陷入困頓。一個健全的文學史，同樣具備正向人格：又嚴厲又寬容，何時張揚緘默，呈現精準的紀律。所以文學史從不指陳某某文學「經典缺席」，只說「黃錦樹是位優秀的小說家」，並對他寫壞的小說保持緘默。文學史不是不知道，而是不說。暗含的是個受到倫理限定的美學判斷，唯其如此才能形成文學判斷。換言之，文學判斷並不等同——不能簡化成為——美學判斷。當年胡金倫專訪王德威，談及後者「高高舉起，輕輕放下」的治學方法。其

實那是王先生優雅的文學史姿態，呈現的高度不是批評能望其項背。說「黃錦樹是位優秀的小說家」，便出在我們的文學史高度把他「高高舉起」。

相形之下，批評立場的堅持顯得相對容易。持着批評眼光，泰半早年馬華作家作品表現如何，身為文學專業讀者的我們早有定見。如前所述，壞作品的判斷共識容易凝聚，大家彼此心照，剩下的只是宣或不宣。不宣不是不知道，而是謹守文學史的倫理分際。從批評角度，這些作品成敗如何，你大可盡情發揮，但文學史的回答是：你可以對馬華文學保持緘默。甚至可當它不存在。若要它存在，便得接受這支文學可能沒有好作品的事實。

黃錦樹〈重返〉短文說，我們兩人爭論是在文學／非文學的分野。其實不對，應說他立場落在批評，我選擇文學史立場。作此選擇，因為看見批評的侷限；看見批評不能掌握的悖論；並站批評之外，解決批評認為根本無解的問題。例如，批評就可對我拋出這道難題：不是說「好作品才是硬道理」是文學史的限定條件嗎？馬華文學如果沒有好作品，難道只能對它緘默嗎？那算什麼文學史知識？平庸作品一讀再讀，又算什麼知識？黃錦樹在〈該死的現代派〉便如此表達不滿：

> 藉繁瑣玄奧的理論，讓平凡的作品意義滿溢，大概也是個增值法。壞處是，那樣的作品再也離不開那論述的上下文，它如瓷磚被使用，牢牢的黏上，為論述者所有，一旦被從那整體中剝下來，就顯得平庸不堪了。（《焚燒》154-155頁）

寫到這裡，黃錦樹將批評的可能性耗盡──批評的個性為一是一、

二是二，作品好壞評斷完畢就是完結。批評既是文學工作（閱讀、研究、思考）的基礎，批評完結就是這工作的完結。當批評判斷那是剝落的瓷磚，再說就是廢話。文學史立場的回應是：不對，批評的完結才是事情的開始，而且沒完沒了。問題是，怎麼說服黃錦樹這種批評基本教義？

　　我忽從黃錦樹對他先父的追思與孺慕，找到回答他不滿的契機。他第三本小說集《刻背／由島至島》開卷便寫有「給亡父」，所收小說〈舊家的火〉追述他先父入殮，讀來令人動容。近文〈如果父親寫作〉（《南洋文藝》2013/07/02）相同的緬懷依舊。從他追憶文章判斷，他先父與我們當年許多留台學生的清寒父母一樣，是位一貧如洗的窮爸爸。他在經濟上的打拼「經典缺席」；如果父親寫作……，可惜他未能寫作，文學上同樣「經典缺席」。可是身為人子，黃錦樹看見的是個富爸爸。老人家給了他無限追思，無垠的文學靈感。我們若對黃錦樹表達不滿，說：怎麼可能？這是一個窮爸爸！黃錦樹必然百口莫辯。身為人子，大概他也只能悠悠地說：正因為他是窮爸爸，所以才是富爸爸。

　　很難理解？懂事的小學生都會這麼寫：「我爸爸很平凡，但很偉大。」、「我媽媽沒有從前漂亮，但她很美麗。」只有大人才不懂，才說小朋友們邏輯不通，又平凡又偉大，什麼意思？從文學史邏輯的角度，這卻是可愛的悖論。身為文學人的我們則會說：小朋友們多有詩意！不必閱讀海德格他們便知道，世上所有爸媽都是如此詩意地活著。不使用邏輯如此不通的詩句，還無法看見世上每個窮爸爸都是富爸爸，又平凡又偉大。

　　回到馬華文學。馬華文學經典缺席，你很引以為恥嗎？如果是，那是因為你覺得他本來應該是個富爸爸，沒想是個窮爸爸。回家要不到錢，只好踹他一腳，丟下一句：呸！你這片剝落的瓷磚。——這是我們社會版新聞常見的敗家小孩的行徑。還是我們應該說：馬華文學經典缺席，讓我感到自豪？正好他是窮爸爸，所以他是富爸爸？

　　富在哪裡？且容我引述〈方修論〉一段文字：

> 那個年代，人們對美學實踐有著無比的信任，他們甚至有志一同追溯馬華文學的起源、整理這支文學的書寫經驗，把文學史寫作當作同一代人的集體任務。（《中外文學》第 29 卷，第 4 期，70 頁）

這些馬華文藝作者，白日營生，夜晚筆耕創作，毅力之大，看在我們當今一輩位居廟堂高位的人們眼裡，暗暗自嘆不如。他們對於文學志業，有着無比巨大的仰望，留下的是股龐大的氣場，豪氣外加骨氣。這股無價的精神資產，就是富有。問題是，他們根本不知他們作品多麼不好。忙了半天，他們依舊「經典缺席」，依舊是窮爸爸。若仰仗我們學院廟堂身份，當着他們的面數落他們，說他們一窮二白，他們無法否認，我們無法否認，沒人可以否認。他們就是窮：批評會這麼告訴我們——批評也只能這麼告訴我們，這是批評的宿命。然後呢？批評會說沒有然後。然而接下來才真正關鍵，因為要面對三項倫理選擇：一是數落他們是剝落的瓷磚；二是作出文學史的選擇，對他們保持緘默；三是對他們說：感謝你們，你們是富爸爸。

　　面對批評立場的逼問，我會告訴批評，其實它另有選擇，可以

保持緘默。但我選擇感激，另有文學的理由。我們知道，古今中外文學作品寫的都是失敗的人，不是被逼上梁山的流寇，就是等候抄家發落的女眷。他們結局，不出夜奔、出家，下海、投環。生來無依無靠，斷氣一刻回望生命，只見一番「經典缺席」的斷井頹垣景象。如果文學能夠善待這群失敗的人，為何不能同樣文學地善待一支失手連連的文學傳統？如果馬華文學能夠寫作……，可惜它不能寫作。它只能草芥一般，像我們的父母，詩意地活著或是逝去。文學地看待馬華文學流露的這種詩意存在，有那麼難嗎？那恐怕是進入文學情境的唯一方法。文學與非文學之分，作為文學知識，若要爭論，應從這裡開始。

† 本文發表於《南洋商報‧南洋文藝》，2013 年 8 月 13 日。

本卷作者簡介

林建國，一九六四年生於馬來西亞。美國羅徹斯特大學比較文學博士，新竹國立交通大學外國語文學系副教授，臺灣精神分析學會榮譽會員。曾任台灣財團法人國家電影資料館《電影欣賞學刊》總編輯。中文論文散見於《中外文學》，並收錄於以下合集：《馬華文學大系（1965-1996）》（2002）、《赤道回聲：馬華文學讀本 II》（2004）、《文化的視覺系統（下冊）──文化的視覺系統：日常生活與大眾文化》（2006）、《心的顏色和森林的歌：村上春樹與精神分析》（2016）、《犀鳥卷宗：砂拉越華文文學研究論集》（2016）、《見山又是山：李永平研究》（2017）。英文論文散見於 *Cultural Critique*（美國明尼蘇大大學）、*Tamkang Review*（淡江大學）與《中山人文學報》，並收錄於 *Lust / Caution : Eileen Chang and Ang Lee*（Routledge, 2014）。